DERRIÈRE TOI

amazon crossing

DERRIÈRE TOI

Sibel Hodge

Traduit de l'anglais (États-Unis)
par Anne Confuron

amazon crossing

Édition originale parue au Royaume-Uni en 2014
sous le titre *Look Behind You* aux éditions Thomas & Mercer.

Publié par
AmazonCrossing, Amazon Media EU SARL
5, rue Plaetis, L-2338, Luxembourg
Février 2016

Adaptation de la couverture par PEPE *nymi*, Milano

ISBN : 9781477817674

www.apub.com

1re PARTIE

Prisonnière

Chapitre 1

La douleur est omniprésente. Dans mon dos, mes poignets, mes jambes. Même mes cheveux me font mal. Mais le pire, c'est ce qui se passe dans ma tête. Des éclats blancs et brûlants de douleur me poignardent le crâne. L'effort que je dois fournir pour ouvrir les yeux me donne des vagues de nausée qui me submergent.

L'obscurité est totale. Impossible de dire où se trouve la limite entre les ténèbres et mon propre corps. Pourquoi fait-il si noir ? J'essaie encore. Je ferme les paupières. Je les ouvre. Je les ferme, je les rouvre à nouveau. Le vide continue de m'étouffer. Je ne vois rien.

Où suis-je ? Suis-je morte ?

Lentement, mes sens reprennent vie. Le froid, le contact dur sous moi, contre mon dos. L'odeur de moisi de la terre humide. Le bruit de… Je tends l'oreille mais tout ce que je perçois, c'est le battement de mon sang dans mes oreilles, mon cœur qui cogne contre ma cage thoracique, l'air qui siffle en pénétrant dans mon nez. Et autre chose, là, maintenant. *Ploc. Ploc. Ploc.*

Je peux sentir et entendre, donc je ne peux pas être morte. Mais que m'est-il arrivé ? Ai-je été victime d'un accident ?

C'est cela. Un accident. Je suis à l'hôpital. Je suis allongée sur une table d'opération et le produit anesthésiant se dissipe, il me laisse osciller entre le sommeil et le réveil. C'est pour cela que je ne peux pas bouger. C'est pour cela que j'ai si mal. Il est arrivé la même chose à une personne que je connais. Elle était au beau milieu d'une opération de l'appendicite et elle s'est réveillée. Comme ça ! Elle ne sentait rien et ne pouvait pas bouger mais elle voyait tout ce que les médecins faisaient. Elle pouvait aussi parler. Ils ont été choqués lorsqu'elle leur a dit qu'elle pouvait les voir.

Est-ce que je peux parler ? J'essaie de dire « bonjour » mais ma bouche semble toute cotonneuse, ma voix est étouffée et déformée.

Alors, pourquoi ne puis-je rien voir ? Pourquoi fait-il si noir ? Est-ce qu'il s'agit d'un accident de voiture ? D'un attentat à la bombe ? D'une attaque terroriste ?

Je prends une profonde inspiration. Ce n'est pas l'odeur d'un hôpital. Ce n'est pas l'odeur habituelle de désinfectant et d'antiseptique. Et sur quoi suis-je allongée ? Un chariot ? Un lit ?

J'écarte la main droite de mon ventre pour toucher ce qui se trouve sous moi et je bouge aussi la main gauche. Comment est-ce possible ? Pourquoi sont-elles collées l'une à l'autre ?

Je relève instinctivement la tête, même si je ne peux rien voir, et la douleur déferle jusque dans mes yeux. Les doigts de mes mains se cherchent, se touchent. Quelque chose de rugueux relie mes poignets. Il doit s'agir d'une corde. Je touche la matière. Oui, il s'agit bien d'une corde. J'écarte les mains. Pas moyen de les faire bouger.

Pourquoi suis-je attachée ? Qu'ai-je fait ?

Un souvenir plane à la lisière de ma conscience. Je me revois… maintenue dans un lit. Attachée. Hurlant. Non… il n'y a plus rien.

Réfléchissons encore. Pourquoi suis-je retenue ? Ai-je essayé de me blesser ? De blesser quelqu'un d'autre ?

Je tâtonne des deux mains sur le côté droit. Suis-je allongée sur du béton ? Sur des briques ? Je ne suis pas certaine. Ce n'est pas lisse comme un chariot. Ni confortable comme un lit. Je ne sens pas de draps sous moi. Je lève les mains pour toucher mon visage et ma tête. Ce faisant, je sens quelque chose de granuleux. De sale, peut-être. Je tressaille tandis que ma main rencontre une bosse énorme sur le côté de ma tête, juste au-dessus de mon oreille droite. Une douleur lancinante fait apparaître des étoiles noires et blanches sous mes paupières. Mon estomac proteste, je me tourne sur le côté et je vomis. Une bile acide et chaude me brûle la gorge. Les larmes me piquent les yeux. Je gémis, j'enserre ma tête dans mes mains et je me rallonge sur le dos, la respiration rauque.

Puis les ténèbres ne sont plus seulement devant mes yeux. Ils sont aussi dans ma tête tandis que je sombre dans l'inconscience.

Combien de temps ai-je dormi ? Une heure ? Un jour ? Deux ?

J'ai le ventre vide mais je n'ai pas faim. Loin de là. Mon estomac se contracte en spasmes à la seule idée de manger. Mais j'ai soif. J'ai la gorge aussi sèche qu'une plaine africaine. Je déglutis. Je passe la langue sur mes lèvres sèches et crevassées.

J'essaie de bouger mais je suis toute raide. Si raide. Les zones de mon corps qui ne me font pas mal sont soit engourdies soit parcourues de picotements d'épingles ou d'aiguilles. Je tente de bouger les jambes pour découvrir qu'elles aussi sont maintenues attachées. Encore une corde ? Je remue les orteils, c'est tout ce que je parviens à faire.

Si je ne suis pas dans un hôpital, c'est que je dois être en prison. Mise au secret. Mais il y a quelque chose qui ne colle pas dans cette théorie. Les prisonniers ne sont pas ligotés avec de la corde. Ils sont menottés.

Bon, réfléchissons.

Mes chevilles et mes poignets sont attachés. Je suis quelque part dans un endroit humide qui sent le moisi. Allongée sur le sol nu. Je remonte lentement les genoux au niveau de ma poitrine. Ma cheville gauche me fait hurler de douleur. Aïe ! Ma voix résonne sur les murs que je ne peux même pas voir. Je suis tout habillée. Je porte… une robe… des bottines plates. Bon. Quoi d'autre ? Je ne sais pas.

« S'il vous plaît ? » J'ai la voix rauque et enrouée.

Aucune réponse. Juste le bruit des gouttes qui tombent quelque part.

Je dois être dans un endroit souterrain. D'où l'odeur de terre putride. Sous la surface avec les ténèbres qui m'étouffent. Et je suis ligotée. J'ai mal partout. Ma tête me donne envie de hurler. Mais je ne peux pas être dans un hôpital ni dans une prison, alors que reste-t-il ?

J'ai été enlevée !

Tandis que cette pensée me traverse l'esprit, mon estomac se crispe. Les battements de mon cœur s'accélèrent. Je lutte contre l'envie de vomir à nouveau. Je prends de grandes inspirations d'air vicié. Inspire. Expire. Allez, respire. Inspire. Expire. *Ne panique pas. Réfléchis !*

Qui voudrait m'enlever ? Et pourquoi ?

Réfléchis !

Nous ne sommes pas riches. Plutôt aisés, je dirais. Mais pas suffisamment pour que quelqu'un réclame une rançon. Cela signifie donc qu'il y a une autre sinistre raison. Suis-je enterrée vivante dans ces ténèbres ? Ou bien gardée pour… oh, mon Dieu ! Gardée ici pour être violée et tuée. Ou bien torturée et tuée. Est-ce que le fait que je ne sois pas déjà morte est un signe positif, ou bien est-ce que cela signifie que les choses vont devenir bien bien pires ?

Je tremble sans pouvoir me contrôler. J'ignore si c'est le froid ou la peur. Peut-être les deux. J'ai les cuisses mouillées. Cela doit donc faire un moment que je suis là. Je serre les mains, je me concentre pour tenter de ne pas faire d'hyperventilation tout en réfléchissant à ce que je sais réellement.

Je sais que je suis Chloe Benson. J'ai vingt-sept ans. Je suis mariée avec Liam. J'habite au 16, Poplar Close, à Welwyn Garden City dans le Hertfordshire. J'enseigne l'anglais au Downham College. Liam est employé chez Devon Pharmaceutical. Donc, comme je l'ai dit, nous sommes plutôt aisés mais pas riches-riches.

Liam se demandera où je suis. Il appellera la police. Ils enverront une équipe à ma recherche. Ils me trouveront, non ? Mais où diable suis-je donc ? Comment sauront-ils où chercher ?

Je me mords les lèvres pour m'empêcher de hurler.

Calme. Je dois rester calme. Si quelqu'un me garde ici, je ne veux pas qu'il sache que je suis réveillée. Il est peut-être tout près, en train de guetter chacun de mes mouvements. Je suis vivante, en tout cas pour le moment. Et je veux que cela continue.

Quelle est la dernière chose dont je me souviens ? La douleur au niveau de ma tête m'empêche de réfléchir correctement. Mes souvenirs sont flous, confus sur les bords comme une photographie mal cadrée.

Je me souviens… d'une soirée. Les boissons qui coulent à flots. Une soirée de mars anormalement chaude. Une maison. La mienne. Oui, c'est ça. Les quarante ans de Liam. Une surprise qui lui était réservée. Ce qui, je l'espérais, allait le réconforter. Rendre les choses plus faciles entre nous. Dernièrement, tout était… compliqué. Quoi que je puisse faire, ça ne lui convient pas. Il vocifère, me lance des insultes. Les regards qu'il me jette. Il est stressé par son travail. Stressé par la vie, je suppose – le refrain habituel. Alors, la fête… oui, la fête, c'était pour lui montrer combien je tiens toujours à lui. Et après… J'allais lui dire quelque chose. Quelque chose d'important. J'essaie de faire remonter d'autres informations à la surface, mais je n'y parviens pas. Cela reste enfoui quelque part dans ma tête. Sara, ma meilleure amie, n'était pas là. Elle partait la veille pour l'Inde. Non pas que je l'aurais invitée, de toute façon. Liam la déteste. Il n'y avait que les amis de Liam et ses collègues de travail. Mais je ne pense à personne en particulier.

Est-ce que nous sommes toujours au mois de mars? La fête, c'est la dernière chose dont je peux vraiment me souvenir. Tout le reste se confond, plus ou moins semblable.

Plus ou moins semblable? C'est correct? Non, du pareil au même.

Je recroqueville mes orteils. Je serre et desserre les doigts. Je dois les réchauffer. Arrêter les crampes. Je dois bouger. Je dois conserver mon calme. Il faut que je sorte d'ici. Je veux rester en vie. Je me tourne sur le côté, je cale les paumes de mes mains sur le sol froid et je me relève en position assise. Je sens ma tête vibrer. Le vertige m'envahit.

Respire lentement. Allez, Chloe, inspire, expire. Tu peux le faire.

J'avale la bile qui me brûle la gorge et j'attends. Cinq minutes. Dix. *Respire simplement. Ajuste ton souffle. Prends ton temps.*

Mais je ne sais pas de combien de temps je dispose avant que celui qui m'a enlevée ne revienne.

Bouger. Je dois bouger. Faire quelque chose. Je veux que cesse la douleur dans ma tête mais rien n'y fait. Je me traîne en avançant sur le sol, sur le dos, avec des mouvements lents et tremblants. Je ne vais pas loin avant que mes pieds ne heurtent quelque chose. Je tends la main et je touche ce qui obstrue le passage avec mes mains attachées, mes doigts parcourant la rugosité froide. Une brique. Un mur de briques.

Je roule sur les genoux. Je presse les mains sur le sol puis je me lève jusqu'à me tenir debout. Tout se met à tanguer. Je pose les mains sur le mur pour me soutenir et je prends quelques goulées d'air. Je suis faible et seule l'adrénaline qui coule dans mes veines peut m'empêcher de m'effondrer.

La corde autour de mes chevilles est serrée et mes pieds ne bougent que d'un centimètre l'un après l'autre, tandis que je me traîne à gauche le long de la paroi, et que mes mains progressent au fur et à mesure. Cela ne me prend pas beaucoup de temps pour rencontrer l'angle d'un autre mur. Je m'arrête et je respire profondément avant de reprendre le chemin en sens inverse. Lorsque je parviens à un autre coin, j'estime que le mur doit faire environ sept mètres de long. Je continue sur cinq mètres environ, en suivant à droite, le long de cette nouvelle paroi, avant d'arriver à un nouveau coin. Tout va extrêmement lentement. Je fais le tour jusqu'à ce que je sois pratiquement certaine d'être revenue à mon point de départ.

C'est à ce moment-là que j'ai une révélation soudaine, et un cri guttural s'échappe de ma gorge. Je m'effondre sur le sol en me cognant les genoux. Je suis dans une sorte de tombe souterraine.

Chapitre 2

Non, non, non, non ! C'est un rêve. Un cauchemar. Forcément. Ou bien je deviens folle. C'est une sorte d'hallucination. Est-ce que j'ai pris des médicaments qui ont altéré les réactions chimiques dans mon cerveau ?

Réaction, réaction, réaction. D'une certaine façon, cela me semble familier.

Non. Je ne peux pas être endormie et je ne peux pas être droguée. Je peux sentir la douleur. Je peux entendre les gouttes. Je peux sentir le froid humide et la moisissure. Donc, je dois être éveillée et je dois être saine d'esprit.

L'effroi me saisit. La peur m'envahit. Quelqu'un m'a laissée ici. Quelqu'un m'a enlevée et abandonnée dans un caveau. M'a-t-on laissée ici pour que j'y meure ou bien ce quelqu'un va-t-il revenir ? Que vaudrait-il mieux ? Mourir ici toute seule ou bien être torturée, violée et tuée ?

Je m'enfonce le poing dans la bouche pour m'empêcher de hurler. Des larmes chaudes glissent le long de mes joues. Je dois sortir d'ici. D'une façon ou d'une autre. Mais ma tête… oh, ma tête. Je me tourne sur le côté, la serrant dans mes mains attachées. Cela fait tellement mal. Et…

J'ouvre les yeux et je fixe le vide aussi sombre qu'une tombe. Je me suis encore endormie, j'ai rêvé de ma lune de miel à Minorque. Cela fait combien d'années ? Nous sommes mariés depuis combien de temps ? Deux ans, je pense. Cela dépend de la date d'aujourd'hui.

Merde ! Pourquoi est-ce que je n'arrive pas à me souvenir ?

Mais revenons au rêve. Oui, nous avions loué une villa au milieu de nulle part et nous avions fait des provisions pour faire des barbecues. De la salade, du poisson pêché dans la région, du vin, des fromages locaux, du pain frais. Juste nous et notre petit refuge au soleil. Tout allait bien entre nous alors. Tous les jours, Liam me disait combien il m'aimait. Comment il avait su que j'étais la femme de sa vie à la minute où il m'avait vue. Combien il était fier que je sois maintenant sa femme. Nous faisions l'amour dès que nous le pouvions. Nous avions roulé jusqu'à la plage pendant quelques jours et nous avions nagé dans l'eau claire, si chaude qu'on aurait dit un bain.

La mer.

L'eau.

Combien de temps pouvez-vous survivre sans une goutte d'eau ? Si vous êtes coincé dans un bateau au beau milieu de l'océan, vous ne pouvez pas boire l'eau qui vous entoure. Elle est trop salée. J'ai entendu parler de personnes qui buvaient leur propre urine pour rester en vie. Cette pensée me donne la nausée.

Ma gorge est si sèche que ma langue semble gonflée, comme si elle était trop grosse pour ma bouche. Je fais tourner ma langue désespérément pour récolter un peu de salive, puis j'avale. Tourner. Avaler. Est-ce que vous pouvez tenir uniquement avec de la salive ?

J'étends mes bras tremblants au-dessus de ma tête. Je fléchis mes jambes et mes orteils. Je m'assieds. Le vertige revient, alors je pose ma tête sur mes mains jusqu'à ce qu'il disparaisse. Je frissonne, je claque des dents, je me mords la langue. Le goût du sang dans la bouche.

Allez, Chloe, bouge-toi !

Je lance à haute voix : « Oui. » Le son rebondit, il se moque de moi dans l'obscurité. Je souffle sur mes mains en espérant leur apporter de la chaleur. Si je peux arrêter le tremblement, je peux penser calmement, de façon rationnelle. Je ne peux pas mourir ici. Non, non, non, non. « Donc… bouge-toi ». Je me remets debout et je me dirige tout droit en trébuchant vers le mur le plus proche, les mains tendues.

Là. Des briques rugueuses.

Je parviens à toucher le plafond si je me mets debout sur la pointe des pieds. Est-ce que cela pourrait être un sous-sol ? Un tunnel ? Une cave ?

Je tends à nouveau l'oreille. Aucun son à part celui des gouttes, quelque part. Est-ce que cela vient d'ici ou bien de derrière les murs ? L'eau, qui tombe goutte à goutte.

Non, ne pense pas à l'eau. Je tourne encore la langue dans ma bouche. J'avale.

Une pensée me frappe malgré la terreur. S'il y a un chemin pour entrer, alors il doit y en avoir un pour sortir. À moins que je sois emmurée ici. Mais les murs semblent vieux, couverts de crasse et de boue. Le crépi entre les briques s'effrite légèrement tandis que je creuse avec les ongles.

Je commence au-dessus du mur, mes doigts parcourent la surface pour essayer de trouver quelque chose. *Qu'est-ce que je cherche ?* J'ai la tête qui tourne pendant un instant. *Oh, oui, une ouverture.* La seule façon pour sortir d'ici, c'est de rester en alerte. De réfléchir. D'être méthodique. J'ai l'habitude d'être méthodique. À la maison, en tout cas. C'est ce que Liam aime. Une place pour chaque chose et chaque chose à sa place. Une image de mes placards de cuisine clignote dans ma tête. Les boîtes, les bocaux, les bouteilles, tout est parfaitement aligné, comme rangé par enchantement. Les étiquettes tournées vers l'extérieur. Un écart d'un centimètre entre elles. Aucun signe de désordre. C'est comme cela qu'il aime que les choses soient.

Mes doigts se déplacent sur le mur pendant un certain temps.

Rien.

J'arrive au coin et je repose la bosse de ma tête contre le mur froid. Soulagement de la douleur pendant une minute. Engourdissement. Ah, cela fait du bien.

Allez, allez. En avant.

Je poursuis mon exploration le long du mur. À mi-chemin, tout en bas, mes doigts rencontrent un bord rugueux. Une partie de la brique est cassée et fait saillie.

Les battements de mon cœur s'affolent, s'arrêtent puis repartent.

Je m'assieds tant bien que mal sur le sol et j'appuie la corde qui enserre mes poignets contre la brique déchiquetée, faisant travailler mes bras d'avant en arrière. Scie, scie, scie. C'est fatigant. Je suis fatiguée, usée jusqu'à la moelle. Je veux dormir.

Ma tête devient lourde. Mes yeux se ferment.

Je me réveille en sursautant. Où suis-je ?

L'obscurité.

Oh mon Dieu ! C'est tout ce qui me vient à l'esprit. Je vais mourir. Je vais mourir. Je vais mourir.

Quelque chose de velu me touche la main. Je hurle, je me dépêche de m'éloigner en me traînant sur les fesses. Qu'est-ce que c'était ? Un rat ? Une souris ?

J'ai dit à voix haute :

« Cela ne va pas te tuer. »

Non, le rat ne va pas me tuer.

Je ne veux pas mourir.

Réfléchis !

Je tourne ma langue dans ma bouche. J'avale.

La brique! Je me traîne à nouveau et j'attaque la corde contre la brique, reprenant le mouvement des mains d'avant en arrière. Frotter. Se reposer. Frotter. Se reposer. Remuer. Avaler. Frotter. Se reposer.

Je ne sais pas depuis combien de temps je fais tout ça. Cela n'a pas d'importance. Je ne peux pas abandonner.

Cela va trop lentement. Je ne pourrai jamais sortir d'ici. Il peut revenir avant que je ne parvienne à me libérer. Je me mets à frotter avec frénésie, je compte chaque mouvement contre la brique. J'ai besoin de me concentrer sur quelque chose qui m'empêchera de m'effondrer.

Un. Deux. Trois. Vingt. Compter, compter. Soixante. Deux cents.

Mes bras sont pris de crampes. Je vais trop vite. Allongée sur le côté pour me reposer, un sentiment de terreur surgit en moi. Je me remets à compter. Lorsque je parviendrai à cent cinquante, je recommencerai à frotter. Un. Cinq. Quatre-vingt-un. Trois. Non, je retourne en arrière.

Réveille-toi!

Je cligne rapidement des yeux pour les empêcher de se fermer.

Allez. Essaie encore une fois.

Frotter. Se reposer. Frotter. Se reposer. Remuer la langue. Avaler.

Après ce qui semble durer une éternité, une partie de la corde cède un peu. Oui, j'avance! *Ploc. Ploc. Ploc. Putain de bruit de gouttes qui accable mes oreilles! Tais-toi!*

Frotter. Frotter. Frotter.

Enfin, mes mains se détachent l'une de l'autre tandis que je brise la corde. Je prends une profonde inspiration et j'enlève le reste des liens autour de mes poignets. Mes mains tremblent et je me demande ce qui aura d'abord raison de moi. L'hypothermie. La déshydratation. La faim. La peur.

Non. Rien n'aura raison de moi. Je trouverai un moyen de sortir.

Je me frotte les poignets pour essayer de faire circuler le sang de nouveau. Je serre les poings et le sang afflue à nouveau dans mes doigts. C'est un peu mieux.

Mes chevilles. Les détacher. Voilà. Je trouve un nœud sur la corde, mes ongles cherchent, essaient de soulever un coin. *Allez!*

Là. Un nœud.

Bouge la langue. Avale. *Ploc. Ploc. Ploc.*

Après être parvenue à desserrer le nœud, je déroule la corde autour de mes chevilles et j'essaie de me lever, ce qui m'envoie de nouveau une pluie d'étoiles dans les yeux. Mes jambes tremblent et je tombe immédiatement à quatre pattes.

Respire. Inspire. Expire. Inspire. Expire. Voilà.

Je me lève lentement et je me soutiens grâce au mur. *Tu peux le faire. N'abandonne pas maintenant. Si tu abandonnes, tu meurs.*

J'attends. Une minute passe, puis deux.

Je reprends ma recherche sur la paroi. C'est plus facile maintenant que je peux marcher normalement même si je dois me concentrer pour interdire à mes jambes de trembler. Je laisse mes mains parcourir le mur et j'arrive au coin suivant. Rien.

« Il doit y avoir une ouverture quelque part ! » Ma voix résonne comme des cris de corbeaux massacrés au moment de leur envol. Meurtre. Pour quelle raison voudrait-on me tuer ? Ou me laisser mourir ici ? Ou bien va-t-on revenir ? Est-ce que l'on me cherche ?

Que dira Liam si je ne rentre pas à la maison ?

J'imagine mon enterrement. Peu de personnes présentes. Liam, bien sûr, avec un air de... Que lit-on sur son visage ? De la compassion ? Du regret ? De la colère ? Quelques collègues qui travaillent au lycée. Theresa, ma responsable. Jordan. Je souris en pensant à Jordan. Son gentil sourire, ses yeux couleur noisette pleins d'affection qui semblent voir des choses que je ne lui dis pas. Sara sera encore quelque part en Inde. C'est tout ? Toute ma vie résumée à quelques personnes ? Je sais bien pourquoi, bien sûr. Liam n'a jamais aimé mes amis. Alors, progressivement, c'était plus facile de les laisser tomber un à un. Plus facile, oui. Tout pour mener une vie tranquille.

Est-ce que quelqu'un s'inquiéterait vraiment si je n'arrivais pas à sortir d'ici ? Est-ce que je manquerais à quelqu'un ?

Oui. Je serais préoccupée. Chloe Benson le serait. C'est tout ce à quoi je peux me raccrocher.

Au beau milieu de la paroi suivante, je trouve ce que je cherchais. Je ne sais pas comment je l'ai raté la première fois. Trop de peur sans doute. Et je n'ai pas bien tout examiné. Peut-être que cela fonctionne en étant méthodique. Je dois dire à Liam combien il a raison. Cela lui fera plaisir.

C'est une pièce d'une texture différente de celle de la brique. Du bois, rugueux et solide.

Une porte.

J'en examine chaque centimètre. Pas de trou de serrure. Pas de poignée. La porte fait environ deux mètres de haut et moins d'un mètre de large. Sur les bords extérieurs, avant que ne reprenne le mur en brique, l'enduit est plus friable et granuleux. Là où le coin en bas à droite de la porte touche le sol, je peux tout juste passer la main à travers un petit trou. Des animaux l'ont peut-être creusé au fil du temps ou bien une partie du mur s'est effondrée. Je tourne la main de l'autre côté du trou mais il n'y a rien à l'exception de l'air et du sol en béton. Je me demande s'il y a une autre tombe derrière celle-ci ou si c'est autre chose. Un couloir. Ma voie vers le salut.

Je pousse la porte avec les mains en criant sous l'effort.

Elle ne bouge pas. Je donne un coup d'épaule. Non, ça ne fonctionne pas. Frustrée, je donne un coup de pied.

« Laissez-moi sortir ! Laissez-moi sortir d'ici ! » Les larmes coulent sur mes joues. *Ploc. Ploc. Ploc.* C'est la seule réponse que je reçois et c'est peut-être un point positif. Au moins, personne n'est encore revenu pour me tuer. Haletante, je m'effondre sur le sol. Ma main rencontre quelque chose de froid et de dur. Je recule instantanément en me souvenant du rat. Mais il ne s'agit pas d'un animal. Ce n'est pas quelque chose de vivant.

Je le ramasse et j'évalue sa longueur. Cela fait environ cinquante centimètres de long. Une extrémité est arrondie et l'autre est pointue, irrégulière. Non, ce n'est certainement pas quelque chose de vivant.

Ce quelque chose est bel et bien mort.

Chapitre 3

Je suis pétrifiée par la peur. Un sanglot monte dans ma gorge, mes poumons luttent pour trouver de l'oxygène. Il s'agit d'un os. Ce *doit* être celui d'un animal. Il ne peut pas être humain. Impossible, impossible, non. *N'y pense pas.*

J'essaie de me souvenir de mes cours de biologie à l'école. Disséquer un rat. Étudier l'articulation du genou d'une vache. Oui, ce doit être l'os d'une vache. Probablement un fémur. J'ignore pourquoi un os de vache serait ici ou comment elle pourrait se balader sous terre. Bon, peut-être pas une vache alors. Un chien. Un gros chien.

Je le ramasse en repoussant toutes ces pensées. Pas le temps de réfléchir à sa provenance ni à son origine. Pour moi, c'est une arme. Non, pas une arme. Un outil. C'est tout. Je gratte l'enduit entre le cadre de la porte et la brique avec l'extrémité pointue de l'os, en commençant à l'endroit où se trouve le trou. Creuser, gratter. Creuser, gratter, creuser. Des larmes froides et silencieuses glissent sur mes joues. Dans le noir, j'entends le bruit des graviers qui tombent. Ça marche.

Remue la langue. Avale. Une salive amère dans la bouche. Creuser. Gratter. *Ploc. Ploc. Ploc.* Le bruit pourrait rendre fou. Ou bien le suis-je déjà ?

Un souvenir lutte pour remonter à la surface. Un hôpital encore. Moi et… quelque chose. Je ne sais pas. C'est déjà parti. Qu'est-ce qui ne va pas avec mon cerveau ? Pourquoi je ne peux pas me souvenir de la façon dont je suis arrivée ici ? Est-ce que cela vient de la bosse que j'ai sur la tête ? Est-ce que j'ai une lésion au cerveau ?

Qui suis-je ? Qu'est-ce que je sais vraiment ?

Je suis Chloe Benson. J'ai vingt-sept ans. C'est ce que je sais. Cela doit suffire pour le moment.

Mes bras tremblent. Tout tremble. Je suis un gros bateau qui tremble.

Est-ce que je suis vraiment ici ? Est-ce que je rêve, profondément endormie dans mon lit ? *Je veux me réveiller. Je veux me réveiller !*

Je crie : « Arrête ! Fais attention, arrête de divaguer. Concentre-toi. » C'est ce que je fais car je ne veux pas mourir ici. Je ne veux pas être la pauvre Chloe Benson qui est morte dans un trou au fond de la terre.

Je travaille sur un côté de la porte. Grattant, creusant, grattant avec mes ongles et l'os au fur et à mesure. Il y a quelque chose de collant sur moi, maintenant. Du sang sur mes doigts et mes articulations, se mélangeant avec l'enduit. La douleur. La sueur refroidissant mon corps qui est déjà froid.

Ne fais pas attention !

J'essaie de visualiser quelque chose qui me calme. Un colibri planant dans l'air tandis qu'il aspire le nectar d'une fleur violette et brillante. Un coucher de soleil sur les montagnes, le ciel strié d'or, de rouge et d'orange. Qu'est-ce qu'on dit : « *Ciel rouge le soir, joie du berger ?* » Vous voyez ? Je suis détendue. Aucun souci. Des dauphins qui glissent dans l'océan à l'unisson. Une plage dans les Caraïbes, du sable blanc, une eau turquoise, ah tiens, revoici l'eau !

Depuis combien de temps je suis ici ? Aucune idée.

Combien de temps cela prendra ?

Il y a maintenant un espace du côté de la porte, là où l'enduit s'est effrité. *OK, parfait. Tu peux te reposer maintenant.* Je m'effondre sur le sol. Froid. Si froid. Je me recroqueville, les bras serrés autour de moi. J'ai dû m'endormir à nouveau parce que la première chose que je sais c'est que quelqu'un me réveille, en criant. C'est moi. Combien de temps j'ai dormi ? Comment je peux dormir alors que j'essaie de survivre ? Je me donne des tapes sur les joues, je me relève. Je dois essayer. Je dois le faire.

Je m'attaque à l'autre côté de la porte. L'enduit tombe entre le cadre de la porte et le mur de briques. Lentement. Très lentement. Je pense à des bouteilles d'eau bien froides. Je m'imagine en train d'en ouvrir une et d'en avaler le contenu. Avaler et avaler. Je ne peux pas m'arrêter. Je n'en ai pas assez. Plonger dans une piscine et tout boire. Je remue à nouveau la langue et je me demande quelle quantité de salive un être humain peut produire. Est-ce que c'est infini ? J'ai fait la moitié du boulot en bas de la porte maintenant. Les muscles de mes bras me brûlent. J'ai les doigts engourdis, l'espoir s'éloigne.

Je suis peut-être en enfer. J'ai fait quelque chose de vraiment horrible et je suis en enfer. Non, l'enfer serait sûrement plus chaud qu'ici. Qu'est-ce que j'ai fait ? Comment je suis arrivée ici ? Je ne sais pas. Je ne sais pas. Je n'arrive pas à penser.

Je m'imagine devant un feu de cheminée qui crépite. Le bois craque. Je sais que ce n'est pas réel, pourtant. Je le sais car je claque des dents.

Une bouffée de ma propre sueur et de mon souffle rance remonte violemment à mes narines.

Sauter dans un bain. Un bain brûlant. Ces jours d'hiver où vous êtes tellement glacé jusqu'aux os que seul un bain fera l'affaire.

Pas une douche. Un bain. Avec de l'huile essentielle au jasmin. Des serviettes moelleuses chauffées sur le radiateur. Mmm, génial, et…

Je m'arrête au beau milieu de mes réflexions tandis que je parviens au bas de la porte. Une grande partie de l'enduit situé de chaque côté et au-dessus est maintenant tombé, à part quelques petits morceaux. Je respire profondément, j'inspire et je souffle en essayant de retrouver un peu d'énergie.

OK, c'est bon. Pousse !

Je prends fermement appui sur le sol, un pied devant l'autre. Je plie le genou avant pour être stable et je pousse aussi fort que je peux. La porte grince et gémit.

Pousse. Allez Chloe Benson qui veut rester en vie !

Elle se déplace légèrement. Puis elle bascule dans le noir et atterrit quelque part de l'autre côté avec un bruit sourd. L'impulsion me propulse en même temps en avant et je m'envole jusqu'à ce que mes mains tendues heurtent un autre mur. Je me retourne, mes doigts effleurent encore de la brique. Je suis dans un couloir ou un tunnel mais je ne vois toujours rien.

OK, c'est bien. C'est très bien. Va. Cours. Sauve-toi ! À gauche ou à droite ? Quelle direction ?

Quelle importance ! Fonce !

Je cours le long du couloir, les bras tendus devant moi, espérant dénicher une autre porte quelque part.

Crac ! Mes mains heurtent le bout du couloir, je rebondis en arrière et je tombe maladroitement sur ma jambe droite. Je me lève. Je suis endolorie mais rien de cassé. Il y a une porte ici aussi. Ce n'est pas du bois. La surface est lisse. Du métal. Je cherche une poignée, j'en trouve une. Je la lève et je tire. Elle gémit en s'ouvrant comme le cri d'un animal blessé.

Et je me retrouve dans un autre couloir. Un escalier pour monter. Une vague lumière au loin, à des millions de kilomètres. Je me mets à courir dans sa direction, les jambes cotonneuses. Lorsque j'arrive au bout, il y a une autre porte. Encore du métal. Je la pousse.

L'obscurité, mais pas entièrement. Des étoiles scintillent entre des arbres. Je sens l'air. Pas une odeur d'humidité rance, de l'air frais. Des feuilles. Des cris de hiboux, partis chasser dans la nuit.

Le reste est flou. Le cœur qui bat. Plus de jambes. Courir, courir, courir. Des bouffées d'air. Le sang dans ma tête. Des bois. Des buissons. Je glisse sur un rondin visqueux. La douleur dans la cheville. Se relever et courir. Je trébuche. Les ailes d'une chauve-souris qui claquent tout près. Le sang qui bat dans mes oreilles. Des animaux qui reniflent, qui grattent. Des lapins qui détalent. Des branches qui me griffent le visage, les bras, qui m'agrippent les cheveux. Les poumons en feu. Des brindilles qui craquent sous mes pieds lourds. Une chouette hulule. Mes muscles n'en peuvent plus. La lune, haut dans le ciel.

Et puis une route goudronnée.

Je sursaute en m'arrêtant et je me penche en avant, je pose les mains sur mes cuisses en essayant de respirer. Ma poitrine remonte puis retombe sous le coup de l'effort et de l'épuisement. Je ne peux pas me permettre de m'arrêter.

Et je cours de nouveau, sur le côté de la route. Des phares au loin. Je cours dans leur direction.

J'agite les mains en l'air avec frénésie et je me mets au milieu de la route. Les lumières se rapprochent en ralentissant.

Je tombe sur les genoux et je sombre dans l'obscurité plus noire encore.

2e PARTIE

Des squelettes dans le placard

Chapitre 4

Des voix pénètrent dans mon inconscient. Des échos de voix. Non, pas des voix. Des bips. Lents et réguliers. *Bip, bip, bip, bip*. La douleur partout. Pendant un instant, tout est vide. Puis je me souviens de la tombe, je suis encore là-bas. Mes paupières se soulèvent et je cherche à reprendre mon souffle en aspirant plus d'air que je ne peux en respirer. Je tousse et je crache. Le bip s'accélère. Une infirmière apparaît devant moi tandis que je retrouve la vue.

« Ravie de voir que vous êtes réveillée, dit-elle un sourire heureux se dessinant sur son visage.

— Que s'est-il passé ? »

Je baisse les yeux sur mes mains, bandées avec de la gaze.

« Nous espérons que vous allez pouvoir nous le dire. Une automobiliste vous a trouvée effondrée sur la route. »

Elle examine les appareils chargés de me surveiller.

« Vos signes vitaux sont stables. Vous êtes restée inconsciente depuis qu'ils vous ont amenée ici. »

Après avoir griffonné quelque chose sur le dossier accroché au pied de mon lit, elle vient près de moi et me regarde.

« Comment vous sentez-vous, ma jolie ?

— J'ai mal à la tête. À la gorge, aux mains. »

Je remarque une perfusion fixée à une veine sur l'avant de mon coude avec une grosse aiguille piquée vers le bas.

« Vous êtes légèrement déshydratée, et vous avez une drôle de bosse sur la tête. On vous a fait passer un scanner et une IRM mais les médecins n'ont rien trouvé au niveau de votre cerveau, ce qui est une bonne chose.

— Quel… »

Je passe la langue sur mes lèvres. J'essaie d'avaler en dépit de la boule que je sens dans ma gorge.

« Quel… jour sommes-nous ?

— Nous sommes jeudi.

— Non, fais-je d'une voix rauque. Quelle date sommes-nous ?

— Le 9. »

Le 9 mai ? Quoi ? Non, ce n'est pas possible.

« Vous avez dit le 9 mai ?

— Oui, c'est bien ça. »

Mais si la dernière chose dont je me souviens est la fête donnée à l'occasion de l'anniversaire de Liam le 23 mars, j'ai donc perdu sept semaines de souvenirs. Je lève une main sur le côté de ma tête pour toucher la bosse. La douleur provoque l'arrivée d'une nausée.

« Je vais vomir. »

L'infirmière saisit une cuvette en carton en forme de haricot au-dessus d'un placard, à côté de mon lit, et la dirige en hâte sous mon visage juste avant que je ne vomisse. Après que les derniers spasmes ont eu raison de mon corps, elle essuie mon visage avec un linge issu du même placard.

« Vous allez bien, ne vous inquiétez pas. Je vais biper le médecin, il va venir vous voir. »

Elle fait rouler une table de chevet près de moi et y dépose une carafe d'eau qu'elle prend sur le meuble, ainsi qu'un verre qu'elle remplit.

« Vous pouvez prendre un peu d'eau mais n'en buvez pas trop en même temps. Des gorgées lentes, d'accord ? »

J'acquiesce.

« Mon mari. Est-ce que mon mari sait que je suis ici ?

— Je crains que nous n'ayons pu dire à quiconque où vous étiez. Vous n'aviez pas de papiers d'identité lorsque vous avez été amenée ici, voyez-vous, nous ne savons donc pas qui vous êtes. »

Elle prend un stylo et un bloc dans sa poche supérieure.

« Donnez-moi votre nom, votre adresse et votre numéro de téléphone, et je vais le contacter.

— Je m'appelle Chloe Benson. Mon mari s'appelle Liam. »

Instinctivement, je tends mes mains endolories vers ma gorge tandis que d'une voix rauque je lui donne notre adresse, le numéro de téléphone de la maison et le numéro de portable de Liam. Elle tapote si doucement mon épaule que je ne peux pas vraiment la sentir.

« Je vais le contacter. Et le docteur va venir vous voir bientôt.

— J'ai été enlevée. »

Mes yeux se mouillent tandis que je prends pleinement conscience de tout ce qui est arrivé. Elle reste bouche bée.

« Enlevée ? »

Je ne peux que hocher la tête ; les larmes coulent sur mon visage. Même à mes propres oreilles, je sais l'effet que cela produit. Fou. Ridicule. Qui voudrait enlever une femme enseignante de banlieue ?

« Très bien. Je ferais bien d'ajouter sur ma liste d'appeler la police. Ne vous inquiétez pas, vous êtes en sécurité maintenant, mon petit. »

Ses chaussures crissent sur le linoléum tandis qu'elle sort de la chambre d'un pas déterminé en emportant avec elle la cuvette sale.

Je prends le verre d'eau en plastique dans ma main bandée en grimaçant sous le coup de la douleur lancinante dans mes doigts. J'essaie de prendre quelques gorgées mais je ne peux pas m'arrêter.

J'avale tout en une seule fois puis je m'en reverse. Je sens monter une vague de nausées mais je la ravale et je bois lentement mon verre pendant que je jette un coup d'œil à ma chambre, qui est isolée de la salle principale. Depuis mon lit, je peux observer ce qui se passe dans le bureau des infirmières. Celle qui vient de me parler est au téléphone mais je n'arrive pas à entendre ce qu'elle dit. Elle fronce les sourcils, me regarde et continue à parler en secouant la tête. Mon regard se pose sur elle puis sur le reste de la salle. Quelqu'un gémit de douleur. Quelqu'un ronfle bruyamment. Des chaises raclent le sol. Des pas résonnent.

J'essuie mes joues humides avec le dos de la main et cale ma tête sur l'oreiller en fermant les yeux.

Lorsque je les rouvre, un homme se tient debout au pied de mon lit, il lit mes notes. Il porte une blouse blanche sur un costume. Il s'agit donc d'un médecin. Il a les cheveux roux ondulés et des taches de rousseur sur le visage. Un autre dossier d'environ quatre centimètres d'épaisseur est coincé sous son bras.

« Qui êtes-vous ? »

Je lève légèrement la tête de l'oreiller, je me sens prise de vertige. Je me rallonge tout en essayant de garder les yeux ouverts.

« Je suis content de voir que vous êtes réveillée. »

Il sourit, glisse les notes qu'il est en train de lire dans une chemise au pied de mon lit et s'assied sur une chaise en plastique près de moi. Il dépose sur ses genoux le dossier qu'il tenait sous son bras.

« Je suis le docteur Traynor. Je suis neurologue. Et vous êtes Chloe Benson, c'est bien cela ?

— Oui. Avez-vous pu mettre la main sur mon mari ? Avez-vous contacté la police ?

— Oui. Apparemment, votre mari est en Écosse mais il s'apprête à revenir. La police est également en route. »

Il saisit une fine lampe de poche pour examiner mes yeux. La soudaine luminosité me fait cligner des paupières et je repose la tête sur l'oreiller.

« Tout va bien, je veux simplement vous examiner. »

Il maintient mes paupières ouvertes jusqu'à ce qu'il ait terminé. Il me dit en éteignant sa lampe :

« Bien. Pouvez-vous suivre mon doigt avec les yeux ? »

Il lève le doigt, le lève, le baisse, de droite à gauche.

« Oui, c'est très bien. Vous savez ce qui s'est passé ? »

J'explique d'une voix tremblante :

« J'ai été enlevée. Je me suis réveillée quelque part dans un endroit souterrain et je suis parvenue à m'enfuir. Et puis je n'ai pas arrêté de courir. Je ne sais pas comment je suis arrivée là-bas. Je ne… »

Je m'interromps pour reprendre calmement mon souffle.

« Je ne me souviens pas de ce qui s'est passé. »

Il fronce les sourcils, hoche la tête et regarde son dossier.

« Vous pouvez me confirmer votre date de naissance, s'il vous plaît, Chloe ? »

Je la lui donne.

« Votre adresse ? »

Je la lui donne aussi.

« Avant que vous n'ayez été… euh… enlevée, quelle est la dernière chose dont vous vous souvenez ?

— Une fête. À l'occasion de l'anniversaire de mon mari.

— Et quand a-t-elle eu lieu ?

— Le 23 mars. »

Il fronce légèrement les sourcils.

« Vous ne vous souvenez de rien depuis le 23 mars ? »

C'est exactement ce que je viens de dire, non ? Je réponds calmement « non » en luttant contre mon sentiment de frustration.

« Vous savez quel jour nous sommes ?

— L'infirmière m'a dit que nous sommes le 9 mai. Ce qui veut dire que j'ai perdu sept semaines de ma vie quelque part. Est-ce que j'ai subi des dommages au cerveau ? C'est pour cela que je ne peux pas me souvenir ? »

Je touche la bosse au-dessus de mon oreille.

« Lorsque vous avez été amenée ici sans connaissance, nous avons effectué quelques scanners. Mis à part la bosse au niveau de votre tête et quelques écorchures sur vos poignets, vos mains et votre visage, nous n'avons rien trouvé d'anormal en ce qui vous concerne, ce qui est une bonne chose. Il n'y a pas de lésions cérébrales ni de dommages quelconques. Vous êtes un peu déshydratée mais la perfusion va régler tout cela maintenant et il ne devrait pas y avoir de séquelles. Mais… »

Son sourire s'efface tandis qu'il m'observe un moment avant d'indiquer le dossier qu'il a posé sur ses genoux.

« C'est votre dossier médical. »

Désorientée, je fronce les sourcils.

« Oui ?

— Vous souvenez-vous d'avoir été hospitalisée en avril ?

— Quoi ? Non ! Je viens de vous le dire. Je me souviens de l'anniversaire de mon mari et puis… »

Je m'arrête en me demandant de quoi il peut bien parler.

« J'ai subi une opération ou autre chose ?

— Non. »

Il ouvre le dossier d'un mouvement rapide et me lit.

« Vous avez fait une fausse couche le 24 mars. Il semble que vous ayez alors été très déprimée, car votre médecin généraliste vous a prescrit du Zolafaxine. C'est un antidépresseur. »

Ses mots font resurgir un souvenir qui me frappe avec la force d'un boulet de canon. Bien sûr ! C'est ce que j'essayais de me rappeler lorsque j'étais retenue prisonnière. La chose importante que j'allais dire à Liam après sa fête. J'étais enceinte. Comment ai-je pu oublier cela ? Je me le demande tandis que mes mains touchent instinctivement mon ventre. Un ventre vide, sans aucune trace de la vie qui s'y trouvait. Je suffoque. Les larmes me montent aux yeux. Mais je n'ai pas le temps de réfléchir à ce que j'ai perdu, car il continue de parler et je dois me concentrer sur ses paroles. C'est important.

« ...une mauvaise réaction aux antidépresseurs, visiblement. Cela peut arriver parfois.

— Que voulez-vous dire par "mauvaise réaction" ? Quel genre de réaction ?

— Vous souffriez d'effets secondaires de type psychotique. »

« Mon sang se glace dans mes veines.

— Qu... qu'est-ce que *cela* veut dire ?

— Vous aviez des hallucinations. Vous étiez désorientée, agitée et paranoïaque. Votre mari et le personnel soignant ont pensé que c'était mieux pour vous d'être admise, pour votre propre sécurité, jusqu'à ce que les effets des médicaments se soient estompés.

— Ma propre sécurité ? »

Je crie sans parvenir à croire ce que j'entends.

Il lève la tête.

« Oui. Vous avez été internée en vertu de la loi sur la santé mentale et admise à l'hôpital psychiatrique. »

Je secoue la tête et une douleur lancinante me traverse le cerveau.

« Vous ne vous souvenez pas de cela ?

— Non. »

Je lutte pour rester calme.

« Lorsque vous avez quitté l'hôpital et que vous avez été renvoyée chez vous, les effets des médicaments avaient complètement disparu. Votre état était normal, même si vous étiez toujours un peu triste. Nous étions certains qu'il n'y aurait pas d'effets secondaires durables après la prise des médicaments, mais nous n'étions pas prêts à vous en prescrire d'autres pour des raisons évidentes. Même si un antidépresseur différent était prescrit, vous étiez probablement plus susceptible d'avoir une autre réaction.

— Pourquoi je ne peux pas m'en souvenir ? »

Il ferme le dossier et me regarde droit dans les yeux.

« Je ne suis pas sûr. Vous avez pu avoir un autre effet secondaire différé venant du Zolafaxine, ou bien vous pourriez souffrir d'amnésie à la suite de la bosse que vous avez. » Puis il désigne ma tête en annonçant :

« De toute façon, c'est très préoccupant. »

Inquiétant serait un euphémisme dans mon cas.

« Qu'est-ce qui s'est passé après ?

— Après ?

— Lorsque je suis sortie de l'hôpital. Lorsque je me suis sentie mieux. Que s'est-il passé ? »

Il feuillette les autres pages.

« Vous avez eu un rendez-vous de suivi avec le docteur Drew, votre psychiatre de premier recours, la semaine suivante. Tout semblait bien aller. Il a rédigé une note sur laquelle il précisait que vous étiez toujours en deuil après la fausse couche mais qu'il ne croyait pas que vous étiez déprimée. Il vous a donné un arrêt de travail de trois semaines supplémentaires. Vous avez refusé une séance hebdomadaire avec lui en disant que vous étiez capable de faire face. Il était heureux de voir que l'épisode psychotique avait été déclenché uniquement par les médicaments et que vous n'aviez aucune maladie mentale sous-jacente.

— Qu'est-ce que je faisais lorsque j'avais des hallucinations ?

— Votre mari vous a trouvée à la maison en rentrant de son travail. Il a raconté que vous étiez dans le jardin, en train de gratter et de creuser le sentier avec vos doigts. Vous étiez en proie à une hallucination, vous disiez qu'un homme vous poursuivait pour essayer de vous tuer. Vous creusiez pour essayer d'échapper à celui qui était à votre poursuite. »

Le sang se retire de mon visage. Ma peau devient humide de sueur. Il décrit quelqu'un qui n'est pas moi. Hallucination ? Paranoïa ? Je suis peut-être en train d'halluciner en ce moment même. Tout ceci n'est qu'un étrange et incroyable cauchemar.

Je le dévisage, bouche bée, tout en essayant de rassembler mes pensées.

Il regarde mes mains.

« À part les écorchures que vous avez maintenant sur les poignets, vos mains ressemblaient à cela lorsque vous avez été amenée. La peau sanglante et griffée et les ongles cassés.

— Comment est-ce possible ? Comment ai-je pu halluciner à ce point-là ? Comment ai-je pu connaître un épisode psychotique alors que j'étais quelqu'un de sain d'esprit ?

— Comme je l'ai dit, c'était une réaction aux médicaments. C'est très, très rare mais cela peut arriver. Nous avons déposé un rapport de pharmacovigilance auprès du fabricant dès que nous avons été sûrs. »

Il semble mal à l'aise, comme si j'étais sur le point de menacer l'hôpital d'une action en justice.

« Je ne sais même pas ce que cela signifie.

— Nous sommes tenus par la loi de signaler les effets indésirables d'un médicament. Surtout lorsqu'ils sont aussi graves que ceux que vous avez éprouvés.

— Alors… »

Je prends une profonde inspiration et j'appuie la tête contre les oreillers bien frais. Je suis épuisée. Je veux fermer les yeux et dormir. Dormir pour toujours.

« Je suis sortie de l'hôpital et j'allais bien, mis à part le fait que j'étais toujours en deuil à cause de cette… »

Mes yeux se remplissent de larmes.

« … de la fausse couche. Et après, que s'est-il passé ? Que sait-on de l'enlèvement ? Je ne sais pas comment je suis arrivée là-bas. Je ne me souviens de rien du tout. Et si celui qui m'a enlevée m'a donné un coup sur la tête ? Et s'il sait où je suis ? »

Il hoche la tête avec bienveillance comme le font les médecins lorsqu'ils n'ont aucun indice pour savoir ce qui ne va pas chez vous. Concentré, il pose son menton entre le pouce et l'index.

« Nous laisserons cet aspect des choses à la police qui sera sans aucun doute bientôt ici. D'un point de vue médical, je devrai réaliser quelques examens supplémentaires. Je reviendrai plus tard, lorsque vous vous serez reposée. »

C'est à ce moment-là que je la saisis. La lueur de doute dans son regard. L'inquiétude sur son visage comme s'il était en train de regarder un enfant qui a été pris en flagrant délit de mensonge. Il ne croit pas que j'ai été enlevée. Il pense que j'ai connu un autre « épisode psychotique ».

Chapitre 5

Un bruit de pas traînants me réveille. J'ouvre les yeux, mon cœur se met à battre plus vite avant que mon regard ne se pose sur deux hommes qui se tiennent près de la porte.

« Chloe Benson ? » demande le plus grand des deux.

Il est large d'épaules, la quarantaine avancée, les cheveux brun foncé grisonnants au niveau des tempes. Son costume noir est froissé. Son partenaire est plus petit, bâti comme un boxeur et son nez semble avoir été déjà cassé plusieurs fois. Je déglutis, j'ai la gorge sèche et éraillée. Je réponds prudemment « oui », prête à appuyer sur le bouton de l'alarme à côté de mon lit. Il fait un pas en avant et me tend une carte avec une photo et quelques mots imprimés.

« Je suis l'inspecteur Summers et voici le sergent Flynn, dit-il en désignant son collègue d'un geste de la main. »

Je jette un regard sur sa pièce d'identité. La photographie est celle d'un Summers plus jeune qui ressemble davantage à un criminel qu'à un officier de police. J'acquiesce, pas très sûre de savoir quoi dire dans ce genre de circonstances. Je n'ai jamais eu l'occasion de parler à la police, même pour une amende pour excès de vitesse. D'une certaine manière, je me sens simplement coupable d'être en leur présence comme si j'avais fait quelque chose de mal et que j'essayais de le cacher. J'ai toujours le même genre de sentiment lorsque je passe la douane dans un aéroport. Même si je suis une voyageuse parfaitement innocente sans même un paquet de cigarettes hors taxe à déclarer, je me *sens* toujours coupable de suivre la direction « Rien à déclarer » avec tous les regards braqués sur moi, qui se demandent si je ne suis pas en réalité une mule impliquée dans un trafic de drogue, plutôt qu'une prof d'anglais en tenue décontractée.

« Il semble que vous ayez subi une véritable épreuve. »

Summers s'assied sur la seule chaise en plastique de la chambre, près de mon lit. Flynn s'appuie contre le chambranle et sort un stylo de sa poche supérieure. Il a déjà un petit carnet dans la main. Il feuillette quelques pages avant de laisser son crayon en suspens.

« Vous pouvez nous dire ce qui s'est passé ? » demande Summers.

Je leur raconte tout ce dont je me souviens, depuis le moment où je me suis réveillée dans le sous-sol jusqu'à mon évasion et ma fuite sur la route. J'essaie de rester calme mais mon cœur bat plus vite, et des gouttes de sueur apparaissent sur mon front et ma lèvre supérieure. Lorsque j'ai terminé, Summers me regarde, le visage impassible.

« D'après vous, pour quelle raison voudrait-on vous enlever ?

— Aucune ! Je… je suis une personne normale, je suis comme tout le monde. Je ne suis pas riche. Je n'ai aucun lien avec des criminels. Je n'ai même jamais eu ne serait-ce qu'une contravention de stationnement.

— Quelle est votre activité professionnelle ? »

Flynn s'arrête de griffonner et relève la tête pour me regarder.

« J'enseigne l'anglais au Downham Sixth Form College.

— Vous êtes mariée ? continue Summers.

— Oui, depuis deux ans avec Liam Benson.

— Que fait votre mari ?

— Il est chef de produits de la division pharmaceutique chez Devon Pharmaceutical.

— Est-ce qu'il gère des dossiers sensibles ? demande Summers en fronçant les sourcils. Des expérimentations animales ?

— Non, il est responsable de la production de tous les médicaments qu'ils proposent sur le marché. Il n'a rien à voir avec tout ce qui concerne les essais sur les animaux, pour autant que je sache. Pourquoi ?

— Certains groupes de défense des animaux peuvent être, disons, trop zélés dès qu'il s'agit d'expérimentation animale. Il n'est pas rare que les salariés du secteur pharmaceutique ou leurs familles soient pris pour cibles, c'est un élément à prendre en considération. Où se trouve votre mari ?

— L'infirmière lui a parlé et il a dit qu'il était en Écosse pour son travail. Leur usine, qui fabrique les médicaments, se trouve à Aberdeen. Il est sur le chemin du retour, maintenant.

— Nous aurons besoin de lui parler également.

— Oui, bien sûr.

— Vous ne vous souvenez donc de rien qui se soit produit avant que vous n'ayez été enlevée ? Un événement étrange ? » demande Summers.

Je regarde mes mains, j'ai les doigts qui m'élancent.

« Non. La dernière chose dont je parviens à me souvenir, c'est la fête pour l'anniversaire de mon mari qui a eu lieu le 23 mars. Je n'arrive pas à me rappeler ces sept dernières semaines. »

Je pense à ce que le docteur Traynor m'a dit et je pose une main sur mon ventre comme si le geste allait en quelque sorte ramener mon bébé à la vie. Summers se penche légèrement en avant.

« Avez-vous des problèmes financiers ou devez-vous de l'argent à quelqu'un ?

— Non. Enfin, notre maison est hypothéquée mais nous n'avons aucun autre prêt. Nous n'avons aucun problème financier.

— Avez-vous reçu des menaces ?

— Non.

— Avez-vous été suivie récemment ? Avez-vous reçu des appels étranges ?

— Non.

— Bon, des problèmes avec d'autres personnes ? Collègues, membres de la famille, amis ?

— Non, rien. Comme je vous l'ai dit, je suis une personne normale qui mène une vie assez calme. »

Je m'arrête en me demandant comment leur dire la suite.

« Mais… »

Je ferme les yeux pendant un instant.

« Oui ? »

La voix de Summers me pousse à les ouvrir de nouveau.

« Eh bien… mon médecin m'a dit que quelque chose m'était arrivé après la fête. »

Summers incline la tête et attend que je poursuive. Je lui raconte tout ce que je sais pour l'instant, et c'est comme si je parlais de quelqu'un d'autre, parce que ce que le docteur Traynor m'a dit n'a pas pu arriver, n'est-ce pas ? C'est tellement étrange. Pendant un instant, j'aurais été l'heureuse Chloe, ravie à l'idée d'avoir notre premier bébé, et l'instant d'après, je serais devenue Chloe la folle, en proie à des hallucinations et imaginant que des gens étaient à ma poursuite, tandis que je me blessais pour essayer de leur échapper.

Summers me regarde un instant, l'air étonné.

« Avez-vous eu des antécédents de dépression avant votre fausse couche ?

— Non, pas que je sache. »

Je me demande quels autres éléments à charge de mon passé j'aurais pu oublier.

« Et aucune autre réaction allergique à des médicaments prescrits auparavant ?

— Eh bien, je ne peux pas prendre de pénicilline car cela me donne de l'urticaire mais je… non, je n'ai jamais eu de… »

Mon Dieu, je ne peux même pas me résoudre à dire le mot « psychotique ».

« … je n'ai jamais eu de réaction comme celle que le docteur Traynor a décrite. »

Summers regarde brièvement Flynn puis il se tourne à nouveau vers moi.

« Qu'ont dit les médecins à propos de votre perte de mémoire?

— Le docteur Traynor a dit qu'il n'y avait pas de lésion cérébrale ou de détérioration. Cela pourrait avoir un lien avec… »

Je fais un vague geste des mains en essayant de me souvenir de ce qu'il a dit mais l'onde de choc est énorme.

« Euh… cela pourrait être un effet secondaire dû aux antidépresseurs que j'ai pris au départ. Il doit pratiquer d'autres examens.

— Pouvons-nous parler avec vos médecins à propos de vos antécédents médicaux?

— Oui. Oui, bien sûr. Je n'ai rien à cacher. Je veux juste que tout cela soit réglé. Je ne me sentirai pas en sécurité tant que celui qui m'a enlevée n'a pas été retrouvé. Allez-vous pouvoir découvrir ce qui s'est passé? Parce que cet homme est toujours là, quelque part, et je n'ai pas la moindre idée de qui il s'agit ou de comment il a réussi à m'enlever. »

J'observe Summers, le regard implorant, je sens mon rythme cardiaque qui s'emballe.

« Un homme? Qu'est-ce qui vous fait penser qu'il s'agissait d'un homme?

— Eh bien… rien, mais pour quelle raison une femme agirait-elle de la sorte? C'est logique que ce soit un homme, non?

— C'est très possible. Ne vous inquiétez pas, madame Benson, vous êtes en sécurité ici. »

Je cligne des yeux pour refouler la terreur qui m'envahit.

« S'il vous plaît, appelez-moi Chloe. Et je ne vais pas rester ici indéfiniment, n'est-ce pas? Que se passera-t-il s'il revient me chercher?

— Nous allons faire tout notre possible pour découvrir ce qui s'est passé, affirme Summers, bien qu'il n'ait pas l'air convaincu. Mais avec votre souvenir confus des événements, je crains que cela s'avère un peu difficile.

— Savez-vous qui m'a trouvée?

— Une femme qui s'appelle… »

Flynn jette un regard sur son carnet.

« … Anne Casey. Elle circulait sur la Great North Road, elle rentrait chez elle après sa journée de travail. Elle a appelé une ambulance depuis son téléphone portable et c'est là que les secours se sont présentés.

— La Great North Road? C'est à environ huit kilomètres de mon domicile.

— Vous avez été retrouvée sur un tronçon de route qui longe Sherrardspark Woods, explique Summers. Vous êtes déjà allée à cet endroit? Pour marcher dans les bois, peut-être? »

Je commence à faire un geste de la tête mais la douleur m'arrête. Je m'adosse contre l'oreiller avant de prendre une profonde inspiration pour que la nausée disparaisse.

« Non. Jamais. Liam empruntait cette route avant, lorsque nous allions à Welwyn, mais je ne suis jamais allée dans les bois.

— Seriez-vous prête à nous accompagner à l'endroit où vous avez été retrouvée pour voir si vous reconnaissez le secteur d'où vous auriez pu venir? » demande Summers.

Cette idée me fait frissonner mais je me dis que je serai en sécurité. J'irai avec des officiers de police. Rien ne pourra m'arriver, n'est-ce pas?

Avant que je puisse répondre, Liam se précipite dans la chambre en poussant Flynn au passage contre l'embrasure de la porte.

« Oh, Chloe, j'étais tellement inquiet ! »

Il s'assied sur le lit et m'écrase contre lui en me prenant dans ses bras. Il me tient tellement serrée que cela me fait mal. Je laisse échapper un cri de douleur, et il desserre son étreinte.

« Excuse-moi. Tu as mal ? Tu vas bien ? »

Il se recule et me regarde, ses yeux bleu pâle se promènent avec inquiétude entre mon visage et mes mains bandées. Il touche délicatement les griffures sur mes joues.

« J'ai parlé à l'infirmière au téléphone mais elle ne m'a dit que l'essentiel. D'après les médecins, tu as perdu la mémoire. C'est vrai ? Qu'est-ce qui s'est passé, ma chérie ?

— Je ne sais pas vraiment. J'ai été... enlevée. »

Je répète l'histoire que j'ai racontée à Summers et à Flynn et d'une certaine manière, plus je la raconte, moins elle semble vraie.

« Quoi ? »

Liam écarquille les yeux. Ses lèvres ne sont plus qu'une ligne toute mince.

« Oh, Chloe, ne me dis pas que ça recommence ! »

Il hoche doucement la tête.

« Je pensais que tout allait bien maintenant. Tu allais tellement mieux. Les médecins nous avaient dit qu'il n'y aurait pas d'effets à long terme.

— Cela ne vient pas de ces médicaments. Cela s'est produit, réellement produit. J'ai été enlevée. »

Je risque un coup d'œil derrière lui en direction de Summers qui me regarde avec un visage de marbre.

« Mais c'est exactement ce qui s'est passé avant, fait Liam d'une voix calme.

— Liam, cela n'a rien à voir avec avant, finis-je par rétorquer, même si je ne sais pas comment c'était avant car je ne peux même pas m'en souvenir. Quelqu'un m'a enlevée et m'a enfermée quelque part sous terre. Je me suis sauvée. J'ai couru tant que j'ai pu et je suis arrivée sur une route où une femme m'a trouvée et a appelé les secours. »

Il regarde mes mains bandées.

« Mais tes mains ? »

Il caresse doucement mon avant-bras.

« C'est ce que tu as fait la dernière fois.

— Apparemment… »

Même si je suis épuisée, je sens la colère monter en moi. Je tente de la refouler. La colère ne marche pas très bien avec Liam et j'ai besoin qu'il me croie. J'ai besoin que tout le monde me croie.

« Mais je sais ce qui s'est passé. Et il est toujours quelque part dehors. L'homme ou… ceux qui m'ont enlevée. »

Je me mets à pleurer. De grosses larmes coulent sur mes joues sans que je puisse les réprimer. Mes épaules tremblent. Mon nez se bouche.

« Tu as dit que tu ne te souvenais pas de ce qui s'était passé pourtant, Chloe, remarque Liam qui soupire imperceptiblement.

— Non, je me souviens m'être réveillée dans cet endroit, m'être échappée. Mais je ne sais pas comment j'y suis arrivée. »

Liam pose un bras protecteur sur mes épaules et se tourne de manière à regarder Summers pour la première fois.

« Vous êtes du poste de police ?

— Oui. Inspecteur Summers. »

Il tend la main à Liam, mais Liam l'ignore.

« Et qu'en pensez-vous ? lui demande Liam.

— Pardon ?

— Son histoire.

— Ce n'est pas une histoire. »

Je m'essuie le nez sur le dos de ma main bandée et je regarde Summers en essayant de lui envoyer un message silencieux pour le convaincre que ce que je dis est vrai. Ce n'est pas du tout un quelconque flash-back d'un esprit dérangé. Je ne suis ni confuse ni désorientée. Le regard de Summers oscille entre Liam et moi.

« De toute évidence, votre femme a connu un traumatisme, et c'est mon travail de trouver de quoi il s'agit. »

Liam se crispe à côté de moi. Je prends une grande inspiration. Elle résonne dans le silence qui suit.

« Vous étiez en Écosse pour affaires ? poursuit Summers.

— Oui.

— Pendant combien de temps ?

— J'ai pris l'avion pour Aberdeen il y a trois jours.

— Et Chloe était chez vous lorsque vous l'avez vue pour la dernière fois ?

— Oui. Est-ce qu'elle vous a raconté ce qui s'était passé lorsqu'elle a été hospitalisée avant ? »

Summers acquiesce.

« Oui. Mais cela nous aiderait que vous nous racontiez ce qui s'est passé car de toute évidence, Chloe ne se rappelle pas le drame qui lui est arrivé. La dernière chose dont elle se souvient, c'est votre fête d'anniversaire.

— Oui, c'était mes quarante ans. Il y avait beaucoup d'amis. C'était une belle soirée. Et puis… »

Liam me regarde avec tristesse.

« … le lendemain, Chloe m'a annoncé qu'elle était enceinte. »

J'étouffe un sanglot.

« Mais aux premières heures du matin suivant, elle a fait une fausse couche. »

Liam resserre l'étreinte de son bras autour de mes épaules.

« Après la fausse couche, elle est devenue dépressive. Elle ne mangeait pas, ne dormait pas, elle avait perdu le goût de vivre. Alors j'ai insisté pour qu'elle aille voir son médecin traitant qui lui a prescrit des antidépresseurs et des somnifères. Malheureusement, elle a eu une sorte de réaction aux antidépresseurs et… bref… »

Il me regarde pour s'assurer que je vais bien.

« Continue, je veux l'entendre. »

Peut-être que le verbe « vouloir » est inexact. Disons que j'ai *besoin* de l'entendre. Besoin de savoir si je deviens folle. Encore.

Liam laisse échapper une sorte de soupir.

« Chloe souffrait d'hallucinations et révélait un comportement paranoïaque. Elle pensait qu'elle était poursuivie par un homme qui essayait de la tuer. Je suis arrivé à la maison en sortant du bureau et je l'ai trouvée dans le jardin, en train de gratter et de creuser dans le chemin. Elle hurlait en essayant d'échapper à son prétendu agresseur. Lorsque j'ai essayé de l'aider, elle était confuse et désorientée. Elle s'est défendue. »

Je me sens honteuse, je me dégoûte, je n'arrive pas à y croire.

« Nous avons dû la faire interner, pour sa propre sécurité. »

Une exclamation involontaire s'échappe de ma bouche. Si Liam l'a entendue, il préfère l'ignorer et continue de parler de moi. J'en suis réduite à n'être qu'une simple spectatrice de ma vie.

« La prise des antidépresseurs a tout de suite été arrêtée, et on lui a prescrit des antipsychotiques jusqu'à ce qu'elle recouvre son état normal.

— Combien de temps je suis restée à l'hôpital ? »

Je m'oblige à poser la question, même si les mots semblent rester collés sur ma langue. Liam me jette un regard en coin.

« Une semaine. Puis tu as eu un rendez-vous en consultation externe avec le psychiatre. Mais nous pensions tous que tu allais mieux. Les médecins estimaient qu'il n'y aurait pas d'effets durables à la prise des médicaments, une fois qu'ils seraient éliminés de ton corps. Mais maintenant que tout ceci est arrivé… Bref, tu dois savoir de quoi il retourne, Chloe. Tout cela est tellement tiré par les cheveux. Et tellement semblable à ce qui s'est passé avant. Nous ne voulons pas faire perdre son temps à la police, pas vrai ? »

Il me caresse l'épaule et regarde Summers avec un air désolé. Et c'est à ce moment-là que je commence vraiment à me poser des questions. Est-ce que je me suis vraiment réveillée dans cet endroit ? Est-ce que je me suis vraiment échappée ? Ou bien ai-je tout imaginé ? Est-ce que c'est une sorte de récidive ?

« Je pense que vous pouvez nous laisser être seuls juges de ce qui nous fait perdre notre temps. »

Summers adresse un sourire courtois à Liam.

« Que s'est-il passé lorsque Chloe est sortie de l'hôpital ?

— Elle était en arrêt maladie, elle est donc restée à la maison pour se remettre. Elle semblait aller bien, même si elle était toujours un peu déprimée, après la perte du bébé. Elle avait encore du mal à dormir mais tout rentrait dans l'ordre, c'est ce que je pensais en tout cas.

— Est-ce que vous l'avez contactée pendant que vous étiez en Écosse ? Nous pouvons peut-être déterminer exactement le jour où vous avez disparu, Chloe. »

Summers me regarde de manière insistante.

« Je l'ai appelée sur son téléphone portable en arrivant, mais après, j'ai été plongé jusqu'au cou dans mon travail et je n'ai pas eu le temps de la rappeler. Nous lançons bientôt un nouveau médicament contre le diabète, alors la période est très mouvementée.

— Vous travaillez chez Devon Pharmaceutical ? demande Summers.

— Oui.

— En quoi consiste votre travail, exactement ?

— Je supervise la fabrication de nos médicaments, entre autres choses.

— Est-ce que Devon Pharmaceutical réalise des expérimentations sur les animaux ? »

Summers croise les jambes.

« Oui. Et je vois où vous voulez en venir, mais notre société n'a jamais été la cible de ce genre de choses par le passé.

— Donc vous n'avez jamais personnellement reçu de menaces en rapport avec votre travail ?

— Certainement pas.

— Pouvez-vous confirmer que la dernière fois que vous avez parlé avec Chloe, c'était le 6 mai à votre arrivée en Écosse ? demande Flynn.

— Oui. »

Flynn en prend note.

« Elle n'a pas dit qu'elle allait quelque part ou qu'elle faisait quelque chose en particulier ?

— Non, répond-il en me regardant, l'air inquiet. Elle n'est pas beaucoup sortie de la maison depuis sa fausse couche.

— Et elle ne vous a rien dit qui aurait pu vous alerter ? demande Summers.

— Rien du tout.

— Vous êtes rentré d'Écosse aujourd'hui par avion ? demande Flynn.

— Oui, même si je ne devais pas rentrer avant quatre jours. Le taxi m'a déposé à la maison en arrivant de l'aéroport de Stansted. J'ai laissé ma valise, j'ai pris mes clefs de voiture et je suis venu tout de suite ici.

— Y avait-il des signes de désordre ou bien d'effraction chez vous ? demande Summers.

— Non, je n'ai rien remarqué de tel mais évidemment, je n'ai jeté qu'un rapide coup d'œil.

— J'apprécierais que vous vérifiiez bien lorsque vous rentrerez chez vous et que vous me teniez au courant.

— Bien sûr.

— Vous pouvez nous donner les noms des amis ou bien des membres de votre famille qui pourraient vous avoir vue avant que vous ne disparaissiez ? me demande Summers.

— Liam est ma seule famille et ma meilleure amie Sara est en voyage en Inde.

— Et qu'en est-il de votre famille ? demande Summers à Liam. Auraient-ils vérifié si tout allait bien pour Chloe pendant que vous étiez parti ?

— Non. Je suis fils unique et mes parents avaient la cinquantaine lorsque je suis né ; ils sont décédés il y a quelques années. Je n'ai que mon cousin Jeremy et sa femme Alice, mais ils vivent dans le Kent. La dernière fois que nous les avons vus, c'était à mon anniversaire. Ils ont passé la nuit à la maison et ils sont repartis le lendemain matin.

— Et des collègues de travail ? me demande Summers. Quelqu'un dont vous étiez proche au lycée et que vous pourriez avoir vu ? »

Je pense alors à Jordan mais je ne peux pas dire qu'il vient parfois à la maison. Si Liam le découvrait, il serait fâché. Je réponds doucement :

« Non, juste des collègues, pas d'amis. »

Summers laisse échapper un profond soupir et se lève.

« Bon, nous allons commencer à faire quelques recherches. Je vais rester en contact avec le docteur Traynor pour savoir à quel moment vous serez suffisamment en forme pour nous accompagner dans les bois. Et si vous pensez à quelque chose, tenez-nous au courant, d'accord ? »

Il sort une carte de sa poche et me la tend mais Liam, qui est tout à côté, la saisit avant moi et l'enfouit dans la poche de sa veste.

« Nous le ferons, répond-il en se levant à son tour.

— Est-ce que je peux vous dire un mot avant de partir ? »

Il a un geste de la tête vers la porte et ils échangent un regard. Liam se dirige le premier dans le couloir et je le vois parler avec Summers et Flynn, l'air grave. Summers me regarde brièvement. Je m'agite sous le drap du lit tandis que Summers incline plusieurs fois la tête et que Flynn note quelque chose sur son carnet avant de partir. Lorsque Liam revient dans la chambre, il s'assied à côté de moi sur le lit et me prend la main. J'essaie de le regarder dans les yeux mais je n'y parviens pas. Je reste le regard fixé sur les draps.

« Que vais-je faire de toi, mon amour ? »

Il caresse doucement mes cheveux.

Chapitre 6

« Comment vous sentez-vous ? »

Le docteur Traynor entre dans la chambre, obligeant ainsi la panique qui tourbillonne dans ma tête à s'arrêter net.

« Fatiguée. J'ai mal à la tête et je me sens toujours un peu malade.

— Cela vient de la commotion. Elle est seulement légère. Vous vous sentirez plus vous-même d'ici quelques jours. »

Mais qu'est-ce que cela veut dire, se sentir plus soi-même? ai-je envie de lui demander. Je ne sais plus, pas après ce que lui et Liam m'ont dit. Je m'assieds et je repousse la table de chevet sur le côté. Les restes de lasagnes indigestes et de frites ramollies qui s'y trouvent me donnent la nausée maintenant. J'ai réussi à en manger mais la peur et l'angoisse ont eu raison de ma faim.

« Pas d'appétit ? demande-t-il.

— Pas vraiment.

— Vous devez manger pour reprendre des forces.

— Vous avez goûté à la nourriture, ici ?

— Un point pour vous, remarque-t-il en souriant avant de s'asseoir près de moi. Votre mari est parti ?

— Oui. Il avait besoin de prendre une douche et de manger quelque chose. Il reviendra plus tard avec quelques vêtements et une trousse de toilette pour moi.

— Bien. Pendant ce temps-là, nous allons effectuer quelques tests, si vous vous en sentez capable, OK?

— D'accord.

— Je vais vous poser une série de questions pour vérifier les différentes zones de votre mémoire. Répondez-y simplement, le plus rapidement possible, me conseille-t-il en ouvrant le carnet posé sur ses genoux et en appuyant sur son stylo. Quel est votre nom complet?

— Chloe Benson.

— Quel âge avez-vous?

— Vingt-sept ans.

— Où habitez-vous?

— Poplar Close.

— Depuis combien de temps vivez-vous là-bas?

— Deux ans.

— Bien. Qui suis-je?

— Le docteur Traynor.

— En quelle année sommes-nous?

— 2014.

— Quel mois sommes-nous?

— Mai.

— Qui est Premier ministre?

— David Cameron.

— Pouvez-vous compter à rebours de trois en trois en partant de cinq cents?

— 497, 494, 491, 488, 485, 482, 479, 476, 473, 470…

— Parfait. Pouvez-vous faire la même chose à rebours de sept en sept? »

Là, c'est plus compliqué mais j'y arrive. Puis il me récite cinq lignes de poésie et me demande de les répéter après lui, ce que je fais. Il me tend une feuille de papier avec différentes formes dessinées. Après l'avoir regardée, il me reprend le papier et me demande :

« Où avez-vous grandi ?

— Ici, à Welwyn Garden City. Puis je suis allée à l'université à Londres et je suis revenue ici après. »

Il griffonne quelque chose.

« Qu'avez-vous étudié à l'université ?

— L'anglais. Puis j'ai suivi une formation pour les enseignants.

— Quelles sont les formes qui étaient sur la feuille de papier que je vous ai montrée ?

— Des étoiles, des triangles, des carrés, des rectangles, quelque chose qui ressemblait à un palmier. »

Il m'énonce alors une série de mots que je dois lui répéter. Puis une série de nombres. Il me montre des cartes avec des images de différents animaux et me demande de lui dire lequel se trouve sur la carte en question. Enfin, il referme son carnet et pose le crayon dessus.

« Bien, très bien.

— Cela ne me semble pas bien de là où je suis.

— Vous avez ce que l'on appelle une amnésie. Cela pourrait venir de la bosse que vous avez sur la tête. Après une commotion, les cellules du cerveau qui n'ont pas été détruites se retrouvent parfois dans une situation vulnérable pendant un certain temps mais elles finissent par guérir. Cela pourrait également avoir été causé par les effets secondaires différés des antidépresseurs. »

Il s'arrête comme s'il voulait me faire comprendre que les mauvaises nouvelles arrivent. Je n'ai pourtant aucune idée de ce qui pourrait être pire.

« Nous avons fait une analyse de sang lorsque vous avez été admise et nous avons trouvé du Silcpine dans votre système, c'est un somnifère. Apparemment, votre médecin vous l'a prescrit en même temps que les antidépresseurs pour vous aider à dormir. Il est possible que cela ait généré une sorte de réaction similaire à celle que vous avez eue avec le Zolafaxine.

— Quoi ? Mais je… ils… non. »

J'essaie de parler mais ma bouche s'ouvre et se referme dans le vide. Il me faut un moment pour que ma bouche se connecte à mon cerveau.

« Je ne prends pas de somnifères. Je n'en ai pris qu'une seule fois lorsque j'avais des problèmes pour dormir à l'université. Je m'étais sentie si mal et si somnolente le lendemain que je n'en ai jamais repris depuis.

— Le Silepine n'a rien à voir avec les vieux somnifères. Il n'a pas cet horrible effet de somnolence le lendemain, me répond-il en regardant ses notes. Nous en avons trouvé seulement une quantité modérée dans votre système, mais si vous y étiez allergique, cela aurait néanmoins pu vous conduire à présenter les mêmes symptômes de type psychotique qu'avant. Les hallucinations et l'amnésie sont également en eux-mêmes des effets secondaires indésirables du Silepine, même si, encore une fois, ils sont très rares.

— Mais je ne les ai pas pris. Je… »

Je ne peux plus parler. Ce n'est simplement pas envisageable. Rien de tout cela ne l'est. Ce n'est pas vrai. Comment est-ce possible ? Mais je ne peux pas nier les avoir pris alors qu'une analyse de sang prouve le contraire.

« Lorsque vous avez quitté l'hôpital après l'incident des antidépresseurs, nous vous avons conseillé de ne pas prendre d'autres médicaments. Parfois, lorsque vous avez une réaction à l'un d'eux, cela vous rend plus susceptible d'avoir une réaction à d'autres médicaments, ajoute le docteur Traynor avant de s'éclaircir la gorge. Mais il semblerait que vous les ayez pris. Quelle autre explication pourrait-il y avoir quant à leur présence dans votre organisme ?

— Mais pourquoi les aurais-je pris si vous m'avez dit de ne pas le faire ? lui dis-je avec un air de défi.

— Je crains que nous ne puissions que conseiller les patients en ce qui concerne leurs soins. Malheureusement, ils ne tiennent pas toujours compte de nos recommandations. Liam a mentionné que vous aviez toujours des problèmes de sommeil ; donc il est possible que vous ayez décidé de les prendre. Ou bien votre peine s'est-elle aggravée pour se transformer en dépression à nouveau, au point que vous ayez voulu vous faire du mal. »

Mal à l'aise, il change de position sur sa chaise avant de poursuivre :

« La dépression peut être parfois difficile à estimer. »

Je sais tout sur ce qui est difficile à estimer. Je n'ai jamais rien su à propos de ma grossesse jusqu'à ce qu'il soit trop tard. Malgré tout, je le regarde avec effroi.

« Vous voulez dire que je… Attendez ! Vous pensez que je les ai pris pour essayer de *me tuer* ?

— C'est possible. Ou bien cela pouvait être un appel à l'aide. Et c'est pour cela que nous sommes là. Pour vous aider.

— Non, je n'aurais pas fait ça. Je n'aurais pas pu. »

Je dois avoir l'air folle. Mon regard erre dans la chambre sans pouvoir s'attarder plus de quelques secondes sur le moindre objet, tandis que j'essaie de donner du sens à ce qu'il dit. Tous les morceaux qui me composent ne semblent plus correspondre les uns aux autres. Tout est faux, déplacé, comme un puzzle dispersé.

« Malheureusement, vous ne pouvez pas vous rappeler exactement ce qui s'est passé, c'est donc tout à fait possible que vous l'ayez fait.

— Mais je sais que je n'aurais jamais essayé de me tuer. »

Il demeure silencieux et me regarde simplement avec calme ; c'est lui le médecin, ce qui signifie qu'il a déjà vu tout cela avant et que plus rien ne le surprend.

« Que voulez-vous dire par quantité modérée ? Combien en aurais-je pris ? »

Une sensation de picotement commence à envahir mon crâne. Je frotte l'arrière de ma tête sur l'oreiller.

« Probablement trois ou quatre comprimés seulement. Ce qui est suffisant pour que vous vous sentiez somnolente.

— Mais est-ce que je vais retrouver la mémoire ? gémis-je d'une voix tremblante. J'ai perdu sept semaines. J'ai besoin de savoir ce qui s'est passé. J'ai besoin de savoir si… »

Je dis quoi ? Si je suis folle ? Si j'ai des hallucinations ? Si j'ai essayé de me suicider ?

« J'ai besoin de savoir s'il y a quelqu'un, dehors, qui va revenir pour moi.

— Le cerveau est une machine très compliquée et malheureusement, il n'y a aucun traitement pour l'amnésie. Mais il en existe de nombreuses formes qui évoluent positivement d'elles-mêmes. Parfois, les patients qui souffrent d'une amnésie non provoquée par une commotion cérébrale, retrouvent leurs souvenirs de manière spontanée ou au fil du temps. Je crains qu'il ne faille attendre. »

Je ressens une douleur au niveau de la poitrine, comme si quelqu'un m'avait donné un coup fulgurant. *Attendre ?* Dois-je attendre qu'un inconnu revienne et me tue ? Suis-je condamnée à l'incertitude jusqu'à ce qu'il soit capturé et enfermé ?

« Je n'ai pas de réponse définitive en ce qui vous concerne. Vos souvenirs pourraient revenir dans quelques jours, quelques semaines ou même quelques mois. Ils pourraient revenir en fragments ou bien d'un seul bloc. Votre mémoire à long et court terme semble fonctionner correctement. Il y a simplement ce petit laps de temps qui manque. Mais je suis très optimiste, vous allez finir par vous rétablir complètement.

— Et en attendant, j'ignore si cette personne continue de me chercher.

— Je suis sûr que la police fait tout ce qu'elle peut. »

Il sourit comme si cela était supposé me rassurer. Mais pas du tout. Rien n'y fera tant que je ne saurai pas ce qui s'est vraiment passé.

« La police m'a prévenu que vous alliez les accompagner à l'endroit où vous avez été trouvée.

— Les policiers m'ont dit qu'ils devaient avoir une conversation avec vous à ce sujet.

— Je pense que nous devons attendre au moins un jour pour voir comment vous vous sentez. Physiquement, vous n'avez pas de blessures graves, même si vous êtes encore un peu faible. Nous allons enlever le goutte-à-goutte ce soir mais je tiens à m'assurer que vous êtes suffisamment solide avant de quitter l'hôpital, même si c'est seulement pour une courte période. »

Il se lève, appuie ses notes contre lui.

« Essayez de ne pas trop vous inquiéter. Être stressée n'aidera pas à votre rétablissement. »

Comment pourrais-je ne pas m'inquiéter ? Je sens déjà un tunnel noir sous ma poitrine.

« Un autre médecin viendra vous voir plus tard, pour faire une évaluation psychiatrique. »

Trop lasse pour parler, je me contente d'acquiescer.

Je sirote une tasse de thé que l'aide-soignant m'a apportée dans la salle. En général, je ne prends pas de sucre mais cette fois, j'en ai demandé trois. Il faut que je reprenne des forces. Je ne veux pas rester ici plus longtemps que nécessaire, et m'exposer à un retour à l'asile. J'ai pensé et repensé à tout cela et j'en suis sûre maintenant. Je peux affirmer à cent pour cent que ce que j'ai décrit s'est réellement passé. Ce n'était pas une hallucination. Ce n'était pas une rechute. Ce doit être la blessure à la tête qui m'a fait perdre la mémoire. Je ne sais pas comment cela s'est passé ni comment je me suis réveillée dans cet endroit-là.

Ou bien étaient-ce les somnifères ?

Réfléchis, Chloe !

Mais plus je réfléchis, plus ma tête s'embrouille.

Je repousse les draps du lit, sors les jambes et je m'assieds. La chambre tangue devant mes yeux. Je prends une profonde inspiration et je touche doucement la bosse sur ma tête. Elle a la consistance d'un œuf dur.

J'attends que ma vision s'éclaircisse et je me lève en prenant appui sur la table de chevet avec ma main gauche. Comme mes jambes sont faibles, je tente timidement de marcher en plaçant mon poids sur ma cheville douloureuse. Ça fait mal mais au moins, je peux m'appuyer. Je porte l'une de ces horribles blouses d'hôpital qui sont munies de nombreux liens dans le dos que vous ne pouvez jamais attacher vous-même correctement. La main droite dans le dos, par souci de pudeur, je fais de petits pas autour de la chambre. Retour à la case départ. Lorsque je me retourne pour refaire l'exercice, un homme se tient debout à la porte de la chambre en me regardant.

Je me sens glacée.

Il a les cheveux gris, des sourcils gris et épais, et une barbe grise. Il porte un pantalon en velours vert foncé, une chemise blanche avec une petite tache sur le devant – quelque chose qui ressemble à du café – et une veste en tweed avec des pièces en cuir au niveau des coudes qui lui donnent l'allure d'un grand-père. Son regard… Il me donne la chair de poule, comme s'il me reconnaissait alors que je ne l'ai jamais vu de toute ma vie.

Je lui crie : « Restez où vous êtes ! » tandis que j'appuie sur la sonnette d'urgence à côté de mon lit. Il sourit mais il ne fait aucun mouvement pour se rapprocher de moi.

« Très bonne initiative, Chloe. Vous voulez être certaine que je ne représente pas une menace mais je peux vous l'assurer : je suis médecin. »

Une infirmière se précipite dans la chambre.

« Est-ce que tout va bien ? »

Elle nous observe tour à tour. Je désigne l'homme d'une main tremblante.

« Il dit qu'il est médecin, mais il ne ressemble pas à un médecin. Est-ce qu'il l'est vraiment ?

Elle me lance un sourire soulagé.

« Oui, il s'agit du docteur Drew. »

C'est alors que je remarque le badge épinglé sur la poche de sa chemise même s'il est trop loin de moi pour que je puisse le lire. Je m'assieds sur le lit, mes épaules se relâchent sous le coup du soulagement.

« Merci.

— Avez-vous besoin d'autre chose ? me demande-t-elle.

— Non, merci. »

Elle sort de la chambre, puis le docteur Drew retire son badge avant de me le tendre pour que je puisse le contrôler. Je le saisis et je lis : « Docteur Albert Drew, psychiatre consultant, unité de soins psychiatriques, Hôpital Reine Elizabeth II ».

Je marmonne un « désolée ! » avant de lui rendre sa carte.

« Non, c'était très prudent, étant donné les circonstances, dit-il en hochant la tête en direction de la chaise à côté du lit. Vous permettez que je m'assoie ?

— Bien sûr. »

Ou peut-être allais-je le regretter si j'apprenais d'autres mauvaises nouvelles.

« Vous me reconnaissez ? demande-t-il après s'être confortablement installé, les mains posées sur son gros ventre.

— Non, je devrais ? »

Il m'adresse un sourire chaleureux.

« J'étais chargé de votre traitement lorsque vous avez été admise en avril.

— Ah, OK. Je… je ne me souviens pas de cela.

— Oui. Alors, c'est le docteur Traynor qui m'a informé de votre état, poursuit-il en croisant les doigts. Pensez-vous pouvoir me raconter ce qui s'est passé avant que vous n'ayez été amenée cette fois-ci ? »

Je me penche en avant en prenant ma tête à deux mains ; mes cheveux longs glissent sur mon visage comme un rideau. Je gémis :

« Oh mon Dieu !… »

Je ne veux pas repenser à tout cela encore une fois.

« Je sais que c'est très traumatisant pour vous mais nous sommes tous là pour vous aider. »

Je relève la tête et fouille son regard, à la recherche d'un piège quelconque, mais tout ce que je vois, c'est de la bonté et de la compassion.

« Écoutez, je vais me débrouiller pour trouver du thé et des gâteaux, je reviens dans une minute, me prévient-il avant de quitter la chambre. »

Je me rallonge sur le lit, tire les draps vers moi et garde les yeux rivés au plafond. Il revient quelques minutes plus tard avec deux tasses remplies d'un thé qui ressemble à de l'eau de vaisselle sale, et une assiette de biscuits sur un plateau. Il les pose sur la table de chevet puis reprend une position confortable sur la chaise en attendant que je parle. J'ignore le thé bizarre et je lui raconte ce que j'ai dit à tout le monde.

Il me considère avec intérêt, en hochant la tête de temps en temps, et sans m'interrompre. Lorsque j'ai terminé, je lui demande :

« Vous imaginez que j'ai tout inventé ?

— Est-ce que quelqu'un l'a dit ? »

Je pense au regard du docteur Traynor. J'ai peut-être pris son manque de conviction pour de l'inquiétude. Mais Liam… non, il ne m'a pas crue du tout. Je ne sais même pas si la police pensait que je disais la vérité.

« Je n'ai pas l'impression que mon mari me croie, dis-je en me mordant les lèvres. Mais je ne l'ai pas inventé. Je sais que je ne l'ai pas inventé. »

Je sais que je ne suis pas folle.

N'est-ce pas ?

Je veux dire, pas aussi folle que je ne l'étais, apparemment, lorsque j'ai été admise à l'hôpital.

Il me regarde un instant avec un gentil sourire puis il se penche légèrement vers moi.

« Je ne pense pas que vous l'ayez inventé. Ce qui est important, c'est ce que vous *croyez*. Et vous croyez que cela s'est produit. Mais… ce que vous avez décrit est une réaction très similaire à ce qui s'est produit précédemment avec les antidépresseurs lorsque vous avez été internée.

— Je sais, dis-je en laissant échapper un soupir de défaite.

— Par ailleurs, vous avez des égratignures aux poignets, ce qui pourrait signifier que vous avez été retenue prisonnière. Vous êtes déshydratée, griffée et blessée, et vous avez une bosse sur la tête. À l'évidence, quelque chose s'est produit. Auquel cas, il est possible que vous soyez toujours en danger. »

Chapitre 7

« C'est ce dont j'ai peur. J'ignore qui m'a enlevée. Je ne sais pas *pourquoi.* »

Une sensation grandissante de panique m'oppresse au niveau du thorax.

« C'est naturel que vous ayez peur, mais je pense que vous devez vous en remettre à la police pour tout ce qui concerne l'enquête. Pour l'autre aspect du problème, j'aimerais que vous nous fassiez confiance, à nous autres médecins. J'étais plus inquiet de savoir si vous étiez un danger pour vous-même ou non. »

Je répète prudemment :

« Pour moi ? »

Il ne dit rien mais c'est inutile. Je peux voir tout ce qu'il ne dit pas se refléter clairement dans son regard. Il s'éclaircit la gorge.

« Lorsque vous êtes sortie de l'hôpital auparavant, vous avez eu un rendez-vous de suivi avec moi mais vous vouliez surtout parler de la perte de votre bébé. »

Un pincement de douleur m'élance si fort que j'en ressens la souffrance physiquement au plus profond de moi, me laissant meurtrie.

« Je vous ai encouragée à écrire un journal ou une lettre à votre bébé comme un moyen d'évacuer la douleur.

— Je l'ai fait ?

— Je ne sais pas. Comme je vous l'ai dit, vous n'avez eu qu'un seul rendez-vous mais vous pensiez que c'était une bonne idée.

— Mais je n'étais pas déprimée, si ? Je ne pensais pas attenter à mes jours ? Il s'agissait juste de chagrin ?

— La frontière est mince entre tristesse et dépression. Il arrive que les symptômes de la dépression soient similaires aux émotions liées au processus de deuil. Mais lors de notre consultation externe, je n'ai vu aucun signe qui indiquait une dépression clinique.

— Mais étais-je déprimée lorsque je suis allée consulter mon médecin généraliste après la fausse couche ? »

Il se pince les lèvres comme s'il évaluait ce qu'il pouvait me dire.

« Apparemment, c'est ce que croyait votre médecin. C'est la raison pour laquelle elle a prescrit les antidépresseurs et les somnifères. Liam pensait également que vous étiez déprimée.

— Le docteur Traynor pense qu'après ma sortie de l'hôpital, la douleur s'est à nouveau transformée en dépression. Il pense que j'ai tenté de me tuer avec les somnifères puis que j'ai subi un autre effet secondaire indésirable et que j'ai imaginé toute cette histoire.

— Qu'en pensez-vous ?

— Je ne sais pas. Je veux dire, c'est tellement… déroutant, dis-je en haussant les épaules, perdue. Je ne pense pas que j'aie essayé de me tuer. Et je sais que je n'hallucinais pas lorsque j'ai été enfermée dans cet endroit sous terre. Je me souviens tellement de tout avec clarté. La terreur. La sensation lorsque je touchais les murs. Le rat. Le bruit de l'eau qui coulait. Tout ce que j'ai gratté autour de la porte. Ma course le long des couloirs et dehors dans les bois. »

Le docteur Drew semble sceptique.

« Lorsque vous avez traversé l'épisode avec les antidépresseurs, vous étiez aussi convaincue que les hallucinations étaient bien réelles, me lance-t-il, avant de marquer une pause et de poursuivre : nous devrions peut-être parler de la période dont vous vous souvenez. De ce qui s'est passé avant la fête.

— Est-ce que cela m'aidera à retrouver les souvenirs que j'ai oubliés ? »

L'espoir et le désespoir se mêlent dans ma voix.

« C'est possible. Cela peut déclencher quelque chose dans votre cerveau et cela nous aiderait à déterminer quel était votre état d'esprit au moment où ce nouvel incident s'est produit, annonce-t-il en se grattant la tête. Je pense que vous pourriez souffrir d'amnésie dissociative, ce qui signifie que l'amnésie est provoquée par un traumatisme ou par le stress. C'est une façon de nier un événement douloureux, un mécanisme de survie. Puisqu'il n'y a pas ici de lésion cérébrale, il est probable que vous puissiez commencer à vous souvenir du traumatisme au fil du temps. Parler de votre passé pourrait aider. Il est possible que le traumatisme lié à la perte du bébé soit à l'origine de tout cela. »

Je fronce les sourcils, confuse.

« Attendez, le docteur Traynor n'a rien mentionné de tel. Il a dit que l'amnésie pouvait venir de la commotion cérébrale ou être un effet secondaire du somnifère, le Sil… Sil…

— Silepine.

— Oui, c'est cela.

— Eh bien, chacune de nos théories est parfaitement valable. »

Il semble un peu sur la défensive et je me demande s'il n'y a pas une sorte de rivalité entre leurs services à propos de mon diagnostic.

« Malheureusement, il n'y a pas de test sûr que nous puissions faire pour prouver qui a raison, et c'est pour cela que nous devons tout prendre en compte.

— Je vois…

Mais en fait, je ne vois rien du tout. J'ai encore le sentiment de trébucher dans le noir, de me cogner aveuglément contre les choses. Je prends une gorgée d'eau et j'avale lentement. Les doigts me démangent sous la gaze et je lutte contre l'envie de me gratter.

— Je commence par où, alors ?

— Comment cela se passait-il avant la fausse couche ?

— Eh bien… les choses n'étaient pas parfaites, j'imagine. Mais qui a une vie idéale ?

— J'imagine que cela dépend de votre idée de la perfection. Comment cela se passait-il chez vous et à votre travail ? me demande-t-il en me regardant comme si j'étais un spécimen curieux.

— Mon travail me plaisait. J'enseignais l'anglais à des étudiants. Bien sûr, vous avez toujours l'élève à part qui aime se faire remarquer et s'amuser, mais dans l'ensemble, c'est un bon groupe d'adolescents. C'est un lycée affilié à l'université de Cambridge. La plupart de mes élèves sont issus d'un milieu favorisé et ils veulent aller à Cambridge. Ce n'est donc pas comme si j'enseignais dans l'une des écoles du centre-ville, je n'ai pas à gérer le genre de problèmes que l'on y rencontre.

— Cela doit être très enrichissant.

— Effectivement, ça l'est en grande partie. Même si Liam n'aime pas que j'enseigne…

— Pourquoi ?

Je laisse échapper un profond soupir.

— Il est démodé. Il pense que la femme devrait rester à la maison pour satisfaire le moindre désir de son mari.

— Et vous n'êtes pas d'accord avec lui ?

— Enseigner est une des rares choses que je sois parvenue à garder pour moi.

— Vous pouvez m'en dire plus ? poursuit-il en fronçant les sourcils. »

Je me demande ce que je peux lui raconter. Je n'aime pas laver mon linge sale en public. C'est la vie que j'ai choisie et parfois, il faut juste s'accommoder de certaines choses, non ? Et de toute façon, chaque relation a ses hauts et ses bas. Mais je veux découvrir ce qui m'est arrivé, et parler de tout cela pourrait bien être le seul moyen de retrouver la mémoire.

« Liam peut parfois vouloir contrôler les choses. Il aime qu'elles soient faites à sa manière, j'imagine… Et puis, à d'autres moments, il est merveilleux. Attentif, aimant, attentionné. Le tableau est loin d'être tout noir, je vous assure. Il est simplement normal. Personne n'est parfait, après tout, dis-je en laissant échapper un rire sans joie. Nous avons tous des défauts, pas vrai ?

— Bien sûr. Nous ne serions pas des êtres humains, sinon.

— Au début, tout était formidable entre nous. Il était romantique, gentil et drôle. Après quelques années de mariage, les choses ont commencé à changer. Il travaillait beaucoup, et j'ai mis ses accès de mauvaise humeur sur le compte du stress. Et puis il a obtenu une promotion, ce qui l'a encore plus stressé mais je pense maintenant que…

— Oui ?

— … que c'est peut-être moi qui le mets de mauvaise humeur. Je pensais que le bébé pourrait aider à remettre les choses en place dans notre couple. Mais bon, à l'évidence, cela ne s'est pas passé comme prévu. On dirait que les choses n'ont fait qu'empirer.

— Il était heureux de l'arrivée du bébé ?

— Je ne sais pas. Je ne me souviens pas. J'allais lui annoncer la nouvelle après la fête, mais c'est à ce moment-là que ma mémoire défaille.

— Vous aviez discuté du fait d'avoir des enfants ?

— Il ne voulait pas que les choses se dégradent entre nous si nous avions un bébé. Il voulait que nous soyons simplement un couple, dis-je en me mordant les lèvres. Certains hommes sont ainsi, non ? Ils deviennent jaloux dès qu'il y a un bébé.

— Était-il jaloux à votre égard ? »

Un souvenir me revient alors. Il y a un an environ, Liam venait d'avoir une promotion. Nous la fêtions dans son restaurant chinois préféré. Ses collègues de travail les plus proches étaient là, mais aucun de mes amis. Liam était assis entre moi et sa nouvelle responsable, Julianne, à laquelle il portait une attention soutenue. Comme il m'ignorait, ou presque, je me suis tournée vers l'homme qui était près de moi, Paul Etherington, qui travaillait dans le département que Liam quittait, et j'ai commencé à avoir une conversation intéressante avec lui. Liam était heureux, en pleine forme, il faisait des commentaires pleins d'esprit et il charmait tout le monde. Les boissons coulaient à flots. À minuit, tout le monde a quitté les lieux, et lorsque nous sommes partis en taxi, Liam ne m'a pas adressé la parole.

Dès que nous avons franchi la porte d'entrée, il m'a accusée d'avoir flirté avec Paul. L'intensité de sa colère m'a prise au dépourvu alors que je me rappelais l'attention flatteuse qu'il avait portée à Julianne. Je lui ai dit que je m'étais simplement montrée polie, que je faisais la conversation avec ses collègues de travail. Et puis tout d'un coup, Liam m'a agrippée et m'a poussée fort contre le mur, sa bouche sur la mienne ; je sentais son excitation contre ma cuisse. J'ai essayé de le repousser, de lui dire que je n'étais pas d'humeur après sa crise, mais à la fin, j'ai pensé qu'il valait mieux faire avec. Je détestais quand Liam était en colère, car soit il boudait et ne me parlait pas pendant plusieurs jours, soit il me faisait des reproches et me lançait des commentaires sarcastiques en me disant que tout était de ma faute.

Alors je n'ai pas bougé lorsqu'il a soulevé ma robe et qu'il a arraché ma petite culotte en la déchirant. Je n'ai rien dit lorsqu'il m'a balancée sans ménagement contre la rampe de l'escalier, et que j'ai senti les coins en bois dur s'enfoncer dans mon dos. Et lorsqu'il a pénétré en moi, j'ai fait semblant d'être aussi excitée que lui. C'était mieux ainsi. Plus facile pour moi. Après, il m'a embrassée brutalement, et ses yeux étaient aussi noirs que l'océan un jour de tempête lorsqu'il m'a dit : « Tu es à moi, Chloe. Ne l'oublie jamais. » puis il a monté les escaliers, en me laissant me demander ce qui avait bien pu se passer entre nous.

Tout cela *était* peut-être de ma faute. J'avais probablement prêté trop d'attention à Paul et pas suffisamment à Liam. Comme je ne savais pas si le fait de m'excuser allait le fâcher encore davantage ou non, je me suis glissée dans notre chambre, je me suis déshabillée en silence – pendant que je l'entendais chanter sous la douche – et je me suis mise au lit, en prenant soin de bien fermer les yeux.

Lorsque je me suis réveillée le lendemain matin, tout semblait tellement irréel que j'ai pensé au départ que j'avais tout imaginé. Mais mon dos était tuméfié, je me sentais mal et j'ai su que tout s'était vraiment passé. Il m'a apporté le petit-déjeuner au lit en se confondant en excuses. Il m'a dit qu'il ne pouvait pas supporter l'idée que je le quitte et qu'il n'avait pas pu s'empêcher de réagir de la sorte.

J'ai justifié ce qui était arrivé en me disant que la plupart des femmes l'avaient sans doute fait à un moment ou à un autre. Faire l'amour lorsqu'elles n'en n'avaient pas envie. Céder parce que leur compagnon avait insisté. Céder juste pour maintenir la paix entre eux. Et c'était ce que je faisais. Maintenir la paix entre nous pour que le Liam aimant et attentionné revienne. Il était mon mari, après tout, et je voulais désespérément lui faire plaisir. Cela peut sembler triste et pitoyable mais j'avais été privée d'amour depuis la mort de ma mère, et maintenant que j'en avais eu un avant-goût, j'en avais besoin comme d'une drogue. Du coup, j'ai décidé de faire plus d'efforts pour conserver l'harmonie de notre couple.

« Parfois, il devient jaloux, finis-je par répondre au docteur Drew, en ayant du mal à soutenir son regard.

— Et que ressentez-vous par rapport à cela ?

— Au début, je pensais que c'était doux et protecteur, fais-je en triturant les draps de mon lit. Comme si cela prouvait combien il m'aimait.

— Et maintenant ?

— C'est parfois étouffant. Je dois surveiller ma façon de me comporter avec les autres personnes lorsque nous sommes ensemble. C'est comme si je ne pouvais plus être *moi-même* car je suis inquiète à l'idée de le contrarier. »

Je jette un bref coup d'œil au docteur Drew qui semble plongé dans ses pensées. Je me demande ce que je peux ajouter. Comment peut-on parler de quelque chose qu'on a du mal à cerner ? Je poursuis malgré tout :

« Je suppose que les choses ne font que glisser sur vous, non ? Je pensais que vous diriez que Liam est un peu coincé dans sa façon d'être. Cela pourrait s'expliquer par la différence d'âge entre nous. Mais ne vous méprenez pas : comme je vous l'ai dit, tout n'est pas négatif. Je donne peut-être de lui une mauvaise image qui n'est pas conforme à la réalité.

— Quel âge aviez-vous lorsque vous avez rencontré Liam ?

— Vingt-cinq ans et lui en avait trente-huit. Je venais juste de commencer à travailler au lycée. Nous nous sommes rencontrés dans une boîte de nuit et il m'a subjuguée. Il était intelligent, gentil, drôle. C'était la première vraie relation que j'avais et nous sommes tombés follement amoureux. Nous nous sommes mariés trois mois plus tard.

— Un coup de foudre ? me demande-t-il en souriant.

— Oui.

— Est-ce qu'il vous a déjà frappée ?

— Non !

— Est-ce qu'il hausse le ton de manière violente ?

— Est-ce que ce n'est pas ce que font la plupart des hommes ?

— Je ne dirais pas cela, ma chère. »

Il avale une gorgée de thé, fait la grimace, puis repose sa tasse sur la table de chevet.

« Que diriez-vous si j'évoquais plutôt une violence psychologique ou émotionnelle ? »

Je soupire. Je veux exprimer par des mots des choses dont je n'ai jamais parlé, mais en même temps, je m'y refuse car cela les rendrait trop réelles.

« Je ne sais pas vraiment ce que vous voulez dire par là. Peut-être.

— Êtes-vous satisfaite de la manière dont les choses se passent ?

— Est-ce que l'on est jamais *vraiment* satisfait ? Quand vous côtoyez d'autres personnes, vous pensez qu'elles ont un bon travail ou qu'elles ont une vie de couple épanouie… Elles semblent tellement heureuses mais vous ne voyez que ce qu'elles veulent bien vous laisser voir. Lorsqu'on vous demande comment vous allez, la réaction automatique, c'est de dire que vous allez bien, non ? Personne ne veut vous entendre vous plaindre au sujet des incidents banals de votre vie. Alors, comment savez-vous lorsque quelqu'un est heureux ou pas ?

— C'est uniquement vous qui m'intéressez. Personne d'autre. Que voulez-vous montrer aux autres ?

— Tous les couples ont leurs mauvais côtés. Vous ne pouvez pas vivre en étant heureux *tout* le temps. Et de toute façon, qu'est-ce que le bonheur ? Je parie que si vous posiez la question à cent personnes, vous obtiendriez cent réponses différentes. Les hauts et les bas font partie du mariage.

— C'est vrai, mais pensez-vous que vos problèmes sont insignifiants ?

— Je le pense, oui. J'ai un bon travail. Une jolie maison. Un mari. De quoi pourrais-je me plaindre ? Il faut juste continuer à vivre et faire au mieux.

— Les petites choses ont l'art de s'entasser. »

Je ne réponds pas. J'ignore s'il attend que je dise quelque chose. Que puis-je ajouter ? C'est un mariage et tous les mariages ont leurs problèmes. Puis, je pense saisir ce qu'il est en train de dire. Ou de ne pas dire. Je le regarde le plus longtemps possible jusqu'à devoir reprendre ma respiration.

« Pensez-vous que Liam ait quelque chose à voir avec mon enlèvement ? C'est pour cela que vous me posez toutes ces questions à son sujet ?

— Non, ce n'est pas du tout ce que je suggère. J'essaie simplement d'en savoir un peu plus sur votre vie pour voir si cela peut vous aider à retrouver la mémoire.

— Comme je le disais, les choses ne sont pas parfaites entre nous, mais Liam n'est pas un délinquant ; il est directeur dans une entreprise pharmaceutique. Il n'enlève pas les gens pour les laisser comme morts.

— Bien sûr que non, fait le docteur Drew en hochant vigoureusement la tête.

— Alors que *suggérez-vous ?* Que j'ai halluciné ? Que j'ai tout imaginé pour une raison quelconque ? »

La chambre devient étouffante, à moins que cela vienne de moi. Il me sourit. Un sourire gentil et patient.

« Le problème, c'est qu'à l'heure actuelle, nous ignorons ce qui s'est passé, alors nous devons continuer d'explorer toutes les possibilités. Par exemple, avez-vous des amis ou de la famille ? Vous avez peut-être dit à quelqu'un où vous alliez ou ce que vous faisiez avant d'être retrouvée près des bois.

— Pas vraiment… Vous savez à propos de ma mère ?

— Oui. Lorsque vous avez été admise, j'ai discuté de ce qui lui était arrivé avec vous et Liam, car cela aurait pu avoir une incidence sur votre comportement. »

J'exprime une crainte refoulée depuis longtemps :

« Est-ce que la dépression et le suicide peuvent être héréditaires ?

— La dépression est un désordre très complexe où la génétique et l'environnement jouent tous les deux un rôle, mais oui, la dépression est souvent héréditaire. Cependant, vous ignorez si l'overdose de cocaïne de votre mère était intentionnelle, non ? On l'a trouvée morte dans la salle de bains de l'un de ses collègues de travail au moment où celui-ci organisait une fête, c'est bien cela ?

— Oui.

— Lorsque nous en avons parlé, je crois me souvenir que vous avez dit que ni vous ni personne d'autre n'avait vu de signes avant-coureurs de dépression. Ce n'était pas quelque chose que vous pouviez prévoir. Tout semblait indiquer que votre mère utilisait la cocaïne pour un usage récréatif. Sa mort a d'ailleurs été jugée accidentelle par le médecin légiste.

— Oui, mais j'avais neuf ans lorsqu'elle est morte. J'ai pu rater beaucoup de choses. Personne ne saura jamais ce qui s'est vraiment passé, non ?

— Je suis d'accord mais à cet âge-là, vous n'avez pas à être responsable de vos parents.

— Non, mais cela ne rend pas les choses plus faciles.

— Racontez-moi ce qui s'est passé après sa mort. »

Je repense au moment où la police est arrivée au domicile de ma baby-sitter pour nous dire que maman avait été retrouvée morte après une probable overdose chez l'un de ses amis. J'ai été abasourdie par ce drame pendant si longtemps que j'avais l'impression que c'était ancré dans mon âme et gravé dans ma chair, comme si je n'allais plus jamais rien ressentir. Un jour, tout à coup, l'incrédulité et le choc m'ont heurtée si fort que j'en ai perdu ma voix. Je ne pouvais plus dire un mot, et c'était parfait. Je ne voulais parler à personne, je ne voulais pas essayer d'expliquer ce que je ressentais. Je ne pouvais pas.

Lentement, l'état de choc a laissé la place à une douleur et à une tristesse écrasantes. J'avais l'impression que je ne m'arrêterais jamais de pleurer. Un nuage noir planait en permanence au-dessus de moi. Il a fallu six mois avant que je recommence à parler et même plus longtemps avant que le nuage se dissipe.

« C'était horrible. Je n'ai jamais connu mon père. Il a quitté ma mère dès qu'il a su qu'elle était enceinte. Il n'y a même pas son nom sur mon acte de naissance. Comme je n'avais pas d'autre famille, j'ai été prise en charge et j'ai vécu dans un foyer pour enfants.

— Cela a dû être dur de perdre votre mère à cet âge-là et de grandir dans cet environnement.

— "Dur" est un euphémisme. Personne ne veut adopter d'enfant de cet âge qui plus est, avec des problèmes. Tout le monde veut des bébés parfaits et mignons. Du coup, j'étais toute seule et c'était difficile. Je savais que les études étaient la clef pour que je puisse gagner mon indépendance et repartir de zéro. Alors j'ai travaillé dur, j'ai eu de bons résultats à mes examens et je suis allée à l'université.

— Des amis ?

— Lorsque j'étais au foyer, je n'étais pas vraiment proche des autres enfants. Le mouvement était permanent. Dès que je me faisais enfin un ami, il partait pour être adopté ou placé. Et comme Liam faisait toujours des histoires si je voulais sortir avec des amis, je suppose qu'à la fin, je me suis dit que cela ne valait pas la peine de faire des efforts. Je garde le contact avec Sara, ma vieille copine d'école, mais c'est surtout parce que Liam n'en sait rien. Il ne l'aime pas, vous savez. Il dit qu'elle est frivole. Elle aime voyager. Elle est graphiste mais elle ne travaille que lorsque c'est nécessaire et pour mettre de l'argent de côté. Puis elle repart en voyage quelque part dans le monde et elle ne revient pas pendant des mois.

— Est-ce que vous vous sentez isolée sans personne à qui parler ? »

Je tripote une de mes boucles d'oreilles tout en réfléchissant.

« Oui, je suppose.

— Je pense que vous êtes quelqu'un de très résistant. »

Je fronce les sourcils et je le regarde, sans savoir s'il plaisante.

« Vraiment ?

— Oui. »

Pour la première fois depuis longtemps, je sens que quelqu'un est de mon côté. Le nœud dans mon ventre se desserre pendant un court instant.

« Est-ce que vous vous sentez toujours indépendante ?

— Je sais ce que vous allez dire.

— Quoi donc, ma chère ?

— Que j'ai laissé tomber mon indépendance en me mariant. Que Liam était une sorte de figure paternelle pour moi et que je cherchais désespérément l'amour lorsque je l'ai rencontré. Et que j'ai continué en ignorant l'évidence jusqu'à ce qu'il soit trop tard pour changer quoi que ce soit. »

Son regard s'adoucit.

« C'est ce que *vous* pensez ?

— Écoutez, il *peut* être lunatique, arrogant et vouloir tout contrôler, mais il ne m'a jamais frappée. Alors, ce n'est pas comme si j'étais une femme battue, non ? »

Je secoue la tête pour accentuer mes propos et cela me fait mal.

Chapitre 8

J'ouvre le sac de voyage que Liam vient d'apporter tandis qu'il se tient près de mon lit. Il a échangé son costume contre un jean bleu foncé et une chemise noire. Ses vêtements sont impeccables, propres et parfaitement repassés. Même dans une tenue décontractée, il a l'air soigné et élégant, comme s'il venait de sortir des pages de *Vogue Hommes*. Ses cheveux blonds sont courts sur les côtés et plus longs sur le dessus, légèrement coiffés en arrière comme s'il venait d'y faire glisser ses doigts, alors qu'en fait, il reste pendant un temps infini devant la glace pour les mettre en place. Il est plus long que moi à se préparer. Un détail qu'il se plaît à souligner lorsqu'il dit combien mes longs cheveux ondulés ont l'air décoiffés. Il dit que je devrais apporter plus de soin à mon apparence. Mais même lorsque j'attache mes cheveux, ils restent rebelles et les mèches partent dans toutes les directions. On dirait une serpillière. Ce sont ses mots à lui, pas les miens.

Je sens les yeux de Liam sur moi et je lève la tête pour rencontrer son regard bleu glacial. Je ne parviens pas à lire leur expression. Préoccupation ? Exaspération ? Dégoût ?

« Cela n'a pas été facile pour moi, tu sais », me lance-t-il.

Pour lui ? Comment diable pense-t-il que c'était pour moi ? Mais je ne veux pas déclencher une dispute. Je ne peux pas la gérer pour l'instant. Alors je me mords la langue, comme je le fais toujours. C'est mieux ainsi. Je marmonne un « je suis désolée » tout en retirant du sac des collants noirs et un haut rose à encolure dégagée pour éviter d'avoir à le regarder.

« Cela a été difficile de continuer à travailler et d'essayer de m'occuper de toi en même temps. Je suis complètement investi dans le lancement de ce nouveau médicament et j'ai une immense pression sur les épaules, croit-il bon de me rappeler en laissant échapper un soupir de frustration. Tu ne te souviens vraiment de rien, ou bien il s'agit simplement de pleurer pour attirer l'attention ?

— Comment peux-tu penser cela ? fais-je en relevant brusquement la tête.

— Parce que je te connais, et je connais *aussi* l'histoire de ta famille, répond-il tout en haussant les sourcils.

— Qu'est-ce que cela veut dire ? »

J'ai presque crié.

« Écoute… »

Il jette un œil en direction du couloir. L'une des infirmières présente dans la salle regarde maintenant vers nous, la porte de ma chambre étant restée ouverte. Il s'assied lourdement sur la chaise près de mon lit.

« Si tu ne t'en souviens pas, alors à l'évidence tu ne sais pas combien c'était bouleversant pour moi de te voir dans cet état avant. C'était vraiment horrible. Tu étais folle. Tu criais, tu hurlais et tu t'en prenais violemment à moi.

— Je ne me souviens pas. J'ai perdu la mémoire. »

Je lutte pour garder mes émotions sous contrôle. Cela ne servirait à rien de lâcher prise. Je pourrais être à nouveau internée et je me retrouverais où ? Dans le pavillon des malades mentaux, selon toute vraisemblance. Je triture le bord des draps raides et froids pour en faire un nœud. Défaire. Tordre. Défaire.

« Lorsque tu es rentré à la maison, est-ce que tu as vérifié s'il y avait des signes d'effraction comme l'a suggéré la police ? »

J'espère trouver une sorte d'indice qui puisse expliquer comment je me suis retrouvée à cet endroit dans les bois.

« Oui et il n'y avait rien, comme je le pensais. »

Je continue de fouiller dans le sac et je sors mes affaires de toilette. Déodorant, gel douche, savon, brosse à dents et dentifrice. Je tuerais pour une douche. Une odeur aigre de sueur, de vomi et de saleté s'accroche à moi. Je peux sentir mon haleine lorsque je parle. L'infirmière m'a dit que je ne devais pas me mouiller les mains pendant quelques jours, mais elle m'a promis un bain pour plus tard. J'ai de la chance.

« Merci de me les avoir apportées.

— Je t'en prie, lance-t-il en plissant le nez. J'ai pensé que tu pourrais te débrouiller avec ça. »

Je me remets à pleurer, les larmes coulent le long de mes joues et sur mon caleçon.

« Cet homme qui m'a enlevée… »

Je me tais. Je déglutis. Je respire.

« … que va-t-il se passer s'il revient ? Et si… »

Il lève la main pour m'empêcher de continuer.

« Il ne reviendra pas. »

Il prononce chaque mot très lentement, comme s'il parlait à quelqu'un qui est sourd.

« Mais comment tu peux le savoir ? »

Il prend une profonde inspiration et retient son souffle quelques secondes avant de parler.

« Parce que cela n'est pas arrivé, ma chérie. Tu as entendu les médecins. C'était une hallucination. Ce n'était pas réel.

— Tu as vu mon sac à main quand tu es rentré à la maison ? »

J'essuie mes larmes avec le drap.

« Ou mon téléphone portable ?

— Non, mais je ne les cherchais pas vraiment.

— Mon sac devrait être suspendu au crochet au dos de la porte de la cuisine, là où je le laisse toujours.

— Je n'ai pas fait attention.

— C'est juste que… que se passera-t-il s'il a pris mon sac ? Mes clefs sont dedans. Mes cartes bancaires aussi. Des choses avec notre adresse inscrite dessus. Il pourrait savoir où je vis. Il pourrait revenir ! »

L'infirmière apparaît dans l'embrasure de la porte.

« Est-ce que tout va bien, Chloe ?

— Oui, merci, fais-je en reniflant. »

Liam s'assied sur le lit, il me berce contre lui en appuyant ma tête sur son épaule.

« Elle va bien, elle est simplement un peu épuisée, je pense. »

Je perçois de l'inquiétude dans sa voix.

« Dites-moi si vous avez besoin de quelque chose. »

Elle me lance un sourire bienveillant avant de retourner à son bureau.

« Si cela t'aide à te sentir mieux, je ferai changer les serrures et j'annulerai tes cartes bancaires, d'accord ? me propose Liam sur un ton apaisant, en me caressant le dos. »

D'une voix rauque, je réponds :

« Je veux rentrer à la maison.

— Très sincèrement, ma chérie, je pense qu'ici est le meilleur endroit où tu puisses être pour le moment. »

Chapitre 9

La vitre arrière de la voiture de police filtre le soleil qui me chauffe la peau. J'appuie mon front contre la fenêtre et je ferme les yeux.

« Tout va bien ? me demande Summers.

— Cela fait du bien d'être sortie de l'hôpital et de sentir l'air frais, lui dis-je en entrouvrant les paupières.

— J'ai été opéré d'une hernie il y a quelques années, raconte Flynn, tout en conduisant. J'avais hâte de sortir. C'est l'odeur. Elle vous imprègne, au bout d'un moment.

— Nous sommes presque arrivés, précise Summers qui se retourne pour me regarder. »

Je regarde par la fenêtre tandis que nous roulons sur une route de campagne. Nous dépassons un terrain de golf sur notre gauche et Sherrardspark Woods sur notre droite. Les arbres sont épais et luxuriants. Une véritable explosion de verdure, de mousse et de branches. En arrivant au bout du chemin, nous tournons à droite sur Great North Road.

« C'est ici. »

Summers désigne un panneau sur le côté de la route qui indique un virage.

« C'est là que vous avez été retrouvée par la conductrice. »

Flynn ralentit puis s'arrête. Nous sortons de la voiture. L'écho métallique des portes qui se referment résonne dans le silence. Les oiseaux s'en donnent à cœur joie.

« Vous reconnaissez quelque chose ? » demande Summers.

Je regarde la route sous tous les angles. Tout semble différent à la lumière du jour.

« Je pense que je suis arrivée par là, dis-je en désignant les arbres.

— Alors, commençons par là. »

Nous traversons la route et pénétrons dans le bois.

« Saviez-vous que c'est dans le *Domesday Book,* en 1086, que l'existence de ces bois fut évoquée pour la première fois ? demande Flynn, sans s'adresser à quelqu'un en particulier.

— Non, je ne savais pas. »

Summers lui jette un regard désintéressé qui n'empêche pas Flynn de poursuivre sa leçon d'histoire.

« Je ne le savais pas non plus, jusqu'à ce que je commence à vérifier les cartes à la recherche de constructions souterraines. Intéressant, non ?

— Ah bon ? réplique Summers d'un ton ennuyé.

— Oui. Il semble que des fossiles et des objets de l'âge de pierre, ainsi que des poteries anciennes, ont été découverts ici, bien qu'on n'ait jamais trouvé aucune preuve de l'existence d'anciens villages. »

Summers hausse les sourcils.

« Pourquoi ne pas m'annoncer quelque chose d'utile, par exemple que tu as trouvé sur les cartes des informations qui pourraient nous aider ?

— Euh… non. L'ensemble des bois occupe une surface d'environ soixante-quatorze hectares mais je n'ai pas trouvé la moindre indication au sujet de constructions souterraines ou de bâtiments.

— Ça fait beaucoup de terrain à couvrir. »

Summers me regarde.

« Quelle distance pensez-vous avoir parcourue en courant ?

— Je ne sais pas.

— Pendant combien de temps avez-vous couru alors ? Une minute ? Deux minutes ? Dix minutes ? »

Je serre les poings en regardant désespérément autour de moi, à la recherche de quelque chose que je reconnaisse. Je ne suis pas une grande sportive. Je fais à pied la distance qui me sépare de mon travail, soit une demi-heure, parce que je ne peux pas conduire, mais en dehors de cela, je ne fais pas d'exercice. J'ignore la distance que je pourrais parcourir en courant dans des conditions normales. Je n'ai jamais essayé. Et les circonstances étaient tout sauf normales. Je courais pour sauver ma peau, l'adrénaline coulait dans mes veines, j'avais la peur au ventre.

« Tout cela est un peu flou. Dix minutes peut-être ? »

Summers me regarde tandis que nous marchons.

« Vous avez dit que l'endroit sous terre était fait de brique et de béton ?

— Oui, avec des portes.

— Et la dernière porte s'ouvrait dans le sol, comme une sorte de trappe ? »

Je m'arrête et je ferme les yeux pour essayer de rassembler mes pensées. C'est comme si j'avais un pied coincé dans un passé dont je ne me souviens pas, et l'autre dans le présent. Un faux mouvement et je vais être coupée en deux.

« Je courais dans un couloir en direction d'une porte. J'ai ouvert la porte et il y avait des marches d'escalier qui montaient. Il y avait une trappe au-dessus et je l'ai ouverte. Et je me suis retrouvée dans les bois en train de courir dans l'obscurité. »

Flynn et Summers échangent un regard.

« Quelle était la taille de la construction ? »

Flynn me prend la main pour m'aider à enjamber un arbre renversé. Je glisse sur la mousse qui le recouvre et il me prend par le bras pour m'aider à rester debout. « Attention ! » me lance-t-il.

« Je ne sais pas. La pièce dans laquelle je me trouvais faisait environ sept mètres sur cinq mais j'ignore quelle était la surface de l'ensemble. »

Je scrute la zone, fermement déterminée à repérer quelque chose qui nous serait utile. N'importe quoi, tant que cela m'aide à prouver que j'ai raison et qu'il ne s'agit pas simplement du fruit de mon imagination délirante.

Après une heure de marche, Summers sort quelques bouteilles d'eau de son sac à dos et nous les propose. J'applique le plastique froid sur mon front, respirant difficilement tandis que le monde s'écroule autour de moi.

« Vous voulez vous asseoir ? »

Summers me prend la main et me guide pour que je m'assoie sur un autre tronc d'arbre.

« Je dois être plus épuisée que je ne le pensais. »

Je me sens prise de vertige.

« Tout va bien. Nous ne sommes pas pressés, dit Summers tandis qu'il me tend une barre de chocolat. Tenez, mangez ça. »

J'attends que ma vision redevienne normale puis je déchire le papier d'emballage et je le range dans la poche de ma veste. Je croque un morceau du chocolat chaud et doux et je l'avale avec un peu d'eau.

« J'entendais des gouttes.

— Cela risque de ne pas nous être d'une grande utilité, répond Summers. »

J'avale un autre morceau de chocolat.

« L'os que j'ai utilisé pour gratter autour de la porte. Je pense que c'était un os humain. »

Je mets finalement des mots sur la pensée que j'ai tenté de cacher dans un coin de mon cerveau.

« Il pourrait y avoir eu quelqu'un d'autre là-bas. Il a pu faire cela avant.

— Qu'est-ce qui vous fait penser qu'il s'agissait d'un os humain ? demande Flynn.

— C'était trop gros pour être celui d'un chat, d'un chien ou d'un renard. Quel autre animal aurait pu se trouver là-bas ?

— Un cerf? Un blaireau ? Un muntjac ? suggère Flynn.

— Je suis presque certaine qu'il s'agissait de l'os d'une jambe. Un fémur humain.

— Un seul os ? »

Summers me jette un regard évasif et prend une gorgée d'eau.

« Je n'en ai trouvé qu'un seul mais tout était noir là-bas. Il pouvait y en avoir d'autres. »

Je me lève et nous reprenons notre marche. Nous avançons lentement dans les bois épais pendant l'heure qui suit mais tout se ressemble. Des kilomètres et des kilomètres de chênes, de bouleaux, de charmes, de cerisiers. Un pivert tapant sur une écorce dans le lointain. Des arbustes, des fougères, des bûches. Et des jacinthes partout, créant un doux tapis lilas. Je ne veux plus jamais voir de jacinthes de ma vie. Je reste immobile, essayant de percer le voile de couleurs au-delà de la pénombre. Quelque part, il y a cet endroit où j'ai été retenue prisonnière.

« Je suis désolée. Je... je ne suis pas d'une grande aide, n'est-ce pas ?

— Rentrons. »

Summers prend son téléphone portable et appuie sur quelques touches.

« Le GPS, pour pouvoir retrouver la sortie. »

Il tourne à gauche et passe devant nous.

« Nous avons mené une enquête au lycée. J'ai parlé à la principale, Theresa Higgins. Elle a confirmé que vous avez été en arrêt maladie depuis la fausse couche.

— Qu'a-t-elle dit d'autre ?

— Que vous êtes un bon professeur. Les étudiants vous adorent. Vous êtes professionnelle et compétente mais pas particulièrement proche de vos autres collègues. Elle m'a chargé de vous transmettre ses amitiés. Nous avons aussi vérifié auprès de vos voisins pour voir si quelqu'un se souvient vous avoir vue ou avoir aperçu une autre personne chez vous. Mais personne n'a rien remarqué de fâcheux ou de suspect. »

Je laisse échapper un profond soupir, tel un ballon qui se dégonflerait. Personne n'a rien vu. Personne ne sait rien. Même moi.

« Si j'avais bien eu une réaction au Silepine et que je me trouvais dans un état psychotique, avec des hallucinations, ne pensez-vous pas que quelqu'un l'aurait vu ? Il y a huit kilomètres entre mon domicile et l'endroit où j'ai été trouvée. Quelqu'un a forcément dû me voir le long de la route.

— Vous seriez surprise, fait Summers en haussant les sourcils. Il y a quelques mois, nous avons tous été appelés pour rechercher un patient souffrant d'Alzheimer qui errait loin de sa résidence. Un hélicoptère a même participé aux recherches. Il a finalement été retrouvé à seize kilomètres de là et personne n'avait appelé pour signaler un homme perdu en train d'errer. La seule raison pour laquelle nous avons fini par le trouver, c'est qu'il s'est rendu dans un centre commercial et qu'il refusait de partir au moment où les magasins fermaient.

— Personne ne veut s'impliquer aujourd'hui, se plaint Flynn. Un crime pourrait être commis devant le nez de quelqu'un, qu'il garderait certainement la tête baissée et passerait son chemin. »

Nous marchons un moment en silence tandis que j'assimile ce que je viens d'entendre. Quelqu'un a dû me voir. Est-ce qu'il serait venu pour m'aider ? Ou bien m'avait-il déjà oubliée ?

« Liam m'a précisé qu'il avait vérifié la maison de fond en comble, dis-je à l'adresse de Summers. D'après lui, il n'y avait aucun signe de cambriolage.

— Oui, il me l'a dit aussi.

— Ah bon ? Quand ?

— Il a appelé de son bureau ce matin pour savoir comment cela se passait. »

Je me mordille la lèvre inférieure en me demandant ce qu'il a bien pu dire d'autre.

« Avait-il trouvé mon sac et mon téléphone ? Il devait regarder s'il les trouvait.

— Non, ils ont disparu ?

— Je ne sais pas. Je dois vérifier à la maison. Liam a dit qu'il avait annulé mes cartes bancaires et fait changer les serrures.

— C'est une bonne précaution. Nous lui avons conseillé de changer les serrures hier, au cas où, explique Flynn. Nous avons vérifié vos comptes bancaires. La dernière fois que vous avez utilisé votre carte, c'était pour effectuer un retrait de trois cents livres, le 4 mai.

— Oh, cela ne me dit rien. J'aimerais vous en dire plus mais je ne… je ne peux pas… »

Je reste immobile en prenant de grandes bouffées d'air. Summers et Flynn m'attendent. Je regarde Summers droit dans les yeux.

« Je n'invente rien. En dépit de ce que Liam a pu vous dire et de ce qui m'est apparemment arrivé avant, je ne mens pas.

— Je n'ai rien dit de tel, réplique Summers en me lançant un sourire pincé.

— Vous avez parlé à Sara ? Je lui ai peut-être dit quelque chose. Si j'allais quelque part, elle sait peut-être où.

— Sara, votre meilleure amie qui est en Inde ? demande Flynn.

— Oui, elle est partie là-bas la veille de la fête de Liam.

— Liam n'avait pas son numéro, annonce Flynn tandis qu'il sort un carnet de sa poche. Vous le connaissez, par hasard ?

— Oui. »

J'énonce son numéro de mémoire ; il le griffonne en le soulignant plusieurs fois. Je regarde les arbres et laisse échapper un long soupir de frustration.

« Vous allez bien ? » demande Summers.

Je hoche la tête.

« Cela semble vraiment ironique que je puisse me rappeler un simple numéro de téléphone mais que je ne me souvienne pas de ce qui est important. »

Lorsque nous revenons à la voiture, le soleil brûlant s'est éloigné de l'horizon. On dirait bien que l'été est arrivé vraiment tôt pour une fois. Je me glisse sur le siège arrière tandis que Summers et Flynn prennent place à l'avant. Summers sort son téléphone de sa poche.

« Bien, quel est le numéro de Sara ? » demande-t-il à Flynn.

Flynn lui montre son carnet puis repart quelques pages en arrière pour lui indiquer quelque chose que je ne peux pas voir. Summers hoche la tête, entre quelques numéros puis écoute. J'entends la tonalité de la sonnerie qui résonne fort. Elle retentit plusieurs fois puis ça coupe.

« Parfois, lorsqu'elle part, elle n'est pas joignable pendant des jours, voire des semaines. Elle fait des voyages étranges et aventureux au milieu de nulle part où il n'y a aucun accès au téléphone ou à Internet.

— Nous continuerons d'essayer de la joindre, dit-il. J'ai parlé au docteur Traynor à propos de votre état lorsque vous avez été transportée à l'hôpital. Il dit que vous étiez déshydratée, mais pas gravement. Il est possible que vous n'ayez rien bu pendant un jour ou deux, c'est le seul élément dont nous disposions pour continuer nos recherches sur une chronologie possible. »

Deux jours ? Est-ce que j'ai été enfermée sous terre pendant deux journées entières ?

« Nous avons vérifié le téléphone de votre domicile mais il n'y a eu aucun appel entrant ou sortant pendant ce laps de temps qui pourrait nous donner quelques pistes. Nous avons obtenu votre numéro de téléphone portable par l'intermédiaire de Liam et nous l'avons vérifié aussi, précise-t-il en fronçant les sourcils.

— Est-ce que j'ai appelé quelqu'un ?

— Il y a eu plusieurs appels passés vers et depuis le numéro que vous nous avez donné. Celui de Sara. Nous attendions que l'opérateur nous donne des informations supplémentaires mais vous venez de le faire. »

J'aurai au moins fait quelque chose d'utile.

« Le 29 avril, vous avez appelé Sara et vous avez parlé pendant plus d'une heure. Il y a eu aussi un appel manqué de sa part le 6 mai mais rien après. »

J'avais peut-être communiqué un indice essentiel à Sara. Si je l'avais appelée, elle pourrait peut-être me dire comment je m'étais retrouvée dans cet endroit. Une lueur d'espoir jaillit en moi.

« Vous avez reçu un appel sur votre téléphone le 29 avril provenant du lycée, aussi.

— C'était peut-être Theresa qui me demandait comment j'allais et quand je pensais revenir travailler.

— Elle n'en a pas parlé. »

À moins que ce ne soit Jordan qui appelait depuis son travail.

« Il y a autre chose. »

Summers hoche la tête vers Flynn, qui fait démarrer la voiture.

« Liam a dit qu'il vous avait appelée sur votre portable lorsqu'il est arrivé en Écosse, mais il n'y a aucune trace de cet appel nulle part. »

Je manque d'air. Pourquoi mentirait-il à la police ?

« Est-ce que vous lui avez posé la question lorsque vous lui avez parlé ce matin ?

— Oui. Il a dit qu'il ne voulait pas le signaler hier soir devant nous du fait de votre état fragile mais…

— État fragile ? dis-je en criant. N'importe qui le serait en ayant traversé ce qui m'est arrivé.

— Ce sont ses mots à lui, pas les miens, poursuit-il calmement. »

Je lutte pour garder le contrôle de mon souffle. Inspire. Expire. *Reste calme. Ne te laisse pas aller et ne leur donne pas de raison de croire que tu es folle.*

« Il nous a dit qu'avant de partir pour l'Écosse, vous vous étiez disputés. Comme vous ne lui parliez pas, il a décidé qu'il valait mieux qu'il ne vous appelle pas. Il a dit qu'il voulait vous laisser du temps pour vous calmer pendant qu'il était en voyage.

— Une dispute ? C'était à propos de quoi ? »

Tandis que je le regarde, les yeux écarquillés, Summers s'éclaircit la gorge.

« Euh… des assiettes.

— Pardon ? »

Je secoue légèrement la tête en me demandant si j'ai bien entendu.

« Liam a raconté qu'il vous avait apporté le petit-déjeuner au lit avant de partir et que vous l'aviez accusé d'utiliser la mauvaise assiette. »

J'ouvre la bouche, la referme. Cela n'a aucun sens. Jamais je ne me soucierais de l'assiette qu'il aurait utilisée pour mon petit-déjeuner. C'est une chose à laquelle Liam ferait attention, pas moi. Je fais défiler les souvenirs que je connais, en cherchant ce qui pourrait expliquer ce que Liam a dit.

Là, ça y est, je m'en souviens clairement. C'était juste après notre mariage. Tout allait bien. J'étais dans notre cuisine, je fredonnais en concoctant un curry thaï, l'un de ses plats préférés, sur lequel je m'étais appliquée pendant des heures. Et puis, il a commencé à me crier dessus, il était agacé parce que la sauce s'était renversée sur le bord de l'assiette lorsqu'il l'avait prise. Elle a glissé sur le devant de son plus beau pantalon, celui avec lequel il allait travailler – laissant une tache que même l'employé de la teinturerie n'a pas pu faire partir. Exaspéré, il a lancé l'assiette à travers la pièce, sur le mur, avant de fulminer et de partir au pub. Cela m'a pris des heures pour nettoyer les dégâts et lorsqu'il est rentré trois heures plus tard, en traînant avec lui une odeur d'alcool, il s'est excusé, et m'a offert un bouquet de fleurs fanées qu'il avait acheté en bas de la rue au cabanon ouvert toute la nuit. J'ai veillé à ne plus lui redonner cette assiette mais il n'a pas fallu longtemps avant qu'il ne trouve un autre motif pour se mettre en colère.

« Il a dit que vous lui aviez lancé l'assiette en lui demandant de sortir… »

La voix de Summers me ramène dans l'instant présent.

« Jamais je ne me disputerais pour une assiette, dis-je, tout en m'efforçant de rester calme. Ce n'est pas moi. Je n'aime pas l'affrontement. Je n'aime pas qu'il y ait une mauvaise ambiance à la maison. Je ne suis pas quelqu'un de violent. Et je ne lui lancerais jamais rien. »

Je ne le ferais pas. Dans ce cas, cela voulait dire que Liam mentait. Si je l'avais fait, cela signifiait… quoi ? Que je me comportais d'une manière surprenante ? Qu'il s'agissait à nouveau d'une dépression ou d'une nouvelle crise ? D'hallucinations ?

Oh, mon Dieu !

Malgré la chaleur étouffante de la voiture, je frissonne et je me recroqueville dans mon coin.

Chapitre 10

« J'ai cru que j'allais mourir là-dessous. »

Je me demande brièvement qui s'en serait soucié si cela m'était arrivé. Sans doute Sara. Pour Liam, je ne suis pas sûre. Mes étudiants auraient été un peu tristes, mais ils auraient surmonté cette épreuve. Je ne voulais pas penser à Jordan. C'était trop compliqué.

« Tout ce à quoi je pouvais penser, c'était à faire l'impossible pour me sortir de là. Pour m'échapper.

— Cela a dû être une expérience terrible pour vous, dit le docteur Drew en hochant la tête vers moi, de sa manière calme et professionnelle.

— Mais nous n'avons pas trouvé l'endroit où j'ai été enfermée. »

Je lui raconte ce qui s'est passé avec les policiers, ce matin-là.

« Tout semblait différent à la lumière du jour, finis-je par reconnaître en trouvant juste assez d'énergie pour hausser les épaules, vaincue. Et… je ne faisais pas attention lorsque je courais. Je courais pour sauver ma vie.

— C'est frustrant que vous n'ayez rien reconnu.

— Je sais. La police m'a dit que Sara et moi, nous nous étions appelées juste avant ma disparition. Les policiers ont tenté de la contacter mais ils n'ont pas réussi à la joindre. »

J'agite mes doigts, qui sont serrés dans leur bandage, et je parcours du regard son bureau. Une bibliothèque remplie de livres de psychologie occupe l'un des murs. De l'autre côté, plusieurs diplômes encadrés sont accrochés. Derrière le docteur Drew, la fenêtre donne sur le parc de l'hôpital. Le soleil brille encore, il jette ses derniers feux.

Le docteur Drew décroche le téléphone sur son bureau avant d'éparpiller quelques feuilles de papier.

« Vous voulez réessayer ?

— Je peux ?

— Bien sûr ! me lance-t-il en plaçant l'appareil devant moi. »

J'appuie sur les différents chiffres, ce qui entraîne une douleur lancinante au niveau du doigt. La sonnerie retentit encore et encore avant de s'interrompre.

« Personne. » Je repose le téléphone.

« Je n'ai pas passé beaucoup de temps avec elle dernièrement. Juste quelques cafés pris ensemble pendant une demi-heure ici ou là quand elle rentre en Grande-Bretagne. Mais si quelqu'un peut apporter une quelconque lumière sur ce que je faisais avant d'être enlevée, je suis sûre que c'est Sara. »

Je presse mes doigts sur mes tempes, ignorant la douleur sourde qui s'infiltre dans ma tête.

« Si seulement je pouvais me souvenir ! Si la mémoire est encore là, quelque part, vous ne pouvez pas m'hypnotiser ou faire autre chose ?

— Je crains que non. L'utilisation de l'hypnose pour des désordres dissociatifs est controversée du fait du risque de voir apparaître de faux souvenirs.

— De faux souvenirs ? dis-je en clignant des yeux.

— Bien que certaines personnes qui souffrent d'amnésie dissociative semblent retrouver spontanément leur mémoire, le cerveau peut aussi créer de faux souvenirs auxquels le patient croit fermement, mais qui ne reflètent pas réellement un événement précis ou réel de leur passé. Des influences extérieures diverses peuvent modifier les souvenirs du patient. Par exemple, des avis répétitifs émanant d'un symbole de l'autorité, ou bien des informations transmises à travers les générations dans certaines cultures. Les individus qui ont un désir intense de plaire, de se conformer à ce qu'on attend d'eux, ou d'aller mieux, peuvent également être facilement influençables dans ces circonstances-là.

— Donc, si je me souviens de quelque chose, comment saurai-je si cela est vrai ou faux ?

— Nous devons faire attention au syndrome des faux souvenirs. D'après mon expérience, cela peut devenir un sérieux problème si le patient évite à tout prix de se confronter aux preuves qui pourraient remettre en question le souvenir qu'il pense être vrai. Nous devons donc essayer d'établir tous les faits et de recueillir des éléments qui sont confirmés chez d'autres personnes. Nous sommes tous capables de créer de faux souvenirs, poursuit-il en se grattant la tête, et pas uniquement les personnes qui souffrent d'amnésie. Parfois, nous ne nous souvenons pas d'un événement réel mais des pensées ou des sentiments associés à ce qui s'est passé. Ou bien nous nous souvenons de quelle façon nous aurions *aimé* que l'événement ait eu lieu. Il est facile de remodeler les détails ou de les oublier au fil du temps.

— Se mentir à soi-même, vous voulez dire ?

— Pas exactement. Bien que nous en soyons capables aussi. Ce que je veux dire, c'est que certains de nos souvenirs sont vrais, d'autres sont un mélange de faits avérés et d'imagination, et d'autres encore sont globalement faux. »

Je regarde par la fenêtre, l'inquiétude au creux du ventre.

« J'ai discuté avec le docteur Traynor et il est heureux de vous libérer demain puisque tout va bien pour vous au niveau physique. Qu'en dites-vous ?

— Hier, je voulais rentrer à la maison, mais aujourd'hui… »

Je me mords les lèvres, les larmes au bord des yeux.

« … aujourd'hui, je pense que je suis peut-être plus en sécurité ici, entourée de gens toute la journée.

— Je suis sûr que la police fait tout ce qu'elle peut pour découvrir ce qui s'est passé. J'aimerais vous garder ici pour votre propre tranquillité d'esprit, malheureusement l'hôpital est plein à craquer. Mais en étant chez vous, vous pourrez plus facilement déclencher un souvenir qui vous permettra d'en savoir plus. Et je voudrais maintenir une séance hebdomadaire avec vous, si cela vous convient.

— D'accord.

— Ma secrétaire vous fixera un rendez-vous avant que vous ne partiez. Et vous pouvez m'appeler à tout moment, me précise-t-il en me tendant sa carte. Voici également mon numéro de téléphone portable.

— Merci. »

Je la prends et j'en replie les coins avec mon pouce.

« Je ne deviens pas folle, si ? lui dis-je en me penchant en avant, cherchant désespérément à être rassurée. Vous ne me laisseriez pas repartir si je l'étais, n'est-ce pas ?

— Je ne pense pas que vous deveniez folle, ma chère. Vous récupérez à la suite d'un événement dramatique. Peut-être le Silepine a-t-il entraîné l'amnésie, ou peut-être que les hallucinations qu'il a provoquées ont été si horribles que vous les avez bloquées… Je ne peux pas encore me prononcer avec certitude. »

J'ouvre la bouche pour protester mais cela ne sert à rien. Personne ne me croit. Ils ont peut-être raison et j'ai réellement tout inventé.

« Alors mon souvenir d'avoir été retenue prisonnière est faux finalement ?

— La définition même de l'hallucination, c'est subir quelque chose qui n'existe pas.

— Mais nous avons tous un point de rupture, non ? Et si j'ai craqué ? Et si la douleur et la crise avec les antidépresseurs étaient les signes de graves dommages, et que *tout cela* était mon point de rupture ? Si j'ai commencé à faire des choses qui étaient inhabituelles, est-ce que ce ne serait pas un signe que je devenais folle ou bien que je traversais une sorte de dépression ?

— Vous parlez de la dispute avec Liam ? Lorsque vous avez lancé l'assiette ? »

Je me mordille l'ongle du pouce, j'ai peur de sa réponse mais en même temps, j'ai besoin de l'entendre.

« Oui, et je parle aussi de ma prise de somnifères alors qu'il m'avait été conseillé de ne plus prendre de médicaments. Pourquoi j'agirais de la sorte ?

— Je ne sais pas. Je ne peux qu'émettre l'hypothèse que vous aviez du mal à dormir et que vous avez ignoré l'avis médical. »

Je sens le monde vaciller devant mes yeux et je lutte pour tenir bon avant qu'il ne bascule complètement.

« Mais tout est là, n'est-ce pas ? C'est une supposition. Vous savez, je ne sais plus quoi penser. Je ne sais pas où est la vérité. »

Chapitre 11

Liam gare son 4x4 BMW noir dans notre allée et coupe le moteur. Je suis assise et je regarde notre maison par la vitre. C'est une maison individuelle avec trois chambres, qui se trouve dans une impasse tranquille et bordée d'arbres. Elle a été construite peu de temps avant que Liam ne l'achète il y a cinq ans. C'était avant notre rencontre. On ne s'est jamais vraiment sentis chez nous ; elle ressemble plus à une maison témoin que vous n'avez pas le droit de mettre en désordre, comme si un acheteur potentiel pouvait arriver d'une seconde à l'autre. Je préfère les maisons qui ont du caractère – avec des éléments d'époque, beaucoup de bois et des touches de couleur chaude. Liam aime ce qui est austère, blanc, précis et moderne.

Je la regarde avec les yeux d'une étrangère, je l'examine tout en cherchant dans ma tête le moindre indice qui me dirait ce qui s'est passé ici, avant que je ne perde la mémoire.

« Tu viens ? »

Liam se retourne pour prendre mon sac sur le siège arrière puis il ouvre la portière. Il suit le petit chemin qui mène à la porte d'entrée rouge vif. Celle-ci semble inquiétante tout à coup. Comme un avertissement violent et terrible pour m'ordonner de rester éloignée.

Je ne veux pas sortir. Je veux retourner à l'hôpital, être entourée des infirmières et des médecins qui vont me rassurer, me dire que je vais bien. Ce corps médical toujours présent qui va me garder à l'abri dans la chaleur étouffante du bâtiment et me faire me sentir en sécurité. Quelqu'un remarquerait forcément si un tueur m'entraînait à mon corps défendant. Enfin, pour cela, il faudrait savoir à quoi ressemble un tueur… Ce n'est pas comme si c'était écrit sur son front. Il existe des meurtriers de toutes les formes et de toutes les tailles. Quel est le portrait de la personne qui m'a enlevée ? Est-ce qu'elle est grande, petite, laide, boutonneuse, séduisante, grosse, maigre ? Comment le savoir ? Et en dépit de ce que pensent les docteurs Drew et Traynor, et Liam, le souvenir d'avoir été séquestrée dans cet endroit est trop réel pour être une hallucination.

J'oblige mon corps à se mettre en mouvement et je me concentre en avançant un pied devant l'autre jusqu'à ce que je sois dans la maison.

« Je fais chauffer l'eau », prévient Liam depuis la cuisine.

Je balaie la pièce du regard en essayant de remarquer n'importe quel changement, même léger, qui pourrait me fournir un indice.

Le couloir mène vers la cuisine et la pièce principale. Sur ma gauche, la porte du salon est ouverte. Une baie vitrée laisse entrer le soleil. La porte de la salle à manger est fermée. Sur ma droite, il y a la rampe satinée de couleur blanche et l'escalier sur lequel a été posée une moquette crème. Le sol du rez-de-chaussée est, lui, entièrement recouvert d'un parquet flottant. Les murs blancs sont aseptisés, impersonnels, avec seulement quelques photos ici et là. Il y a beaucoup de meubles modernes – des tables en chrome et en verre, des canapés en cuir noir avec des coussins *violets*, la seule touche de couleur que Liam m'ait permis d'ajouter, car il pense que je n'ai aucun goût. C'est horrible.

Je vais dans le salon. Tout est rangé. Pas de magazines qui traînent. Aucune tasse utilisée qui reste sur la table basse. Les télécommandes pour la télévision, le lecteur de DVD et la chaîne stéréo sont toutes bien alignées comme si Liam avait passé des heures à les ranger dans un ordre parfait.

Je passe devant la porte de la salle à manger. Nous ne l'utilisons jamais pour y manger, sauf lorsque nous avons des invités. Liam insiste pour que nous organisions des dîners pour ses collègues de travail, et il essaie toujours d'être l'hôte parfait qui sait exactement quel vin boire avec quel plat. Mais qui s'en soucie ? Tant que le goût est agréable et que vous l'appréciez, cela n'a pas vraiment d'importance si le vin rouge ne convient pas avec le poisson. Ses manières pointilleuses me mettent d'autant plus de pression que je suis une cuisinière moyenne. Même lorsque je passe des heures penchée sur d'élégantes recettes de cuisine, que je pèse les ingrédients avec précision, et que je chronomètre les étapes à la seconde près, j'obtiens généralement un résultat médiocre. Le soufflé s'affaisse au milieu, le poulet est sec et filandreux, les légumes pas suffisamment *al dente*. Et cela n'arrange rien lorsque Liam en fait des tonnes pour présenter ses excuses auprès de nos invités à propos de mon absence de talents culinaires. Il le fait d'une façon amusante et légère, en disant que nous ne pouvons pas tous être une Nigella Lawson en cuisine. Il leur jure qu'il m'avait dit de ne pas laisser le plat aussi longtemps dans le four. Et mon embarras va *crescendo* lorsque tous les regards se tournent vers moi et que chacun ricane à mes dépens. Et je sais qu'il ne s'agit pas d'une simple plaisanterie. À la fin de la soirée, lorsque je reste seule pour débarrasser la table, faire la vaisselle et jeter les bouteilles de vin vides, il me dira que je ne fais pas suffisamment d'efforts ou bien que je ne suis pas une épouse qui le soutient, ou encore que je l'ai embarrassé devant ses amis et gâché ce qui était censé être une soirée parfaite. Le lendemain, j'aurai droit à un silence pesant et aux regards froids, et je serai forcée d'admettre que je ne suis vraiment qu'une idiote qui ne peut jamais rien faire comme il faut.

En arrivant vers la porte de la cuisine, je me penche pour regarder Liam qui est en train de verser des cuillères d'arabica dans la cafetière à piston. Du vrai café selon lui. Pas ce truc instantané. Il est élégant dans son costume de travail, sûr de lui, confiant. Il portait un costume la première fois que je l'ai rencontré dans la boîte de nuit. Liam était tellement différent des étudiants avec lesquels j'avais l'habitude de traîner à l'université… Eux avaient les cheveux décoiffés du genre « je sors juste de mon lit », ils portaient des jeans déchirés et délavés ainsi que des chaussures de sport usagées. Les seules fois où Liam porte des chaussures de sport, c'est lorsqu'il va faire de l'exercice à son travail, tôt le matin, avant de commencer sa journée.

Tous ses collègues pensent qu'il est formidable. Que c'est un bon patron, quelqu'un qui sait déléguer, que c'est un super partenaire au squash, drôle, spirituel. Mais les gens cachent ce qu'ils sont sous plusieurs couches. Personne ne connaît *vraiment* quelqu'un – jusqu'à ce qu'on partage sa vie avec.

« Tiens. »

Liam me tend une tasse de café, ce qui n'est pas forcément une bonne idée. Je suis déjà suffisamment agitée sans caféine, mais Liam sait mieux que moi ce qui convient, après tout. Je tends les mains pour la prendre, mais les médecins m'ont enlevé les bandages qui les entouraient avant que je ne quitte l'hôpital, et la chaleur de la tasse au contact des cicatrices encore sensibles provoque une telle douleur que je la lâche. La tasse s'écrase par terre et le café chaud m'éclabousse les jambes.

Je crie et je m'essuie les jambes avec le dos de la main. Lorsque je lève les yeux vers Liam, pendant un bref instant, je vois qu'il me mitraille du regard. L'instant d'après, il me sourit…

« C'était de ma faute », dit-il.

Ouah ! Pour une fois que ce n'était pas de la mienne.

Il balaie soigneusement les débris dispersés avec une pelle et un balai, et dépose le tout dans un journal en le repliant avec vigilance afin que rien ne tombe. Cela m'ébranle suffisamment pour que je lui pose des questions à propos de la prétendue dispute au sujet de l'assiette.

« Summers m'a dit que tu lui avais parlé de notre dispute avant que tu ne partes pour l'Écosse. À propos d'une assiette. C'est exact ? »

Il pose le journal dans la poubelle sous l'évier.

« Oui, c'est exact. Je ne voulais pas en parler devant toi parce que… »

Il se retourne pour me faire face, l'air inquiet.

« … eh bien, tu as eu des moments difficiles ces derniers temps. Tu as vécu beaucoup de choses et tu es déjà fragile, ma chérie, poursuit-il en agitant négligemment sa main. De toute façon, cette dispute n'était pas importante. »

Je le dévisage. Il y a vraiment quelque chose qui ne tourne pas rond.

« Mais ce n'est pas mon genre de jeter une assiette. Ou de lancer autre chose d'ailleurs. »

Je ne mentionne pas que c'est plutôt sa façon de faire à lui.

« Que s'est-il passé exactement ? Est-ce que je…

— Pour l'amour de Dieu, Chloe, arrête de te tourmenter à propos de quelque chose d'aussi insignifiant. Pourquoi est-ce que tu compliques toujours tout ? »

Ses yeux lancent des éclairs et ses poings frappent si fort le plan de travail de la cuisine qu'il fait trembler la bouilloire et le grille-pain posés dessus. Effrayée, je sens le froid m'envahir, comme si tout l'air de la pièce avait été aspiré. Liam prend alors une très grande inspiration pour essayer de retrouver son calme. Il presse les doigts sur ses tempes et ferme les yeux pendant un moment. Lorsqu'il s'est apaisé, il reprend :

« Comme je l'ai dit, ce n'était pas grave. Cela n'a aucune importance maintenant. Oublions ça. L'essentiel, c'est que tu fasses tout pour te remettre en forme. »

Mais je ne suis pas malade. J'ai été enlevée et laissée pour morte. Ce n'est pas exactement comme une grippe dont je pourrais guérir. Je me mords les lèvres pour que les mots auxquels je pense ne soient pas prononcés.

« Et le docteur Traynor a dit que cela ne t'apporterait aucun réconfort de te reprocher des choses. Cela ne ferait au contraire que t'agiter davantage. C'est pour cela que je n'en ai pas parlé devant toi. »

Il essuie le café renversé sur le sol avec des serviettes en papier et les dépose dans la poubelle.

« Qu'est-ce que le docteur Traynor a ajouté à mon sujet ? »

Je fulmine intérieurement en pensant que mon médecin a pu parler de moi à Liam dans mon dos. C'est *moi* qui suis censée être la patiente, pas *Liam*.

« Il s'inquiète pour toi. Nous nous inquiétons tous les deux. Il pense que tu as besoin de repos. »

Il se verse du café mais ne m'en propose pas une nouvelle tasse. Tandis qu'il est occupé, je fais le tour de la pièce pour trouver mon sac. Il n'est pas accroché derrière la porte de la cuisine où j'ai l'habitude de le mettre ; j'ouvre un tiroir et je fouille à l'intérieur. Il n'y est pas non plus. J'ouvre d'autres tiroirs et un point de tension se forme entre mes omoplates.

« Que fais-tu ? me demande-t-il en soupirant.

— Je cherche mon sac. Mon téléphone portable devrait y être ainsi que mon porte-monnaie et mes clefs. »

Il marmonne quelque chose entre ses dents que je ne peux pas entendre, puis il dit :

« Il n'y est pas, j'ai déjà cherché pour toi. »

Je me laisse tomber dans un fauteuil en cuir près du plateau en verre de la table de la cuisine.

« J'ai annulé les cartes bancaires et changé les serrures, alors tu ne dois pas t'inquiéter.

— Pas la peine de m'inquiéter ? dis-je en riant, même s'il n'y a rien de vraiment drôle. Cet homme les a peut-être. Et si c'est le cas, il sait où je vis. »

Comme je hausse le ton, Liam vient vers moi et s'accroupit en prenant appui sur ses cuisses. Il me prend la main et la caresse doucement.

« Chérie, il ne va rien arriver. Il n'y a personne.

— Pourquoi tu ne me crois pas ? » criai-je.

Après que j'ai enlevé ma main de la sienne, Liam se lève, marche jusqu'à la fenêtre et regarde dans le jardin.

« Tu veux vraiment le savoir ?

— Oui ! Je n'ai aucun souvenir de ce qui s'est passé. Je veux savoir, je dois savoir ! »

Il se retourne et me regarde un moment. La pièce est silencieuse à l'exception du tic-tac agaçant de l'horloge que l'on entend quelque part. Puis il sort et son pas lourd retentit dans l'escalier. Lorsqu'il redescend, je fais les cent pas, les mains agrippées à mes coudes.

« Tiens, me lance-t-il en me fourrant un morceau de papier dans la main. C'est pour cela que je ne te crois pas. »

Je tends timidement la main et le prends. C'est un morceau de papier ordinaire, de format A4, que nous utilisons pour imprimer à partir de l'ordinateur. Il y a mon écriture dessus mais c'est un étrange gribouillis, comme si je l'avais écrit dans l'urgence ou que j'avais bu.

Ou que j'avais été droguée.

Liam,
Je ne peux plus continuer comme ça. Je dois en finir.
Je suis désolée.
Chloe

« C'est une lettre de suicide, Chloe. Je l'ai trouvée dans la cuisine lorsque je suis rentré d'Écosse. »

Sa voix résonne étrangement à mes oreilles, comme si elle était ralentie et déformée. Mes genoux fléchissent et je m'effondre à terre en saisissant la lettre. Je lève la tête vers lui avec un regard interrogateur.

« Je ne… je ne m'en souviens pas.

— À l'évidence, tu as essayé de mettre fin à tes jours pendant que j'étais parti. Je pense que tu as essayé de te bourrer de somnifères et que tu as eu une autre réaction au produit avant de pouvoir en prendre suffisamment pour en finir. La dépression est héréditaire, Chloe, et tu en souffres aussi. Tu ressembles à ta mère, tu ne le vois donc pas ? Tu as juste eu des hallucinations en pensant que tu étais kidnappée. »

Non. Non, non, non. Je ne ferais pas ça. *Si* ? Je presse mes mains sur mes oreilles pour m'empêcher d'entendre ce qu'il dit. Mais le docteur Drew a dit que j'étais encore en deuil après la fausse couche. Et si le chagrin s'aggravait ? Et si je sentais que le seul moyen de faire face était de me tuer ?

J'y avais d'ailleurs pensé, après la mort de ma mère lorsque je me trouvais dans le foyer pour enfants. À neuf ans, je restais petite pour mon âge. J'étais effroyablement timide. Ah, la calme et douce Chloe, qui ne voulait plus parler alors même qu'elle avait retrouvé sa voix ! Une cible parfaite pour certains des enfants les plus grands et les plus âgés qui voulaient affirmer leur autorité. Ils me harcelaient sans pitié et je me sentais coupable de tout. Je pensais que c'était de ma faute si les autres enfants ne m'aimaient pas. Que c'était de ma faute si ma mère avait agi comme elle l'avait fait. Tout ce qui se passait, c'était à cause de moi.

En grandissant, j'ai appris à me détester et mon amour-propre a touché le fond. Alors, oui, j'ai pensé plusieurs fois au suicide au cours de ces années-là. J'ai pensé à sauter devant un train ou à me noyer ou encore à m'ouvrir les veines des poignets. Personne ne voulait de moi et je croyais que le monde serait tout simplement mieux sans moi.

J'ai des vertiges. Je suffoque, j'ai besoin d'air.

Liam s'agenouille près de moi et retire mes mains de mes oreilles. Il m'enlace et me berce doucement.

« C'est pour ça que je voulais que tu restes à l'hôpital. Tu as besoin d'aide.

— Mais le docteur Drew… Dr… Drew… gémis-je en tentant de rassembler mes idées. Il a dit… il a dit… que je n'étais pas folle. Je ne deviens pas folle. Non.

— Très bien. Respire bien. »

Il prend mon visage dans ses mains et m'oblige à le regarder.

« Respire lentement. »

Je secoue désespérément la tête. Inspire. Souffle. Inspire. Souffle. Tout mon corps tremble.

« Allons, calme-toi », dit-il en me caressant les cheveux.

La panique disparaît mais la confusion demeure, vive et brûlante dans ma tête, comme une lumière aveuglante qui effacerait tout le reste.

« Tu as dit au docteur Drew que tu voulais te tuer ? demande doucement Liam.

— Non, parce que *je ne veux pas*. Je ne me sens pas suicidaire. Je ne veux pas mourir.

— Alors, c'est certainement la raison pour laquelle il pensait que tu étais en sécurité en sortant de l'hôpital. Peut-être que l'amnésie t'a aussi fait oublier ton envie de te suicider.

— Je ne… »

Je m'embrouille.

« … Est-ce que tu as parlé de la lettre au docteur Drew ?

— Oui. Je lui en ai parlé avant de te voir hier soir.

— Et qu'a-t-il dit ?

— Que tu ne montrais aucun signe de tendances suicidaires. Que c'était même l'inverse, en fait : que tu avais montré une étonnante volonté de vivre.

— Oui. Il ne m'aurait pas laissée sortir de l'hôpital s'il pensait que j'allais me faire du mal, non ? dis-je en tentant de me rassurer.

— Je ne suis pas convaincu que le docteur Drew soit compétent. Nous devrions peut-être solliciter un autre avis psychiatrique. Le docteur Traynor est d'accord avec moi, il pense que tout ce qui est arrivé pendant que j'étais en voyage indique que tu essaies d'attenter à ta propre vie. Il partage également mes inquiétudes à propos de l'hérédité du comportement dépressif et suicidaire, et après ce qui s'est passé avec ta mère, il semble que tu sois prédisposée à la dépression. »

Je ferme brièvement les yeux. Je ne veux pas les rouvrir mais je le fais pourtant.

« Et la police ? Tu as montré la lettre aux policiers ?

— Oui. L'inspecteur Summers en a pris une copie.

— Qu'est-ce qu'il a dit ?

— Que cela éclairait l'affaire sous un autre jour et que l'enquête allait bientôt se terminer. »

Oh, mon Dieu ! Oh, Dieu du Ciel ! *Qu'est-ce qui m'arrive ? Qu'est-ce qui s'est passé ? Est-ce que j'ai vraiment tout imaginé ?*

Je resserre mes doigts sur le revers de la veste de Liam et je le tire vers moi. Mes membres sont tout mous, mes mouvements étrangement lents comme si je pataugeais dans l'eau.

« J'ai besoin que tu me racontes tout ce qui s'est passé avant que tu ne partes en Écosse. »

Chapitre 12

Je suis assise à la table de la cuisine. Quelque part dans ma tête, un marteau-piqueur commence à cogner de manière répétée.

Liam ouvre une bouteille de vin blanc fruité qu'il a sortie du réfrigérateur et s'en sert un grand verre. J'en veux un aussi. Après tout ce que j'ai entendu jusqu'à présent, je veux boire une bouteille entière, peut-être deux, et puis sombrer dans un oubli bienheureux et ne pas avoir à réfléchir. Tirer la couette sur ma tête et ne jamais ressortir du lit. Avoir quelqu'un qui me dorlote. Qui m'apporte du chocolat chaud et de quoi manger, qui me caresse le front et me dise que maintenant, tout va bien se passer.

Il s'assied devant moi.

« J'en veux un. »

Je regarde la condensation qui apparaît déjà sur son verre.

« Ce n'est pas une bonne idée, me prévient-il tandis qu'il avale une gorgée et me regarde fixement par-dessus le bord du verre.

— La dernière chose dont je me souviens, c'est ta fête. »

Je détourne mes yeux de lui pour me concentrer sur un fil tiré de mes collants. Je l'entortille pour en faire une boule puis je le dénoue. Enrouler. Dérouler.

« Qu'est-ce qui s'est passé après ?

— Eh bien, Jeremy et Alice sont restés dormir à la maison car aucun d'eux ne voulait conduire pour rentrer dans le Kent après avoir bu. Lorsqu'ils sont partis le lendemain matin, tu m'as présenté un paquet enveloppé dans du papier doré. J'ai pensé que c'était un cadeau d'anniversaire. »

Un sourire naît sur ses lèvres et ses yeux s'illuminent.

« C'était un test de grossesse. Positif. »

Je touche mon ventre vide avec mes mains tremblantes. J'avais une vie en moi. Notre vie. Depuis toujours, je savais que je voulais des enfants. J'en rêvais. Toute une progéniture. Quelqu'un à élever et à aimer, puisque je ne l'avais jamais été. Quelqu'un que j'aiderais à grandir. Maintenant, j'ai l'impression que mes entrailles ont été vidées et laissées à l'abandon. Tout en redoutant la réponse, je lui demande :

« Tu étais heureux de cette nouvelle ? »

La question des enfants avait été abordée auparavant, bien sûr. Liam prétextait qu'il était heureux que nous soyons simplement tous les deux. Au début, il voulait attendre d'avoir sa promotion et que la pression du travail diminue. Et puis après, il voulait attendre que nous ayons plus d'argent, que nous soyons mieux installés. D'après lui, ce n'était jamais le bon moment pour essayer d'en avoir.

Ensuite, les choses ont changé entre nous. Son humeur d'abord. Comme s'il était sur courant alternatif. Instable parfois. Me criant dessus si les choses allaient mal. Ce n'était pas un contexte favorable pour élever un enfant. J'ai pensé qu'il avait probablement raison. Ce ne serait peut-être jamais le bon moment. Et puis c'était arrivé par accident. J'avais eu un truc à l'estomac – des vomissements, des diarrhées – et j'ai oublié de compléter ma pilule contraceptive avec un préservatif, comme il est toujours conseillé de faire.

Liam prend ma main dans la sienne, puis caresse doucement les coupures sur mes doigts, ce qui me ramène au présent.

« J'étais aux anges. »

Je soupire, la gorge serrée.

« Tu pensais que tu étais enceinte d'environ huit semaines lorsque tu me l'as dit et tu te sentais bien. Tu n'étais pas malade. »

Un cri étranglé s'échappe de mes lèvres.

« Tôt le lendemain matin, après m'avoir annoncé la nouvelle, tu as fait ta fausse couche. C'est là que tu as commencé à être déprimée. Tu pleurais beaucoup et tu ne voulais pas te lever le matin. Ton sommeil était irrégulier. Tu ne voulais pas parler. Tu ne voulais pas t'habiller. Tu ne voulais même plus enseigner. Le médecin t'a signé un arrêt de travail et t'a prescrit des antidépresseurs et des somnifères, mais quelques jours après les avoir pris, tu as eu un genre de réaction. C'est là que je suis arrivé à la maison et que je t'ai trouvée dans le jardin. »

Son expression s'adoucit et il hoche la tête.

« C'était horrible de te voir comme ça. »

J'essaie d'imaginer à quoi je ressemblais alors, grattant dans l'allée avec des yeux fous, hurlant que j'étais poursuivie. Mourant d'envie de partir. Mourant à l'intérieur. Plus de Chloe, mais une folle à la place. Mon esprit se désintégrant dans un délire paranoïde. Non, je ne peux pas l'imaginer.

« J'ai appelé le médecin et tu as été admise en service psychiatrique. Le docteur Drew t'a administré des antipsychotiques avant qu'il ne comprenne que cela devait être une sorte d'effet secondaire des antidépresseurs. Alors il a arrêté les antipsychotiques et il a attendu que les antidépresseurs soient évacués de ton corps.

— Et lorsque je suis rentrée à la maison ?

— Tu t'en sortais mieux. Tu étais active, tu t'habillais, tu préparais le dîner et tu t'intéressais à certaines choses. Mais tu restais très triste, bien sûr, et tu ne pouvais pas dormir. Tu disais que le bébé te hantait la nuit.

— J'ai écrit un journal ? Le docteur Drew a dit qu'il m'avait encouragée à en écrire un pour m'aider à supporter la douleur.

— Un journal ? Non, pas que je sache. »

J'avale la boule que j'ai dans la gorge et qui fait la taille d'une balle de golf, puis je me passe la langue sur les lèvres pour les humidifier.

« Et après ?

— Je travaillais dur pour que ce nouveau médicament contre le diabète soit prêt pour la production. Je devais aller dans notre usine de fabrication en Écosse mais tu m'as assuré que tout irait bien pendant la semaine où je serais absent.

— L'inspecteur Summers a dit que tu ne m'avais pas appelée lorsque tu étais en Écosse, comme tu l'avais affirmé.

— Eh bien, tu étais déjà bouleversée à l'hôpital. Je n'ai pas voulu en rajouter en te disant ce qui s'était vraiment passé.

— C'est très gentil de ta part. »

Il hausse les sourcils une fraction de seconde.

« Que s'est-il passé exactement lors de notre dispute avant ton départ ? dis-je en lui attrapant la main. J'ai besoin de savoir. »

Il lâche ma main et porte son verre à ses lèvres. Pendant qu'il boit une gorgée, je regarde sa pomme d'Adam monter et descendre. C'est comme s'il différait sa réponse, comme s'il la formulait dans sa tête avant de la dire à voix haute.

« Je t'ai apporté le petit-déjeuner au lit avant de partir.

— Comme c'est gentil de ta part, lui dis-je en souriant. Et qu'est-ce que tu m'as préparé ?

— Pardon ?

— Que m'as-tu préparé pour le petit-déjeuner ?

— Du thé et des tartines avec de la confiture, répond-il en haussant les épaules avec dédain. »

Je me mords les lèvres pour m'empêcher de parler.

« En fait, tu t'es emportée et tu as commencé à te comporter comme une folle furieuse. Tu m'as dit que je te l'avais servi dans la mauvaise assiette. Que tu n'utilisais jamais celle que je t'avais apportée et que tu n'en voulais pas. Tu devenais irrationnelle, tu étais en colère. Tu m'as arraché l'assiette des mains et elle s'est brisée par terre. Ensuite tu as commencé à pleurer. Tu t'es recroquevillée sous la couette et tu m'as demandé de sortir. Tu m'as dit que tu voulais rester un peu seule et qu'il ne fallait pas que je t'appelle pendant mon absence. »

Il a pris une autre gorgée de vin, ses doigts étaient crispés sur le verre. S'il le serrait plus fort, il allait se briser.

« J'ai pensé que cela risquait de t'énerver encore plus si j'essayais de te calmer, alors je suis parti en Écosse… Et c'est tout ce que je sais. Lorsque je t'ai quittée, tu étais fâchée et allongée dans le lit. Quand je suis revenu à la maison après l'appel de l'hôpital, j'ai trouvé ta lettre de suicide. »

Je reste immobile, le regard fixé sur mes pieds, ignorant la nausée qui monte dans ma gorge. Le fait est que je déteste la confiture. Je n'en prends jamais. Je n'en supporte ni l'odeur ni la texture. Il ne m'en a jamais proposé depuis que nous sommes ensemble car il sait combien je déteste ça. Il a juste dit la première chose qui lui est venue à l'esprit, car lui prend toujours de la confiture pour le petit-déjeuner.

Et c'est à ce moment-là que je le soupçonne pour la première fois de me mentir.

Chapitre 13

« Tu viens te coucher ? »

La voix de Liam résonne dans les escaliers.

Je suis debout dans la cuisine, les lumières sont éteintes, et je fixe du regard le jardin sombre. Tout au bout, derrière notre clôture en bois et les arbres, il y a un grillage de trois mètres et demi qui nous sépare du terrain de tennis de la mairie. Les maisons de nos voisins ont également des arbres touffus et des buissons le long de leurs jardins. Le chemin qui longe le côté de notre maison vers l'entrée principale est équipé d'un haut portail en bois avec un verrou et des boulons. Il serait donc difficile pour un inconnu d'entrer dans le jardin. Difficile mais pas impossible.

Est-ce qu'il est là dehors, l'homme qui m'a enlevée ? Est-ce qu'il est en train de me regarder ? Je m'attends presque à voir son visage surgir devant la fenêtre comme dans un film d'horreur.

« Tu as entendu ? crie Liam.

— Je monte dans une minute !

— Ne traîne pas trop ! »

Ses pas grincent dans le couloir tandis qu'il entre dans notre chambre qui est au-dessus de la cuisine. J'ouvre le réfrigérateur, j'attrape la bouteille de vin blanc à moitié vide et j'en bois de grandes gorgées. Puis je la repose. Je ferme la porte, monte les escaliers et me couche. Liam m'attire à lui sous les couvertures, il me prend dans ses bras de façon à ce que ma tête repose sur son épaule. S'il me sent me raidir, il n'en montre rien.

« Je ne peux pas m'absenter du travail pour m'occuper de toi pour l'instant. Je suis débordé avec toute cette histoire de nouveau médicament.

— Je vais bien. Vraiment. Je vais bien. Je ne suis pas suicidaire. Tu ne dois pas t'inquiéter.

— S'il se passe quelque chose, je veux que tu m'appelles. Ou bien appelle le docteur Traynor ou le docteur Drew. D'accord ? Si tu éprouves le désir de te faire du mal, appelle quelqu'un.

— Je ne me ferai aucun mal.

— Tu es une gentille fille, fait-il en m'embrassant sur le front. »

Puis il se retourne de l'autre côté, loin de moi. Quelques minutes plus tard, sa respiration est profonde et lente, il ronfle doucement. Je reste allongée et fixe un point dans l'obscurité. Une pensée en chasse une autre. Je me retourne sans cesse, la tête prise dans un tourbillon. Je ne vais pas attenter à ma vie. Une telle pensée ne pourrait être plus éloignée de la réalité. Je me demande simplement qui essaie de me faire du mal.

La lettre explique tout. Elle donne l'impression que j'ai perdu la tête. Que j'ai pensé que la seule manière d'en finir était de me tuer. Est-ce que je l'ai vraiment écrite ? C'est mon écriture, même si elle est brouillonne. Elle aurait pu être imitée, j'imagine, et *on dirait* une lettre de suicide. Je repense à ce qui était écrit : *Liam, je ne peux plus continuer comme cela. Je dois en finir. Je suis désolée. Chloe.*

Et si ce n'était pas moi qui avais écrit ces mots ? Et si je voulais en terminer plutôt avec notre relation ? Et si je le quittais ? Et si c'était le cas, pourquoi ? Pourquoi maintenant ? Qu'est-ce qui m'avait finalement donné le courage de m'éloigner de lui ?

Je fais semblant de dormir lorsque Liam se lève le lendemain matin. Je ferme bien les yeux, je ralentis ma respiration tandis que le poids de son corps se déplace sur le lit. Il se dirige vers la salle de bains pour prendre sa douche matinale.

J'ai besoin de réfléchir. De faire quelque chose. De passer quelques appels téléphoniques. De fouiller la maison pour trouver des indices au sujet de ma disparition. Car même si le docteur Drew s'est montré compatissant et qu'il est apparemment le seul à être de mon côté, il est toujours d'accord avec le docteur Traynor et Liam sur le fait que j'ai pris des somnifères volontairement et que j'ai eu une nouvelle réaction au produit. Il continue de croire que j'ai inventé toute cette histoire et qu'il n'y a pas de fou furieux dehors quelque part qui pourrait être encore à mes trousses.

La police pense probablement aussi que je suis cinglée après avoir lu ma lettre et entendu le récit fait par Liam. Donc, je suis la seule à vraiment croire en moi et jusqu'à ce que je connaisse la vérité, ma vie est en danger.

Plus tard, Liam revient dans la chambre.

« Chloe ? lance-t-il en poussant mon épaule, je t'ai préparé du thé. »

J'ouvre les yeux, je m'étire et je m'assieds. Je le gratifie même d'un bâillement pour faire bonne mesure.

« Merci. »

Il pose la tasse sur la table de chevet et me regarde avec inquiétude.

« Tu vas vraiment bien ? »

Je fais semblant de sourire et je réponds d'une façon aussi convaincante que possible :

« Oui, je vais bien.

— Je t'appellerai plus tard du bureau pour vérifier. »

La façon dont il le dit a quelque chose de menaçant. Je porte la tasse à mes lèvres pour ne pas avoir à parler. Lorsque j'entends claquer la porte d'entrée, je repousse la couette et saisis en hâte la première chose que je vois dans la penderie : une robe d'été jaune avec des fleurs rouges. Le début de l'été signifie que la douceur est déjà au rendez-vous dès le matin.

En bas, je me prépare une autre tasse de thé, fort et amer. Je mets deux tranches de pain à toaster dans le grille-pain, je sors le beurre du réfrigérateur et prends un couteau. J'apporte mon petit-déjeuner sur la table de la cuisine et je grignote ma tartine en observant le jardin. Il n'y a personne mais cela ne fait pas disparaître mon anxiété. Celle-ci suinte des pores de ma peau comme une sueur froide.

Essayer d'avaler une tartine, c'est comme avaler du papier de verre. J'accompagne chaque bouchée avec des gorgées de thé si chaud que je me brûle la gorge. Je dois pourtant manger. Cela ne m'aidera pas si je m'effondre parce que je suis trop faible. Je dois être forte. Une Chloe efficace, méthodique, qui contrôle sa vie.

Je termine ma tartine et je laisse l'assiette sur le plan de la cuisine. Liam détesterait cela. Il ne supporte pas le désordre. Il voudrait la mettre tout de suite dans le lave-vaisselle, à l'abri des regards. Bon, comme il ne peut pas le voir, cela ne le gênera pas. Je laisse donc tout traîner dans un beau foutoir, puis je décroche le téléphone dans la cuisine et je compose le numéro de Sara tout en faisant les cent pas. La tonalité résonne à mon oreille d'un air moqueur, avant de couper. J'essaie encore. Et encore.

Où est-elle ?

L'inspecteur Summers. Il l'a peut-être déjà contactée. *Qu'ai-je fait de sa carte ?*

C'est alors que je me rappelle que c'est Liam qui l'a prise lorsque Summers voulait me la donner. Il l'a mise dans la poche de sa veste mais je ne sais plus quel costume il portait. Il se passait trop de choses. Trop d'horribles squelettes jaillissaient de mon placard.

Je vais dans notre chambre et je fais glisser la porte vitrée pour accéder à ses vêtements. Tous ses costumes sont alignés dans un ordre précis selon leur couleur. Les noirs à gauche, viennent ensuite les couleurs sombres puis les gris pâle et enfin les bleus. Les chemises suivent le même ordre. Les cravates sont parfaitement suspendues à un porte-cravates en métal. Ses chaussures sont posées sur une étagère dans le bas du placard, toutes cirées et bien brillantes.

Une à une, je vérifie ses poches pour trouver la carte, jusqu'à ce que je sente quelque chose. Je le sors de la poche. C'est un morceau de papier. Un reçu de carte bancaire au nom de Liam. Il est daté du 21 mars pour un hôtel à Welwyn. Une chambre double. Je le regarde fixement jusqu'à ce que les larmes me montent aux yeux. Un frisson court le long de mon dos.

Donc, deux jours avant sa fête d'anniversaire, Liam avait dormi à l'hôtel dans un village à quelques kilomètres de là, bien qu'il m'ait dit qu'il était alors en Écosse. Je m'en souviens très bien car je m'inquiétais qu'il ne puisse pas rentrer à temps pour sa fête. Il m'avait assuré qu'il serait bien là, en me disant qu'il s'agissait simplement d'un voyage de vingt-quatre heures pour régler quelques problèmes qui s'étaient présentés avec le médicament contre le diabète. Mais il avait menti. Encore. Je me demande quels sont ses autres mensonges.

Je vérifie les autres poches et je trouve la carte de Summers dans la dernière veste, avec un autre papier. Un autre reçu. Cette fois, pour un pendentif en forme de cœur en or blanc serti de diamants pour la somme de mille six cents euros. Il est daté du 22 avril. Je triture le morceau de papier. Pour qui l'a-t-il acheté ? Est-ce que c'était un cadeau pour moi, pour me remonter le moral ? Ou bien était-ce pour quelqu'un d'autre ?

Je me dirige vers ma coiffeuse. Ma boîte à bijoux est posée dessus. C'est un de ces modèles que j'ai toujours voulu avoir étant enfant sans le pouvoir, le genre de boîte avec une ballerine qui tourne au son d'une mélodie lorsque vous l'ouvrez. Liam me l'avait achetée peu de temps après notre première rencontre, lorsque je l'avais vue dans un grand magasin.

Je soulève le couvercle et je vérifie son contenu. Il y a quelques bijoux fantaisie, le bracelet en or que Liam m'a acheté pour notre premier anniversaire de mariage et une bague dont il manque une pierre. Des bricoles que je n'ai jamais jetées. Un collier en argent avec une turquoise que Liam m'a acheté pour notre première Saint-Valentin, et que je garde, même s'il est cassé maintenant. Après me l'avoir offert au restaurant romantique qu'il avait choisi, il avait attendu son cadeau que j'avais oublié d'acheter. Plus la soirée avançait, plus je le voyais agité. Il a demandé l'addition avant même que nous ayons eu notre café. Lorsque nous sommes montés dans la voiture pour rentrer à la maison, j'ai essayé de m'excuser en disant que j'avais été trop occupée avec mon nouveau travail, que j'avais oublié de lui trouver quelque chose. Il serrait tellement fort le volant que ses doigts étaient devenus blancs, puis il a craché :

« Je passe des heures à choisir ce collier et tu ne t'es même pas occupée de me trouver quelque chose pour me montrer combien tu m'aimes. Merci beaucoup ! »

Il s'est approché et a tiré sur le collier qui était autour de mon cou, le brisant net.

Je m'oblige à reprendre mes recherches et je lève le plateau supérieur de la boîte à bijoux pour regarder ce qui se trouve en dessous. C'est là que je conserve mes documents personnels mais je n'y trouve que mon passeport ainsi que mes actes de naissance et de mariage. Aucune trace de pendentif en forme de cœur. Je suppose que j'aurais pu le porter lorsque j'ai disparu. J'ai pu le perdre. La chaîne aurait pu se casser lorsque je me suis battue avec celui qui m'a enlevée. Ou bien je ne l'ai jamais eu…

Je continue de chercher dans la penderie de Liam n'importe quoi qui puisse m'aider. Je ne trouve rien d'important et je fais très attention à tout remettre en ordre, tel que je l'ai trouvé. Il a une mémoire photographique telle qu'il pourrait s'apercevoir que j'ai fouillé dans ses affaires.

J'examine ensuite les tiroirs de sa table de chevet. Il a peut-être dissimulé le collier là et il veut me faire la surprise. Je vérifie dans ses chaussettes qui sont disposées en petits paquets ordonnés et dans ses boxers qui ont l'air d'avoir été repassés, mais le collier n'est clairement pas ici.

Je descends avec la carte de Summers et je me prépare du thé. De la menthe poivrée cette fois, pour calmer mon estomac. Tout en buvant une gorgée, j'ai le sentiment que ma vie appartient à quelqu'un d'autre, quelqu'un que je ne connais plus. Je prends le téléphone sur la table de la cuisine et je compose le numéro de Summers d'une main tremblante.

« Inspecteur Summers, répond-il à la cinquième sonnerie.

— Bonjour, Chloe Benson à l'appareil.

— Bonjour Chloe, fait-il après un silence. J'ai appris que vous étiez sortie de l'hôpital. Comment vous sentez-vous ?

— Bien. Encore un peu confuse. Avez-vous pu joindre Sara ? J'ai essayé plusieurs fois mais elle ne répond pas.

— Non, malheureusement. En fait, j'allais vous appeler aujourd'hui. Hélas, nous n'avons aucune piste ni précision pour poursuivre l'enquête et faire le suivi concernant votre… incident. Compte tenu de ce qui vous est arrivé récemment et des informations transmises par vos médecins, nous allons mettre l'enquête en suspens, à moins que quelque chose de nouveau ne soit découvert. »

Les larmes me montent aux yeux mais je refuse de pleurer. Je veux lui hurler dessus. Exploser et lui dire qu'il n'a pas la moindre idée de ce dont il parle, mais bien sûr, cela ne fera que donner l'impression que je suis une détraquée.

« Vous avez lu la lettre que j'ai laissée à Liam, n'est-ce pas ?

— Il s'inquiète beaucoup pour votre santé, Chloe. Et le docteur Traynor également.

— Liam vous a convaincu que c'était une sorte de lettre de suicide.

— Ce n'était pas le cas ? Après avoir examiné tous les éléments, il semble que ce soit l'hypothèse la plus probable, vous ne pensez pas ?

— Non. Je ne pense pas.

— Mais justement, Chloe, vous n'êtes pas certaine parce que vous ne pouvez pas vous en souvenir. »

Je ne peux rien rétorquer à ça. Je me demande si je devrais lui parler des reçus que j'ai trouvés... Mais que pourrais-je dire ? Que Liam est resté une nuit dans un hôtel à Welwyn ? Qu'il a acheté un bijou que je ne retrouve pas ? Qu'il ment à propos de notre dispute car je déteste la confiture ? Cela ne ferait que confirmer ce que Summers pense déjà, que je suis folle et paranoïaque.

Non, la seule façon de l'amener à me prendre au sérieux, c'est de trouver une preuve de mon enlèvement. Alors, il pourrait me protéger de ce fou furieux qui est là quelque part et que je ne peux pas encore identifier. Il ferait une enquête et il l'arrêterait. Il le mettrait en prison et je pourrais vivre à nouveau. Mais jusqu'à ce que j'aie des preuves, il ne me croira pas.

« Je ne deviens pas folle. »

Tout en lui affirmant cela, je me demande si ce n'est pas ce que disent tous les gens qui sont fous. Dans le doute, niez que vous êtes fou. Est-ce que je suis vraiment en train de perdre toute emprise sur la réalité ?

Non, je me connais. Je sais que je ne perds pas la boule. Je suis saine d'esprit. Ce sont les autres qui ont un problème.

« Je pense que nous devons respecter l'avis des experts médicaux. Écoutez, si vous vous souvenez d'autre chose, vous pouvez m'appeler à ce numéro, ajoute-t-il d'un ton ennuyé qui signifie clairement qu'il ne veut pas du tout que je le rappelle.

— Très bien. »

Je ne sais pas quoi dire d'autre.

« Prenez soin de vous, Chloe. »

Je raccroche et je fixe le téléphone en me demandant quoi faire. Les pensées s'agitent dans ma tête comme des guêpes prisonnières dans une bouteille. Je suis complètement seule et totalement perdue.

Je vais dans la salle à manger et je prends une feuille de papier dans l'imprimante ainsi qu'un crayon dans le bureau installé dans le coin. Je retourne dans la cuisine en me disant que je pourrais terminer cette bouteille de vin ouverte. Dieu sait que ce n'est pas l'envie qui m'en manque. Mais en farfouillant derrière le placard qui est sous l'évier, je trouve un vieux paquet de cigarettes laissé là avant que je n'arrête de fumer.

Il en reste onze, le papier blanc est maintenant teinté d'une couleur orangée. Un briquet portant l'inscription « Je t'aime » est enfoncé à l'intérieur. Un souvenir que Liam m'a rapporté d'un voyage à Londres, peu de temps après avoir prononcé ces mots devant moi pour la toute première fois. Je me souviens que je sentais mon cœur s'envoler chaque fois qu'il le disait ou l'écrivait sur un papier. Liam m'aimait, moi – la fille qui pensait que jamais personne ne l'aimerait.

Je me prépare un café fort, la meilleure chose qui soit après le vin, et j'emmène tout dans le jardin. Mon regard se pose jusqu'aux arbres les plus éloignés pour m'assurer qu'il n'y a personne d'autre que moi. Je suis seule. Complètement seule, mis à part deux pies et un écureuil. Je m'assieds à la table du jardin et j'allume une cigarette. J'aspire une grande bouffée. Je me sens prise d'un premier étourdissement. C'est agréable. Pendant un instant, j'ai la tête qui tourne et je me sens détendue. Je prends une autre bouffée puis une gorgée de café.

Voyons, quels sont les éléments dont je suis sûre ? Qu'est-ce qui relève de la simple supposition ?

Entre les gorgées de café et ma cigarette, je note tout ce dont je suis certaine par ordre chronologique :

21 mars : Liam a passé la nuit au Royal Lodge Hotel mais il a dit qu'il était en Écosse.

23 mars : La soirée de Liam. J'allais lui parler du bébé.

25 mars : Ai fait une fausse couche tôt le matin. Je suis devenue dépressive.

10 avril : Suis allée chez le médecin. Il m'a prescrit des antidépresseurs et des somnifères.

13 avril : Je suis internée. Liam a dit aux médecins qu'il m'avait trouvée en train de gratter dans le jardin. Je suis un traitement au service psychiatrique. (Les docteurs Drew et Traynor m'ont dit que j'étais paranoïaque et que j'avais des hallucinations. Je croyais qu'un homme me poursuivait et j'essayais de lui échapper).

20 avril : Sortie de l'hôpital. Encore légèrement déprimée mais sinon, tout va bien.

22 avril : Liam a acheté un bijou que je ne trouve pas.

29 avril : J'ai appelé Sara et nous avons parlé pendant plus d'une heure.

9 mai : Secourue par une femme sur la Great North Road. Couru dans les bois depuis un bâtiment souterrain où j'ai été retenue prisonnière. Tout oublié depuis la soirée.

Je fixe le chemin dans le jardin, où je griffais apparemment le sol. Comment suis-je allée du point A au point B ?

Je n'en sais rien.

La seule chose que je sais, c'est que je dois revenir d'une manière ou d'une autre sur mon passé récent et trouver les pièces qui manquent. La réponse, l'indice capital pour prouver que je n'invente pas tout, est là, quelque part.

Commençons par l'hôtel, alors. C'est le premier mensonge de Liam dont je me souviens. Je vais partir de là.

3e PARTIE

Fais attention

Chapitre 14

Je vérifie l'heure dans la cuisine, il est treize heures. J'ai beaucoup de temps devant moi avant que Liam ne rentre du bureau. Je dispose les ingrédients du déjeuner sur le plan de travail et je me prépare un sandwich avec du jambon et des tomates. Je n'ai pas faim mais j'ai besoin de m'occuper les mains. J'ai besoin d'une distraction. Et, étonnamment, faire quelque chose de banal que j'ai fait des millions de fois auparavant, est rassurant. J'ai presque l'impression d'être normale pendant un instant. Je suis sur le point d'avaler un morceau lorsque le téléphone sonne.

« Allô ?

— À qui parlais-tu ? sont les premiers mots de Liam.

— Quand ?

— Plus tôt. J'ai essayé de t'appeler mais la ligne était occupée.

— Oh, c'était simplement quelqu'un qui avait fait un mauvais numéro. »

Liam n'est pas le seul qui puisse mentir.

« Comment ça se passe, au travail ?

— Beaucoup de choses à faire. Et toi ?

— Pas grand-chose. Je prends mon temps, comme me l'ont suggéré les médecins. J'allais déjeuner.

— Que vas-tu manger ?

— Un sandwich jambon-tomates.

— Fais attention ! Tu sais que tu laisses toujours des miettes partout. »

Je lutte contre l'envie de lui dire que j'ai le droit de laisser des miettes dans ma propre maison si je veux. Il suffit que je nettoie ensuite, voilà tout. Mais cela ne servirait à rien. Je n'ai tout simplement pas le droit de laisser quelque chose en désordre. Même une miette oubliée dérange Liam.

« Non, je ferai attention, lui dis-je avec désinvolture, même si cela me semble légèrement intrusif.

— Bonne fille. Que dirais-tu de préparer quelque chose de bon à dîner pour mon retour du bureau ? Ça t'occupera sans trop te fatiguer.

— Bien sûr. Je vais y réfléchir.

— En fait, je pense que tu devrais reconsidérer ma suggestion d'abandonner définitivement ton travail. Tu sais que je gagne en deux heures ce que tu gagnes, toi, en une semaine. Ce serait beaucoup mieux que tu sois à la maison où je peux prendre soin de toi. Nous pouvons prendre soin l'un de l'autre. »

Tu veux dire être constamment à ta disposition à la maison ? J'ai déjà tellement entendu cela que je bronche à peine.

« J'aime travailler. Je vais bientôt y retourner.

— Cela voudrait dire que tu aurais du temps pour t'occuper de la maison, pour faire ce qui n'est jamais fait. Ce serait moins de pression sur toi, ma chérie. Tu sais combien tu es fragile.

— Mais…

— Nous en reparlerons. Lorsque tu te sentiras mieux. »

Il m'interrompt sur un ton qui n'est pas celui d'une requête mais d'une promesse.

Je pointe deux doigts vers le téléphone. C'est peut-être puéril mais c'est ma petite part de rébellion.

« Je dois y aller. Je te verrai vers dix-neuf heures.

— D'accord, au revoir. »

Je raccroche avant qu'il puisse ajouter autre chose. Je mâche le reste de mon déjeuner de façon automatique, totalement absorbée par les pensées confuses qui tournent dans ma tête.

Quelques minutes plus tard, je regarde l'assiette et je me demande où est passé le sandwich. Je la rince ainsi que celle que j'ai laissée après le petit-déjeuner et je les range dans le lave-vaisselle. Puis je monte à l'étage et je cherche de quoi me déguiser. Après avoir noué mes cheveux pour en faire un chignon, je prends un grand chapeau de soleil que j'avais acheté pour notre lune de miel et que je n'ai jamais porté. Bien ! Maintenant, mes cheveux semblent être coupés court. Puis je mets de grosses lunettes de soleil et je m'observe dans la glace sous tous les angles. On ne dirait pas du tout que c'est moi.

Comme Liam ne m'a pas donné une nouvelle clef pour la porte d'entrée après le changement des serrures, je prends celle qui est à l'intérieur de la porte de la cuisine et je sors à l'arrière du jardin en fermant la porte. Elle se ferme silencieusement derrière moi. C'est une autre bête noire de Liam, vous savez. Les portes qui grincent le rendent fou. Il n'a de cesse d'huiler les gonds simplement pour être sûr qu'ils ne feront pas de bruit.

Je ferme la porte et je mets la clef dans un de mes vieux sacs à main avant de suivre le chemin en gravier qui longe le côté de la maison vers l'allée. Je n'ai jamais appris à conduire. Pour être honnête, l'idée me fait peur. Être aux commandes d'un gros morceau de métal m'intimide. Donc, je marche. Je peux aller jusqu'à mon travail en trente minutes, rejoindre la rue principale dans la direction opposée en vingt-cinq minutes. Liam m'apporte les courses lorsqu'il ne travaille pas le week-end. Il se plaint mais en réalité, je pense qu'il aime cela. Cela signifie que je suis davantage dépendante de lui. Peut-être qu'un jour, j'apprendrai à conduire.

Je sors de mon impasse et regarde dans la rue des deux côtés. Il n'y a personne, mais tandis que je me dirige vers l'arrêt de bus en bas de la colline, j'ai le terrible sentiment d'être observée. Je me retourne pour voir si je suis suivie, mais il n'y a qu'une jeune mère qui pousse une voiture d'enfant. Elle est penchée sur les poignées et parle à son bébé qui est bien à l'abri ; elle ne me voit même pas. Je scrute les maisons de chaque côté de la rue mais je ne vois personne dans les jardins ou derrière les fenêtres, qui serait en train de m'épier.

Je continue de marcher en gardant un œil attentif sur quiconque pourrait représenter une menace potentielle. C'est effrayant d'être dehors. Seule. Exposée.

Lorsque j'arrive à l'arrêt de bus, je pousse un soupir de soulagement en voyant d'autres personnes qui attendent. Un adolescent avec des taches de rousseur est assis sur le banc. Il a des écouteurs sur les oreilles, et mime les paroles d'une chanson. Une femme âgée me sourit et commence à me parler du temps qui a été si merveilleux ces derniers jours. Je n'ai envie de parler à personne. Je veux juste réfléchir mais je me sens un peu plus en sécurité parmi d'autres gens, et je lui réponds avec humour du mieux que je peux. Au moins, personne ne peut me toucher au grand jour avec tous ces témoins autour.

Je vérifie l'horaire. Un bus passe en direction de Welwyn Village dans dix minutes. Je me dandine d'un pied sur l'autre et, tandis que la femme me parle, je parviens à glisser quelques « oui » et « non » de temps en temps, jusqu'à ce que mon bus arrive. Le trajet dure quarante-cinq minutes pour parvenir à l'arrêt le plus proche de l'hôtel. Je descends et me dirige vers le bout de la rue avant de tourner à droite. Je jette un coup d'œil derrière moi. Personne. J'ignore si c'est un bon ou un mauvais signe.

Lorsque j'arrive à l'aire de stationnement devant l'hôtel, j'ai un étrange sentiment de déjà-vu. Je n'ai jamais séjourné dans cet hôtel mais il me semble y être déjà venue. J'ai l'impression de m'être tenue debout au même endroit, et d'avoir fixé le bâtiment en me demandant ce que j'allais trouver. Je l'ai peut-être aperçu dans une publicité locale – une photo prise de ce même endroit – peut-être dans le *Welwyn Gazette*. Les battements de mon cœur s'accélèrent tandis que je m'oblige à avancer en tremblant sur mes jambes.

Le bâtiment est élégant, lumineux et moderne ; exactement le genre d'endroit où Liam m'avait emmenée lors de notre premier week-end romantique, deux semaines après le début de notre relation. Nous sommes restés à York car Liam n'y était jamais allé et il voulait voir la ville. Mais nous n'avons pas vu grand-chose en fait. Nous avons passé le plus clair du temps accrochés l'un à l'autre sous les draps, commandant quelque chose à manger au service d'étage quand nous avions faim.

Lorsque j'avais finalement quitté le foyer pour enfants et rejoint l'université, où personne ne connaissait mon passé, je m'étais réinventée. La nouvelle Chloe était insouciante, amusante et affectueuse, mais je n'étais toujours pas suffisamment sûre de moi pour attirer les garçons. Je semblais être dépourvue de cette capacité naturelle à trouver l'amour que tous les autres semblaient posséder. À vrai dire, je n'avais couché qu'avec une seule personne avant Liam, et cela n'avait été qu'une brève aventure. C'est la raison pour laquelle je pensais que c'était un miracle que Liam puisse m'aimer – que n'importe qui puisse m'aimer. Et même après un laps de temps si court passé ensemble, je savais déjà que je ressentais la même chose pour lui.

Lorsque nous étions arrivés à l'hôtel, il s'était déjà arrangé pour que le champagne et les fraises soient apportés dans la chambre. Il m'avait lui-même mis les fraises dans la bouche, après les avoir trempées dans le champagne, et c'était la chose la plus sophistiquée et la plus romantique qu'on avait jamais faite pour moi. Plus tard, après que nous avons fait l'amour pour la première fois, son regard avait parcouru mon corps nu, comme s'il essayait d'en graver chaque partie dans sa mémoire.

« Tu es si belle », m'avait-il dit, tandis que ses doigts se promenaient sur la courbe de ma poitrine. « Peu importe que tu aies de petits seins. »

Ses mots m'avaient blessée, mais j'avais passé beaucoup de temps à essayer de dissimuler la douleur de mon passé et la faible estime que j'avais de moi-même aux yeux des autres, alors j'avais préféré lui rire au nez, en faisant comme si je n'étais pas contrariée par ce qu'il avait dit. S'il avait réellement su combien j'avais été meurtrie, il m'aurait quittée sur-le-champ.

« Ne parle-t-on pas de gaspillage s'ils sont trop gros pour tenir dans la main ? » avais-je plaisanté.

Il continuait à m'observer comme s'il n'avait rien entendu.

« Pourquoi je ne t'achèterais pas des implants mammaires ? »

Ce n'était que la première fois qu'il critiquait mon corps, et j'avais essayé d'ignorer cela pendant un moment. Puis, lorsque je n'ai plus été en mesure de feindre, j'ai tout fait pour réduire au minimum les occasions qu'il avait de me voir nue.

Bon, je bloque l'accès à ces souvenirs-là… Ce ne sont pas eux que je veux me rappeler. Je veux plutôt retrouver ceux que j'ai perdus. Tandis que j'avance dans le hall de réception, j'enlève mes lunettes de soleil. Un jeune employé vêtu d'un uniforme élégant est assis derrière le comptoir, occupé à travailler sur son ordinateur. Il lève la tête en me voyant m'approcher et me sourit.

« Puis-je vous aider ? »

Je m'oblige à sourire mais j'ai du mal.

« Bonjour. »

Je sors le reçu de carte de crédit de Liam en le dépliant et en le lissant avant de le poser sur le comptoir.

« Mon mari a un reçu de carte de crédit qui provient de cet hôtel et je me demandais s'il était venu ici avec une autre personne. »

Son expression amicale vacille, pour être remplacée par quelque chose qui ressemble beaucoup à de la compassion. Je ne suis probablement pas la première femme à venir ici pour essayer de découvrir si son mari a une aventure, bien que cela ne semble pas être le genre d'établissement qui loue des chambres à l'heure. Il regarde le reçu plus attentivement.

« Je regrette mais nous ne pouvons donner aucune information à propos de nos clients. C'est la politique de confidentialité de l'hôtel.

— Oui, je comprends mais il s'agit du reçu de mon mari. Vous pouvez sûrement m'aider.

— Je suis désolée, madame, mais je ne peux pas. Je vous l'ai dit la dernière fois.

— La dernière fois ? dis-je en me raidissant.

— Oui, répond-il en se retournant à nouveau vers son ordinateur, l'air ennuyé à présent. Vous êtes venue et m'avez posé la même question.

— Ah bon ? »

Ma remarque lui fait détourner les yeux de son écran. Il fronce les sourcils en se demandant sans doute quelle espèce de folle il a devant lui et s'il devra appeler la sécurité pour me faire sortir.

« Vous ne vous souvenez pas ? Vous étiez assez agitée lorsque je vous ai dit que je ne pouvais rien vous dire.

— Non, je… »

Mes doigts se posent sur la bosse que j'ai sur le côté de la tête.

« … j'ai eu un accident et je ne me souviens de rien.

— Je suis vraiment désolé mais je ne peux toujours pas vous aider, répète-t-il en fronçant davantage les sourcils.

— Quand ?

— Pardon ?

— À quel moment suis-je déjà venue ? Vous vous souvenez de la date ? »

Il réfléchit et incline la tête.

« Je ne sais pas exactement. Il y a sans doute un peu plus de deux semaines. »

Je calcule dans ma tête. Aujourd'hui, nous sommes le 13 mai, cela voudrait donc dire que je suis venue ici vers la fin du mois d'avril, après être sortie de l'unité psychiatrique.

« Écoutez, j'ai du travail maintenant », dit-il, alors que je me rends compte que je le fixe bouche bée.

Perdue dans mes pensées, je reprends la route pour rejoindre l'arrêt de bus. J'étais déjà venue à l'hôtel, ce qui signifie que j'ai dû soupçonner Liam d'avoir une aventure. Cela veut dire aussi que j'ai dû trouver les reçus au moins une fois auparavant. Qu'ai-je trouvé d'autre? Est-ce que c'est le fait d'avoir découvert que mon mari avait une liaison pendant que j'étais enceinte qui a déclenché la fausse couche? Est-ce que j'étais angoissée au point de perdre le bébé? Non, impossible. Ma fausse couche a eu lieu le 25 mars. Je ne suis pas allée à l'hôtel avant fin avril et je me souviens de tout jusqu'à la fête du 23 mars. Je sais donc avec certitude que je n'ai pu découvrir le passage de Liam à l'hôtel qu'après tout cela.

Et malgré tout, avait-il réellement une aventure ou bien est-ce que je tirais simplement des conclusions hâtives? Est-ce que je croyais à tort qu'il avait dit être en Écosse alors qu'en fait, il restait là? Il avait peut-être une sorte de réunion de travail à l'hôtel? Mais ce n'était qu'à quelques kilomètres de la maison. Il aurait pris un taxi ou aurait conduit lui-même pour rentrer; il ne serait pas resté là-bas. Je sais que les choses ne sont pas parfaites entre nous, mais tous les deux, nous nous sommes toujours promis que le mariage, c'était pour la vie. En fait, la volonté de Liam de se marier et de s'installer était une des choses qui m'avait attirée chez lui au premier abord. À une époque où de plus en plus de couples ne voulaient pas se marier, c'était réconfortant d'entendre Liam dire qu'il ne pouvait pas attendre de m'épouser. Nous avions tous les deux les mêmes objectifs et les mêmes idées. Nous pensions que, quoi qu'il se passe, quels que soient les problèmes que nous rencontrerions, nous les résoudrions. Rester ensemble. Et surtout avec un bébé en route. Je ne voulais pas d'enfant qui grandisse comme je l'avais fait. Je voulais que notre enfant connaisse l'amour de ses deux parents pour se sentir en sécurité.

Sauf que peut-être, je ne me sentais plus en sécurité avec Liam. J'avais ignoré des choses pendant longtemps. Accepté des choses. Supporté des choses. Jusqu'à ne plus réellement reconnaître la Chloe que j'étais devenue. Ma personnalité s'était effacée pour faire toujours plus de place à la sienne. Mes rêves et mes envies avaient disparu pour devenir ses rêves et ses envies. Mais il y a eu le bébé. Je me souviens avoir été folle de joie à l'idée de lui en parler après la fête.

J'avais pensé que c'était un signe. Un nouveau départ pour nous et une chance pour remettre les choses sur la bonne voie. Peut-être que Liam allait *me* voir de nouveau et qu'il allait vouloir raviver la flamme des débuts de notre relation. La nuit dernière, il m'avait dit qu'il était heureux lorsque je lui avais annoncé que j'étais enceinte, mais l'avait-il vraiment été ? S'il avait une liaison, est-ce que cela n'aurait pas été un obstacle pour lui ? Une entrave à ses plans ?

Je secoue la tête. Non, évidemment qu'il n'avait pas de liaison. À quoi je pensais ? Je ris presque à voix haute. C'est complètement ridicule. Je deviens peut-être folle. Mais… quelle autre possibilité existe-t-il ? Pourquoi suis-je allée à l'hôtel plutôt que d'en parler avec lui ? J'ai dû soupçonner quelque chose.

Je suis tellement perdue dans mes pensées que je ne me rends pas compte que je suis en train de traverser la route à la rencontre d'une voiture qui arrive en sens inverse. Le klaxon du conducteur me ramène rapidement sur terre et je traverse la route en courant pour éviter d'être accrochée. Je prends de profondes inspirations lorsque je parviens de l'autre côté et j'attends à l'arrêt du bus. En arrivant à la maison, je récupère ma liste là où je l'avais cachée derrière l'évier, avec les cigarettes, et j'y ajoute cette nouvelle révélation, en me demandant ce qui m'attend encore là dehors, prêt à se jeter sur moi.

Chapitre 15

« Tu es sortie aujourd'hui ? » demande Liam tandis qu'il entre en coup de vent dans la cuisine avant de poser son porte-documents par terre.

Je termine de préparer le dîner. Du poulet sauce crémeuse à l'estragon, avec des haricots verts *al dente* et des pommes de terre nouvelles écrasées. Pas de purée pour Liam. Elles doivent être écrasées très légèrement avec juste ce qu'il faut de beurre. S'il y en a trop, elles deviennent grasses et huileuses. Et s'il n'y en a pas assez, elles sont fades. Encore une fois, ce sont ses mots à lui, pas les miens. Toujours ses mots, jusqu'à ce qu'ils deviennent mes propres mots, mes pensées, mes actions, jusqu'à ce que je ne sache plus qui je suis, sauf un prolongement de Liam.

« Non. »

Je sors le poulet du four et je le dépose sur le plan de travail. Liam arrive derrière moi et glisse ses mains autour de ma taille ; il m'attire vers lui de façon à ce que ma tête repose contre son épaule. Il m'embrasse dans le cou et j'incline la tête sur le côté pour le laisser faire. Je ferme les yeux, et pendant un moment, j'oublie la peur et les soupçons. Pendant un court instant, je veux croire que tout va bien entre nous. Qu'il ne me ment pas ou qu'il n'a pas de liaison, et que tout ce qui m'est arrivé n'est qu'une sorte de rêve atroce que j'ai fait. Ce serait plus facile de croire la version de Liam. Mais je ne veux pas et je ne peux pas.

« Je t'ai appelée plus tôt et tu n'as pas répondu, me dit-il alors que ses lèvres effleurent mon cou, et que ses mots vibrent contre ma peau.

— Oh, je devais être dans le jardin et je n'ai pas entendu le téléphone. Je me suis endormie en lisant un livre. »

Je lui envoie ce que j'espère être un regard inexpressif et je me dérobe pour égoutter les haricots afin qu'il ne puisse voir la moindre trace de mensonge sur mon visage.

« Tu as passé une bonne journée ? »

Je m'arrange pour que ma voix ait un débit régulier et une intonation légère, tout en espérant qu'il ne voit pas ma mâchoire trembler.

« Oui, j'ai réussi à faire beaucoup de choses, répond-il avant de prendre un haricot dans la passoire et d'en mordre un morceau. Ils sont mous. Tu les as cuits trop longtemps comme tu le fais toujours.

— Désolée. »

Je me détourne et je sers le dîner sur les assiettes que Liam préfère.

« Qu'as-tu fait d'autre, à part lire ? »

Il s'assied devant la table de la cuisine et desserre sa cravate.

« Rien de spécial. J'ai regardé un peu la télévision, j'ai préparé le dîner. »

Je pose l'assiette devant lui et je m'assieds en face. Il prend un peu de nourriture avec sa fourchette et me regarde attentivement.

« Je vois que les éboueurs ne sont toujours pas passés. Il y a des piles de sacs à ordures dehors, dans la rue. Ils vont bientôt attirer la vermine. C'est dégoûtant. Pendant combien de temps vont-ils faire grève ? »

Comme je ne pense pas qu'il attende une réponse de ma part, je ne dis rien. Je me moque des éboueurs. Je ne veux même pas penser à quelque chose d'aussi banal en ce moment. Je pousse les aliments vers le bord de mon assiette, et prends une bouchée ici et là. Il a raison à propos des haricots, ils sont trop mous. Mais je les aime bien comme cela.

Il parle de son match de squash qu'il a remporté contre son collègue Charles ce matin avant d'aller travailler. Il continue en disant que Charles ne devrait pas se donner la peine de jouer, qu'il est trop nul et que ce n'est pas intéressant d'affronter un adversaire aussi faible. Je souris, j'acquiesce et je fais les bruits appropriés au bon moment, pour sembler intéressée. Lorsqu'il a terminé de manger, il porte son assiette vers l'évier, la rince méthodiquement et la range dans le lave-vaisselle. Puis il se verse un verre de vin rouge et dit :

« Je vais travailler sur l'ordinateur pendant un moment. J'ai du retard sur quelques rapports.

— OK, dis-je tandis qu'il s'éloigne en me tournant le dos. Je vais ranger et prendre une douche. Je vais probablement me coucher tôt. »

Je charge le lave-vaisselle, je nettoie les surfaces avec un spray jusqu'à ce qu'elles soient impeccables puis je monte dans notre chambre.

Je prends ma douche et me lave les cheveux. Le savon et le shampoing me picotent les doigts au niveau des coupures. Ils vont mieux maintenant, mais les croûtes se ramollissent dans l'eau. Tandis que je me frictionne les cheveux avec une serviette dans la salle de bains, j'observe une teinte rosâtre sur le tissu blanc moelleux – un peu de sang a suinté. J'essuie la vapeur sur la glace et je me regarde.

Je ne reconnais pas la femme que j'ai devant moi. J'ai les yeux rouges, gonflés, et les cernes en dessous ne font que souligner mon regard tourmenté. Ma peau et mes lèvres sont pâles, mes joues creuses. J'ai l'air d'être morte. C'est tellement ironique que je ris devant cette femme que je vois dans le miroir. Des égratignures restent encore visibles sur mon front et mes joues. Un souvenir des branches me griffant le visage lorsque je courais dans les bois.

J'écarte les cheveux de la bosse que j'ai au-dessus de l'oreille et je la regarde de plus près. Plusieurs couleurs sont visibles sur ma peau : du jaune, du violet et du rouge marbré.

Des égratignures. Oui, bien sûr.

Je me penche plus près vers la glace, je les touche avec précaution. Je ne peux pas inventer ces écorchures, si ? Je ne peux pas les sortir par magie des profondeurs de mon imagination. Elles sont bien réelles. Elles existent sur mon visage, mes doigts et mes poignets. Personne ne peut expliquer la bosse que j'ai sur la tête. Si tout cela n'était qu'un pur délire que j'avais seulement imaginé, il ne pourrait y en avoir de preuves nulle part. Je regarde longtemps mon reflet dans la glace, comme si cette femme pouvait m'aider à trouver les réponses que je cherche. Finalement, je ne pense pas qu'elle puisse faire quoi que ce soit. Peut-être que personne ne le peut. On dira que je suis simplement tombée et que j'ai heurté quelque chose ou bien on trouvera une excuse similaire.

Je sors de la salle de bains et me dirige dans la chambre ; j'ouvre de nouveau la porte de la penderie, là où se trouvent mes vêtements, à la recherche d'un T-shirt propre que je puisse porter pour dormir. Mes vêtements ne sont pas coûteux ou ne portent pas la griffe d'un couturier comme ceux de Liam. Lui seul se le permet. Les miens sont bon marché. Des marques que l'on trouve dans la rue principale, qui sont correctes, mais qui ne coûtent pas une fortune.

De prime abord, je ne remarque rien d'inhabituel. Mais tandis que je fais glisser les cintres de gauche à droite, je note que plusieurs choses manquent. Ma veste en cuir. Deux jeans slim. Mes bottines noires à talons compensés. Un pull-over de couleur marron avec le col en V. Quelques collants noirs. Des T-shirts. Une paire de ballerines. Je vérifie à nouveau, je pousse tous les vêtements d'avant en arrière, pour être certaine qu'ils ne sont pas imbriqués les uns dans les autres.

Il se peut que les vêtements qui manquent se trouvent dans le panier à linge, mais dans ce cas-là, où se trouvent les bottines et les chaussures ? Je fouille encore et je découvre que d'autres affaires ont disparu. Une chemise à carreaux, une autre paire de jeans. Dans les tiroirs, sous les vêtements, mes culottes semblent moins nombreuses que d'habitude. Un soutien-gorge à pois et quelques chaussettes ne sont plus à leur place. Je resserre la serviette autour de moi et je retourne dans la salle de bains pour vérifier le panier à linge. Je sors tous les vêtements pour les poser par terre. Les chemises de Liam, les pantalons, des chaussettes, des boxeurs, une paire de mes chaussettes et mon cardigan rose. Je ne trouve aucun des vêtements qui ont disparu.

J'enfile un T-shirt et une culotte et je descends pieds nus, sans faire de bruit sur la moquette. La porte de la salle à manger est entrouverte et j'entre dans la pièce. Liam est en train d'envoyer un e-mail.

E-mails. Bien sûr ! Je devrais vérifier mes messages. J'en ai peut-être envoyé un à Sara qui pourra m'aider à comprendre tout ce qui se passe.

Lorsqu'il m'entend, il clique immédiatement sur la souris et l'écran de veille apparaît. Il s'agit d'une photo de Liam plus jeune en compagnie de son cousin Jeremy lorsqu'ils avaient une vingtaine d'années. Ils sont au sommet du Mont Snowdon, en tenue de randonnée. Derrière eux, des nuages traînent dans le ciel bleu comme de la barbe à papa. Liam a une tête de plus que Jeremy et il a passé son bras autour de ses épaules. Ils ont tous les deux les cheveux foncés, avec la même mâchoire anguleuse et le nez bien droit. Ils tiennent tous les deux de leurs mères respectives qui étaient des jumelles authentiques.

« Oui ? Est-ce que tout va bien ? fait Liam en pivotant dans le fauteuil de bureau en cuir marron pour me faire face.

— Il semblerait que certains de mes vêtements aient disparu. »

Il me fait un sourire rassurant.

« Tu ne te souviens pas, ma chérie ? Tu as fait un peu de rangement avant mon départ pour l'Écosse.

— Ah bon ?

— Oui. Tu pensais que ce serait thérapeutique de te débarrasser de certains vêtements que tu ne portais plus et qui ne faisaient qu'encombrer ta garde-robe. J'ai pris tes vieux vêtements et je les ai donnés pour toi à une association. C'est pour cela que tu ne les trouves pas.

— D'accord. »

Je hoche vaguement la tête, car je sais pertinemment que je n'aurais pas donné ces vêtements dont certains étaient neufs ou parmi ceux que je préférais. Et qui peut donner des sous-vêtements utilisés s'il a deux sous de bon sens ?

Il sourit et me tapote la main.

« C'est tout ?

— Euh… oui. »

Je fais demi-tour pour m'éloigner et je sens son regard brûlant dans mon dos. L'inquiétude se répand dans chaque fibre de mon corps.

Quelques heures plus tard, je suis allongée sur le lit, le regard rivé au plafond. Je me demande si je peux trouver une explication rationnelle à tout cela mais je n'y parviens pas. Je reviens à la seule conclusion qui semble logique. J'ai dû trouver les reçus et soupçonner que Liam avait une liaison. Je suis allée à l'hôtel pour essayer d'en avoir la confirmation. J'ai peut-être trouvé aussi d'autres preuves. Puis j'ai attendu qu'il parte en Écosse avant d'agir de façon à ce qu'il n'y ait pas de confrontation.

Je suis maintenant certaine que la lettre que Liam m'a montrée n'était pas du tout une lettre de suicide. Je le quittais. *C'était l'objet* de cette lettre. Il l'avait évidemment trouvée et il savait que j'allais le quitter. Cela expliquerait pourquoi mon sac, mon téléphone et certains de mes vêtements avaient disparu. Je les aurais pris avec moi. Et si c'était le cas, cela voulait dire que Liam me mentait *à nouveau* en disant que je les avais donnés à une association. Je me demande s'il essaie de convaincre les autres que je suis folle, ou s'il essaie plutôt de me rendre folle.

Comme je l'ai dit au docteur Drew, tout le monde a un point de rupture. C'était peut-être le mien. J'ai peut-être pensé que c'en était trop et que je ne pouvais pas supporter que Liam me contrôle, qu'il critique tout, décide de ce que je devais porter et de ce que je devais faire. J'ai peut-être compris que la vie m'offrait d'autres options…

Le visage de Jordan m'apparaît alors mais je le repousse.

Mais où serais-je allée ? Sara était l'option la plus évidente. Elle était encore partie et son appartement était vide. Summers a dit que nous nous étions parlé. C'était peut-être pour organiser mon emménagement chez elle. C'est la seule chose qui ait du sens.

Donc, je suis allée chez Sara, et après ? Que s'est-il passé ensuite ? Qu'est-ce qui a fait que j'ai été enlevée et laissée quelque part sous terre dans les bois ? Est-ce qu'il s'agit de quelqu'un que j'ai rencontré après mon départ de la maison et qui m'a entraînée là-bas ? Ou bien est-ce Liam qui l'a fait ? Est-ce qu'il m'a fait avaler des somnifères avant de me pousser dans sa voiture et de me laisser là-bas ? Était-il réellement en Écosse ? Après tout, il avait bien dit y être allé avant, alors qu'il était au Royal Lodge Hotel. Qui peut dire qu'il ne mentait pas à ce sujet-là également ? Est-ce qu'il me hait tellement qu'il me laisserait pour morte ?

Tandis que Liam se glisse dans l'obscurité de la chambre et rentre dans le lit, j'ai soudain la chair de poule. Et je me demande qui peut bien être l'homme que j'ai épousé.

Chapitre 16

Il ne doit rien soupçonner. Je dois agir normalement. En tout cas, aussi normalement que possible, étant donné les circonstances. Je me lève donc le lendemain matin avec un sourire éclatant sur le visage et je lui prépare des tartines avec de la confiture, même si la simple odeur me donne la nausée. Tout est posé sur la table de la cuisine, à sa disposition dès qu'il aura terminé de prendre sa douche.

« Merci, dit-il tandis que son regard glisse sur moi. Pourquoi portes-tu ce vieux jean miteux, ma chérie ? »

Je baisse brièvement les yeux. Le denim est doux et il a perdu de sa couleur au fil du temps. Je l'adore.

« Il est confortable.

— Il te grossit. Mets celui-là. Le noir. Tu sais que je t'aime bien dans celui-ci. »

Je marmonne un « Mmm » tandis que je prépare le thé.

« Je le mettrai dans une minute. Ce n'est pas comme si je sortais. »

Je verse le lait dans les tasses, juste la bonne quantité. Je remue. Je dépose la sienne devant lui et m'installe en face.

« Tu devrais commencer à te soucier davantage de ton apparence. Tu as une mine affreuse, poursuit-il en désignant mes égratignures. Pourquoi ne prends-tu pas rendez-vous au salon de coiffure ? Tu pourrais te faire couper les cheveux. Cela te ferait du bien. Cela pourrait t'aider à te retrouver telle que tu étais avant tout ce qui est arrivé. Mais ne sors pas dans cet état. »

Comme à son habitude, il accompagne sa critique d'une remarque gentille ou d'une petite attention. Ce bon vieux Liam – il vous félicite d'un côté et vous retire le compliment de l'autre. Mais comme il vient de me donner une idée, je me contente de sourire et de hocher la tête.

« Je pense que je vais le faire, oui. Je peux avoir une clef pour la porte d'entrée ? Tu ne m'en as pas encore donné une. »

Il repousse son assiette vide et se lève. Sortant un jeu de clefs de sa poche, il en décroche une de l'anneau et la pose sur la table. Puis il prend son portefeuille dans son autre poche et demande :

« De quelle somme as-tu besoin pour une coupe de cheveux ?

— Je ne sais pas trop. Puisque je ne trouve pas mon porte-monnaie et que je n'ai pas encore reçu mes nouvelles cartes bancaires, je n'ai pas d'argent. Tu peux me laisser cinquante livres ?

— Cinquante ! C'est plutôt beaucoup, non ?

— Eh bien, je pourrais m'arrêter au supermarché pour acheter quelques trucs aussi. »

Il pose trente livres sur la table près de la clef et me regarde d'un œil soupçonneux.

« Promets-moi que tu ne feras pas de bêtises.

— Bien sûr que non, lui dis-je, même si nos conceptions respectives du mot "bêtise" sont probablement très différentes maintenant.

— Rentre directement après ton passage chez le coiffeur. Tu es sans doute encore assez faible. Tu as besoin de te reposer. »

Faible. Oui. Je suis faible depuis trop longtemps.

Je hoche la tête et je souris pour le tranquilliser. Il m'embrasse sur la joue, prend son porte-documents et sort. Je laisse échapper un soupir tremblant et j'appelle Sara. J'ai essayé de la joindre au moins cinquante fois hier, sans succès. À nouveau, la tonalité résonne obstinément à mon oreille, mais elle ne décroche pas.

Je repose bruyamment le téléphone sur son support et me dirige vers la salle à manger. Je m'assieds au bureau et allume l'ordinateur. Il ronronne, émet un bip en se mettant en route et pendant que j'attends, je fouille dans les tiroirs du bureau. Le premier contient des dossiers de papiers d'assurances, des informations sur nos prêts hypothécaires, des manuels d'instructions, des reçus, des factures de services, des relevés bancaires. J'examine les relevés bancaires, à la recherche d'autres transactions effectuées à partir de la carte de crédit de Liam. Je n'ai pas l'habitude de m'en mêler car Liam insiste pour gérer tout ce qui est financier. « Tu ne feras que compliquer les choses si tu t'en occupes », m'avait-il dit dès que nous avons été mariés. Et il avait insisté pour que je ferme mon compte bancaire personnel et que j'en ouvre un commun avec lui. Au début, j'ai pensé que c'était merveilleux qu'il prenne la responsabilité de payer l'hypothèque et les autres factures, car je n'avais pas à le faire. Mais maintenant, je dois l'informer de chaque penny dépensé.

Les relevés remontent jusqu'à deux ans, et au cours de la dernière année, il y a eu des paiements réguliers effectués chaque mois environ auprès du Royal Lodge Hotel. Je ne trouve pas trace d'autres paiements effectués à des bijoutiers. Je les range et passe au second tiroir. J'y trouve quelques annuaires téléphoniques de la région et un annuaire des Pages Jaunes. Rien de plus dans le troisième tiroir, à l'exception de ramettes de papier pour l'imprimante, d'enveloppes, de ruban adhésif et d'une boîte de trombones. Sur le bureau, il y a un pot en céramique bleu pour les crayons. Une des anciennes petites amies de Liam le lui avait offert il y a longtemps. Quel était son prénom ? Katy, Katya, quelque chose comme ça. Il m'avait raconté qu'elle était venue en Angleterre depuis la Moldavie pour travailler. Puis, lorsqu'elle était repartie au bout de quelques années, il avait conservé ce souvenir de leur relation car il le trouvait très bien fait.

Il a raison. Il *est* très beau. Un kaléidoscope d'indigo, de turquoise, de bleu layette et d'azur. On dirait un mélange de toutes les couleurs de la mer. Je le retourne sur le bureau. Cinq stylos à bille tombent en même temps qu'une petite gomme et deux trombones. C'est moi qui ai dû les mettre là car Liam détesterait voir les trombones mélangés à d'autres choses. Dieu me pardonne.

Je ne sais même pas exactement ce que je cherche. Quelque chose qui prouve que mon mari a tenté de me tuer ? J'ouvre Google, je cherche mon compte e-mail et je tape l'adresse suivie du mot de passe.

Erreur. Mot de passe incorrect. Votre compte a été bloqué, m'annonce l'écran.

Je fronce les sourcils et fais un nouvel essai.

Erreur. Mot de passe incorrect. Votre compte a été bloqué.

Quoi ? Je fais un nouvel essai. La troisième fois sera la bonne, j'espère.

Erreur. Mot de passe incorrect. Votre compte a été bloqué.

Je fais défiler la page et je regarde comment déverrouiller mon compte.

Vous recevez ce message car votre mot de passe a été saisi trois fois de façon incorrecte. Votre compte a été bloqué pour votre sécurité. Pour rétablir votre compte, complétez ce qui suit.

On me demande, par mesure de sécurité supplémentaire, d'ajouter le mot que j'ai enregistré lorsque j'ai ouvert mon compte. Je tape le nom de Jordan et clique sur « Entrer ».

Nous allons maintenant vous envoyer un nouveau mot de passe sur le numéro de téléphone portable qui correspond à ce compte e-mail.

« Oh, pour l'amour de Dieu ! dis-je en levant les mains au ciel. Il faut à tout prix que je mette la main sur mon téléphone ! »

Dans ma frustration, je secoue les jambes en me demandant quoi faire désormais. Tout en me mordillant le pouce, je clique sur l'icône « Historique » sur la partie supérieure de l'écran. Peut-être y trouverai-je des indices à propos de ce que Liam ou moi avons pu regarder ? Cela me donne une liste de sites qui ont été parcourus récemment : mon compte e-mail, celui de Liam, The Diamond Store, le Royal Lodge Hotel, notre compte bancaire en ligne, le Discount Wine Cellar, Amazon, les effets secondaires du Zolafaxine et celui de Devon Pharmaceutical.

Je clique sur la page du Zolafaxine et je lis quels en sont les effets secondaires.

Les plus courants :
Urticaire
Incapacité à rester assis
Démangeaisons
Nervosité
Éruption
Moins fréquents :
Frissons ou fièvre
Douleurs articulaires ou musculaires
Rares :
Anxiété
Sueurs froides
Confusion
Convulsions
Diarrhée
Difficultés de concentration
Somnolence
Sécheresse de la bouche
Faim excessive
Pouls rapide ou irrégulier
Hallucinations

Migraine
Transpiration accrue
Soif intense
Manque d'énergie
Modifications de l'humeur ou du comportement
Amplification des réflexes
Taches rouges ou violettes sur la peau
Psychose
Pensées suicidaires
Accélération du rythme cardiaque
Frissons ou tremblements
Parler, sentir et agir avec enthousiasme et activité que vous ne pouvez pas contrôler
Troubles respiratoires

Je clique sur « Hallucinations », ce qui me conduit sur une autre page d'informations :

La substance chimique dans le cerveau que les antidépresseurs comme les inhibiteurs de la réabsorption de la sérotonine affectent, est celle que le LSD, la PCP et autres drogues psychédéliques imitent pour créer leurs effets hallucinogènes.

Les inhibiteurs empêchent la sérotonine d'être réabsorbée dans le cerveau, ce qui laisse donc un excès de sérotonine. Cela permet de maintenir la stimulation cérébrale et peut provoquer un épisode dépressif, un caractère violent, des pensées suicidaires, une psychose et des manies.

Mon Dieu ! Comment peut-on prescrire un truc pareil ? Ma peau devient moite et un frisson glacé court le long de ma colonne vertébrale lorsque j'atteins le bas de la page.

Produit par Devon Pharmaceutical.

J'ai le souffle coupé, j'essuie mes mains sur mon jean tout en réfléchissant à ce que cela pourrait signifier. Bien sûr, cela pourrait ne rien vouloir dire. Ce pourrait être juste une énorme coïncidence.

Mais Liam est responsable de la fabrication de leurs médicaments. Il en a l'accès illimité. Oui, la notice précise que des réactions hallucinogènes et psychotiques sont possibles, quoique rares, mais il les a peut-être un peu trafiqués, en ajoutant quelque chose qui garantirait que j'aie des symptômes de type psychotique.

J'ai la chair de poule tandis que je fixe la page avec une terreur grandissante. Je cherche les effets secondaires des somnifères Silepine et je lis.

Courants :
Vision floue
Constipation
Vertiges
Vision double
Excès de salive ou bouche sèche
Somnolence
Agitation ou irritabilité
Perte de libido
Troubles de la mémoire
Faiblesse musculaire
Nausée
Éruption cutanée
Troubles de l'élocution
Rares :
Agitation
Agressivité
Amnésie/Perte de mémoire
Évanouissements
Confusion
Diminution des inhibitions/Aucune crainte du danger
Dépression
Sensation d'évanouissement

Hallucinations
Hostilité
Hyperactivité
Tremblements musculaires
Psychose
Convulsions
Pensées de suicide ou d'automutilation
Pensées ou comportements inhabituels
Respiration faible

Les raisons pour lesquelles tout le monde pense que j'ai essayé de me tuer avant d'avoir une réaction bizarre au Silepine sont toutes inscrites ici noir sur blanc. Je vais sur la page suivante et j'apprends qu'une société portant le nom de Ashe Pharma fabrique le Silepine. Ce n'est donc pas celle de Liam.

Un coup frappé fort à la porte d'entrée me fait sursauter. Mon sang se glace, je suis pliée en deux, le cœur battant.

Boum ! Boum ! Boum !

Lentement, je sors de la salle à manger pour me diriger vers le salon qui est sur le devant de la maison. Je reste le long du mur arrière de la pièce et je jette un coup d'œil à travers les rideaux de la baie vitrée. Une camionnette est garée devant la maison, on peut lire sur le côté : « Fleurs pour toutes les occasions ». Je n'ouvre pas la porte. Comment savoir s'il s'agit bien d'une vraie société ? Je ne peux pas être sûre qu'il ne s'agit pas d'un piège. Cela aurait pu se produire la dernière fois, de ce que j'en sais. Ce serait une bonne ruse. Livrer des fleurs à une pauvre femme qui ne se méfie pas et puis l'enlever lorsqu'elle ouvre la porte.

Je tremble tandis que je vois un jeune homme emprunter notre allée avec un gros bouquet de fleurs dans les mains. Il jette un dernier regard à la maison avant de retourner dans sa camionnette.

Je ne le reconnais pas mais cela ne signifie rien. *Je pourrais* l'avoir rencontré plus tôt et ne pas m'en souvenir.

Alors que je m'apprête à sortir du salon, une étagère dans le coin, ornée de photos encadrées, attire mon regard. J'en prends une de Liam et moi, prise à l'extérieur du bureau de l'état civil. Il voulait un mariage simple et célébré dans l'intimité, juste lui et moi. Nous n'avions même pas de témoins que nous connaissions. Il pensait que ce serait amusant et spontané de demander à deux personnes dans la rue.

La photo a été prise par l'un des témoins, un homme âgé qui a pleuré lorsqu'il nous a vus nous marier, alors même qu'il ne nous avait jamais vus auparavant. C'est flou et légèrement de travers mais les sourires sur nos visages sont béats. Mes joues sont roses, pleines d'excitation et de bonheur. Je ne ressemble plus à cette femme. Après qu'elle a été prise, Liam m'a tenue serrée contre lui et m'a murmuré :

« Tu m'appartiens maintenant. Ne me laisse jamais. Je ne pense pas que je pourrais le supporter. »

Je pensais que c'était romantique, que cela montrait un côté vulnérable chez lui qu'il ne partageait pas avec le reste du monde. Quelque chose qui m'était réservé à moi seule car j'étais spéciale. Car il m'aimait tant. Aujourd'hui, je sais que ce n'était pas ça du tout. C'était juste un premier signe d'alerte.

Je repose la photo et mon regard s'attarde sur un autre cliché. Je sens des fourmillements le long de ma tête tandis que je tends la main pour le prendre. C'est une photo de Liam dans un cadre en argent. Elle a l'air récente. Sur une immense banderole à l'arrière-plan, on peut lire « Exalin ». Devon Pharmaceutical organise toujours des événements médiatiques lorsque l'entreprise est sur le point de lancer un nouveau médicament, et celui-ci concerne les personnes diabétiques. C'est sur cet « Exalin » que Liam a travaillé tellement dur ces derniers temps. Les familles des salariés ne sont pas invitées. Cela n'est organisé qu'à de strictes fins publicitaires. La femme qui se tient debout près de lui avec un grand sourire s'appelle Julianne Day, c'est la responsable de Liam. Elle n'a que quelques années de plus que lui mais vous ne le devineriez jamais. Sa peau est lisse et jeune. Aucune trace de rides ni pattes d'oie. Elle semble toujours exemplaire. Ses cheveux sont parfaits, brillants et souples, coupés au carré à hauteur d'épaule. Son maquillage donne toujours l'impression qu'elle vient de sortir d'un programme de relooking pour la télévision. Ses sourcils sont épilés en arcs symétriques. Je suppose que pour eux, cela n'a rien d'étrange d'être photographiés ensemble au travail. En revanche, ce qui est bizarre, c'est le bijou accroché autour de son cou.

Un médaillon en or et diamants en forme de cœur.

Chapitre 17

J'aurais dû le savoir ou au moins le deviner. Je me souviens qu'à la fête d'anniversaire de Liam, je lui avais fait un commentaire blagueur à propos de tout le temps qu'il passait avec Julianne en négligeant ses autres invités. Il m'avait attirée près de lui et m'avait murmuré à l'oreille :

« C'est ma patronne, pour l'amour de Dieu ! Évidemment que je dois être attentif. Elle signe mes chèques de primes ! Honnêtement, parfois, tu es tellement bête. La moitié du temps, je me demande comment tu as fait pour obtenir un diplôme. Grandis un peu et arrête d'être névrosée et jalouse. »

Ceux qui nous regardaient pouvaient avoir l'impression qu'il me berçait amoureusement, mais je pouvais sentir la tension sourde qui se dégageait de lui, et je ne voulais pas faire de scène devant tous ses amis. Je me suis alors demandé : *À quoi penses-tu, Chloe ? C'est fou. Tu ne peux pas continuer comme ça.* La règle n'était pas la même pour Liam que pour moi. Car dès que je parlais avec un homme, il se précipitait à côté de nous et il me regardait d'un œil perçant. Néanmoins, rien ne devait gâcher mon bonheur et mon euphorie d'être une future maman. La petite vie qui grandissait en moi était tout ce qui comptait. Liam méritait une nouvelle chance. Sans doute changerait-il par amour pour son bébé.

Alors peut-être que je le savais au fond de moi, mais en même temps, je le niais comme j'avais essayé de nier tellement de choses. J'ai reposé la photo à l'endroit exact où je l'avais trouvée pour qu'elle n'ait pas l'air d'avoir été déplacée.

J'ai besoin de sortir de la maison. De m'éloigner de tout ce qui me saute aux yeux. Le salon me semble incroyablement petit, comme s'il écrasait la vie qui est en moi. Je prends l'argent et la clef sur la table, là où Liam les a laissés, et je me dirige vers les escaliers lorsque je remarque une carte qui dépasse de la boîte aux lettres. Elle vient du livreur de fleurs et m'annonce qu'il a essayé de les déposer à notre adresse. Je dois composer le numéro inscrit sur la carte pour trouver une autre date de livraison qui convienne.

Je prends les Pages Jaunes dans le tiroir du bureau et je cherche *Fleurs pour toutes les occasions*. Le numéro de téléphone correspond à celui de la carte. Liam n'aurait pas envoyé de fleurs. Il ne m'offre des fleurs que lorsqu'il a perdu son sang-froid et il les apporte lui-même à la maison, il ne les fait pas livrer. Jordan ? Non. Il n'irait pas si loin. Sara ne les aurait pas envoyées car elle n'est pas là. Il ne reste donc que Theresa, ma supérieure hiérarchique.

Je jette la carte sur le bureau et prends mes lunettes de soleil et mon chapeau. Puis je me précipite vers la porte d'entrée en la claquant derrière moi. Si Liam était là, il serait fou. Il déteste le bruit des portes qui claquent. Mais je ne m'en soucie plus. Je veux donner un bon coup de pied dans la porte en fait. Frapper n'importe quoi. Surtout lui.

Je suis hors d'haleine, j'ai chaud et je transpire au moment d'arriver dans le centre-ville. De plus, je suis à l'affût de toute personne suspecte qui m'aurait suivie. J'ouvre la porte du premier salon de coiffure que je trouve, et l'odeur de la lotion de permanente pénètre jusqu'au fond de ma gorge.

« Bonjour, je peux vous aider ? »

Une jeune réceptionniste enjouée aux cheveux blonds, courts et hérissés de mèches pourpres, me sourit. Lorsqu'elle remarque les égratignures sur mon visage, son sourire devient hésitant.

« Oui. »

Je lui rends son sourire, alors même que c'est la dernière chose que j'ai envie de faire, mais je veux paraître normale.

« Vous avez des disponibilités aujourd'hui ? »

J'enlève les lunettes de soleil et le chapeau et je les bourre dans mon sac. Elle mâchouille le bout de son stylo et lève les yeux vers mes longs cheveux noirs ondulés qui tombent en cascades sur mes épaules.

« Quelle coupe aimeriez-vous ?

— Hum… »

Je reste évasive, je réfléchis. Le fait est que, même s'il est évident que Liam a eu une liaison, rien ne prouve qu'il soit celui qui m'a laissée sous terre. D'après ce que j'ai pu trouver jusqu'à présent, c'est possible, mais si ce n'était pas lui ? Et si ses mensonges n'avaient aucun rapport avec ce qui m'est arrivé ? Auquel cas, celui qui m'a enlevée sait à quoi je ressemble. Donc, je dois changer. Radicalement.

« Je les veux courts et colorés. Quelque chose de plus clair. »

Elle tapote le stylo contre ses lèvres et regarde dans l'agenda sur le comptoir.

« Eh bien, si vous pouvez attendre une demi-heure, Denise va s'occuper de vous, propose-t-elle en attendant ma réponse.

— C'est parfait, merci. »

D'un geste, elle m'indique un canapé en rotin derrière moi.

« Asseyez-vous. Voulez-vous un thé ou bien un café ? »

Je pense à lui demander quelque chose de plus fort mais il n'est que onze heures du matin.

« Non, merci. »

Je m'assieds et le canapé crisse sous mon poids. Deux autres femmes entrent et prennent place en face de moi. J'évite leurs regards et je prends un magazine people, je le feuillette mais sans voir les pages. Tout est flou, comme si le monde tournait sans que ma vision puisse suivre.

Que faire, que faire ?

Je devrais simplement quitter Liam. Dès maintenant. Aujourd'hui. Sauf qu'alors, je ne saurai sûrement jamais s'il a essayé de me tuer ou bien si c'est quelqu'un d'autre. Mais si je reste, ma vie pourrait être en danger. Non. Je dois rester et voir quels autres indices je peux trouver dans la maison. Il doit y avoir quelque chose qui m'aidera à rassembler les morceaux. Oui. Je vais rester. Uniquement jusqu'à ce que je puisse trouver davantage d'éléments pour en parler à Summers.

Les deux femmes rient entre elles et je lève la tête. Elles me regardent et je me rends compte que j'ai murmuré mes pensées à voix haute comme une folle à la rue. Je regarde par la fenêtre pour les éviter, j'observe les gens ordinaires vaquant à leurs occupations quotidiennes, faisant des plans banals et stupides – se demandant quoi préparer pour le dîner de ce soir, ou quoi regarder à la télévision, s'ils ont bien nourri le chat avant de partir travailler, quelle robe ils devraient acheter en solde, quand la facture de gaz doit être payée. Ils semblent tous si loin de moi maintenant, dans un autre monde à des millions de kilomètres. Ils sont tous dans la lumière du soleil et j'ai été abandonnée dans un endroit sombre où j'essaie constamment de battre des jambes pour garder la tête hors de l'eau, avant de me noyer malgré tout.

Je pense à Liam et à Julianne. Je me demande depuis combien de temps cela dure et comment je l'ai quitté. Ai-je simplement écrit cette lettre pour lui dire que j'en terminais avec tout ça (notre relation, *pas* ma vie!) lorsqu'il était en Écosse? Ai-je ensuite emballé quelques affaires pour partir chez Sara? Ou bien est-ce que nous

nous sommes battus à ce sujet ? Est-ce qu'il m'a frappée ? Assommée en me laissant inconsciente pour se débarrasser du corps ? Est-ce qu'il m'a droguée avec des somnifères puis frappée à la tête ?

Non, bien sûr que non. À quoi je pense ? Liam n'est pas capable de me faire ça. Ce qui signifie que mon ravisseur ne peut être qu'une personne que je ne connais pas. Je voudrais me souvenir mais tout ce que je sens, c'est un grattement dans la tête comme si des asticots rongeaient mon cerveau. Je suis tellement perdue dans mes pensées que je n'entends pas que l'on s'adresse à moi.

« … par ici. »

Je relève rapidement la tête. Une femme arborant une coupe tarabiscotée avec un carré court, de couleur caramel, se tient devant moi.

« Pardon ?

— Je m'occupe de vous. Si vous voulez bien me suivre… »

Elle passe devant la partie accueil du salon et s'approche d'une chaise au milieu d'une rangée qui longe un mur. Je m'assieds et me regarde dans la glace. J'ai encore perdu du poids ces derniers jours. Je ressemble à une femme qui aurait deux fois mon âge.

« Tout va bien ? » me demande-t-elle en fronçant les sourcils devant mes égratignures.

Je prends note mentalement d'appliquer un fond de teint épais la prochaine fois que je sortirai. Si les gens continuent de me demander si tout va bien, je vais probablement mal finir… J'affiche un sourire convaincant.

« Oui, je vais bien, merci. Je suis tombée dans un buisson en faisant de la bicyclette, c'est tout.

— Donc, vous voulez un changement total, c'est bien cela ? fait-elle en penchant la tête et en soulevant mes cheveux. Dommage. Vos cheveux sont superbes. En bonne santé, aussi. De quoi avez-vous envie ? »

Je rencontre son regard dans la glace.

« Vous pouvez me faire la même coiffure que la vôtre ? Un carré qui tombe au niveau du menton ? Et beaucoup plus clair au niveau de la couleur.

— Vous voulez une couleur ou simplement des mèches ? Une couleur serait assez brutale, les mèches seraient plus subtiles.

— Une couleur, s'il vous plaît.

— Pas de problème. Et c'est votre jour de chance, précise-t-elle en souriant. Nous avons une offre promotionnelle en ce moment. Vous avez une coupe gratuite et un brushing pour une couleur. »

De la chance ? Cela me fait presque rire de façon hystérique.

Une heure et demie plus tard, je ne me reconnais pas. Je passe devant les vitrines, apercevant de brèves images de mon nouveau moi tandis que je sens l'air souffler sur mon cou dégagé. Liam va détester. Il aime mes cheveux longs et détachés. Il pense que c'est plus féminin. Qu'il aille au diable.

Mon estomac crie famine le temps que j'arrive à la maison, mais le simple fait de penser à manger me donne la nausée. J'ouvre la porte du réfrigérateur. Il est presque vide et il ne me reste que cinq livres sur l'argent que Liam m'a laissé pour acheter un peu de nourriture. Je referme la porte et je regarde la corbeille de fruits. Une pomme solitaire et deux bananes me contemplent. Je mords dans la pomme et j'appelle à nouveau Sara. Pas de réponse. Je me demande ce qu'elle fait. La connaissant, elle est probablement en train de randonner dans les montagnes ou bien de faire du rafting.

Tandis que je jette le trognon de pomme dans la poubelle sous l'évier de la cuisine, je remarque qu'elle est pleine. Je noue les extrémités du sac noir et je le soulève du récipient métallique avant de sortir de la cuisine et d'emprunter le passage qui longe la maison, pour le déposer dans le bac à roulettes posé devant. Puisque les éboueurs ne sont toujours pas passés, il est plein à craquer, le couvercle est soulevé et à moitié ouvert, comme s'il se moquait de moi. Je pose le sac-poubelle par terre à côté, et tandis que je m'éloigne, une pensée me traverse l'esprit. L'assiette à propos de laquelle nous nous serions disputés, selon la version que Liam avait donnée à Summers. Celle que j'avais prétendument cassée. Si cela s'est réellement passé, les débris sont dans l'un de ces sacs-poubelles.

Je prends le sac que je viens juste de déposer dans une main, et de l'autre, celui placé en haut du bac à roulettes, puis je vais au fond du jardin. Ensuite, je récupère les deux derniers sacs et je les dépose avec les autres. C'est alors que j'entends un son déformé mais mélodieux, comme celui d'un oiseau mourant. Même s'il est altéré, je sais exactement de quoi il s'agit.

C'est la sonnerie de mon téléphone portable qui avait disparu et qui provient de l'un des sacs.

Chapitre 18

Mes doigts tremblent tandis que je défais le nœud du premier sac, celui que je viens de prendre dans la cuisine. La sonnerie a cessé maintenant, donc j'ignore dans quelle poubelle se trouve mon téléphone. Je vide le contenu sur la pelouse et je fouille avec frénésie. Si Summers me voyait maintenant, il serait convaincu que j'ai perdu le nord. Je laisse échapper un grognement en y pensant alors que je sors des mouchoirs en papier usagés et détrempés, des déchets de table, des restes de repas, des flacons de shampooing vides et des bouteilles de ketchup, la tasse que j'ai laissée tomber et que Liam avait emballée dans un journal, ainsi que la robe rouge que je portais lorsque j'ai été retrouvée et que l'hôpital a dû donner à Liam. Elle est maintenant déchirée et je ne sais pas pourquoi ils ont cru que je voulais la reprendre.

J'ai les mains toutes sales lorsque je finis de replacer tout ça dans le sac et que je recommence la même opération avec le suivant.

C'est là que je le trouve.

L'écran du téléphone est tellement fissuré que je ne peux plus rien lire et il est recouvert de saletés. On dirait qu'il a été jeté ou écrasé. Est-ce moi qui ai fait ça ? Ou Liam ? Je le laisse sur l'herbe et je continue de vérifier le reste des sacs-poubelles à la recherche des débris de l'assiette cassée. Mais je n'en trouve aucune trace, ce qui signifie que cela n'est jamais arrivé.

Je ne deviens pas folle. Je ne me suis pas énervée et je ne lui ai pas lancé d'assiette. C'est encore un autre mensonge de Liam pour que j'aie l'air irrationnelle et cinglée. Je remets tout dans la poubelle puis je retourne dans la cuisine. Je me lave les mains et j'essuie le téléphone à plusieurs reprises avec des lingettes antibactériennes jusqu'à ce qu'il soit propre. Mais c'est inutile. Je ne peux rien lire sur l'écran endommagé. Il doit fonctionner pourtant, puisqu'il sonnait ; la carte SIM doit toujours être en bon état. Il faut que je trouve un autre téléphone pour essayer. Il est peu probable que je puisse acheter un téléphone avec cinq livres, ce qui veut dire que je devrai demander un peu plus d'argent à Liam. Si je lui en demande davantage, il voudra savoir pour quelle raison, et il ne doit pas soupçonner que je sais des choses. Je vais lui en prendre dans son portefeuille, oui, voilà.

Une autre pensée fait irruption dans ma tête. Les somnifères. Je n'en ai vu ni dans la maison ni dans la poubelle. Si je les avais réellement pris, ils seraient quelque part. Je cherche partout, en commençant dans l'un des placards de la cuisine où nous conservons une boîte en plastique pour les médicaments. Je sors chaque boîte, une par une : des sparadraps, des pansements, des gouttes pour enlever le cérumen des oreilles, de l'Optrex, de l'ibuprofène, du paracétamol, de l'Anadin Extra, quelques antibiotiques périmés que Liam avait pris pour un abcès dentaire, des comprimés de vitamine C, des laxatifs. Je fouille dans les armoires de la salle de bains et dans tous les tiroirs de la chambre.

Pas de somnifères.

« Mais qu'est-ce que tu as fait à tes cheveux ? »

Liam ouvre grand les yeux lorsqu'il entre dans la cuisine. Une plaque rouge apparaît au niveau de son cou, ce qui veut dire qu'il commence à s'énerver. J'en connais tous les signes maintenant. J'ai vécu avec eux pendant trop longtemps. Je ne veux pas qu'il défonce l'une des portes ou l'un des murs, alors j'ignore le ton dur de sa voix. En souriant calmement, j'arrête de remuer la sauce pour les spaghettis que j'ai trouvée dans le congélateur.

« Je… j'avais simplement envie de quelque chose de différent, c'est tout. »

Instinctivement, je lève la main pour toucher mes cheveux, ou plutôt l'absence de cheveux.

« C'est vraiment horrible ! Tu ne te ressembles plus du tout. Pourquoi diable as-tu fait ça ? me demande-t-il en posant la main sur ses hanches. Franchement, Chloe, tu peux être vraiment idiote. Lorsque je parlais de te faire couper les cheveux, je pensais les faire égaliser, mais là, tu es pratiquement chauve !

— J'ai juste…

— C'est ce que je veux dire, poursuit-il d'un ton désapprobateur, tandis qu'il pointe un doigt vers moi. Tu agis toujours de manière irrationnelle. Je vais appeler le docteur Drew demain et lui faire part de mes inquiétudes. *Encore.*

— En quoi me faire couper les cheveux est-il irrationnel ? »

J'ose le défier, pleine de courage tout à coup.

« Parce qu'habituellement, tu ne fais pas ce genre de choses, fait-il d'une voix tout à coup enjôleuse, comme s'il essayait de raisonner un enfant qui aurait fait une crise.

— Quelles choses ? Couper mes cheveux ? C'est ridicule ! »

Je secoue la tête mais je sais exactement ce qu'il veut dire. Il veut dire que je ne m'oppose pas en général à ce qu'*il* veut, lui. Il se dirige vers moi, prend une poignée de cheveux et tire un coup sec.

« Aïe ! Ça fait mal ! dis-je en prenant sa main.

— Tu n'en as plus et tu ne peux même pas le voir. »

Il laisse retomber sa main, se retourne et sort vite de la pièce pour monter à l'étage. Une fois qu'il est parti, je tire la langue vers l'endroit où il était quelques secondes plus tôt. Un geste pathétique, je sais, mais maintenant, je me bats. Je me bats pour ma santé mentale. Et je ne suis pas idiote. Si je l'étais, je ne serais jamais parvenue à m'échapper.

Tandis que j'égoutte les pâtes dans l'évier avec une passoire, la sonnette de la porte retentit, m'effrayant d'une manière insensée. Je me renverse de l'eau bouillante sur le poignet et je crie. J'entends alors Liam ouvrir la porte et parler à un homme. La porte se referme et quelques minutes plus tard, Liam entre dans la cuisine avec un bouquet de fleurs dans une main et, dans l'autre, une petite enveloppe qui a été ouverte. Il me les tend avec un sourire amusé.

« J'ai d'abord pensé que tu avais un admirateur secret mais elles viennent simplement de Theresa.

— Oui, je voulais te dire que quelqu'un avait essayé de les livrer plus tôt mais je ne voulais pas ouvrir la porte. Je me suis arrangée pour que la livraison soit reprogrammée lorsque tu serais à la maison. »

Je m'essuie les mains sur un torchon et je prends les fleurs. Elles sont très belles. Des lys luxuriants et des roses éclatantes, le tout enrobé avec du feuillage vert et un ruban rouge. Je sors la carte de l'enveloppe que Liam a déjà ouverte.

En te souhaitant un prompt rétablissement.

Avec nos meilleures pensées,

Theresa (et tout le personnel de Downham College)

Un prompt rétablissement ? Comment vous rétablissez-vous après avoir été enlevée et laissée pour morte ? Comment vous remettez-vous lorsque quelqu'un essaie de vous rendre folle ?

Je me demande ce que Liam lui a dit, et si Summers est allé la voir pour lui poser des questions. Est-ce qu'ils m'ont tous les deux décrite comme une folle suicidaire ? Je risque un regard vers Liam qui affiche un sourire narquois.

« Est-ce que je les mets dans l'eau pour toi, ma chérie ? »

Il me prend le bouquet des mains et s'occupe de trouver un vase en verre avant de le remplir d'eau. Tandis qu'il arrange les fleurs, je sers les spaghettis et verse soigneusement la sauce dessus. Nous

nous asseyons à table mais il m'est presque impossible de manger. Je mâche lentement et soigneusement les aliments pour les faire passer dans ma gorge mais j'ai l'impression qu'elle est obstruée.

Après que j'ai débarrassé les assiettes du dîner et nettoyé la cuisine, Liam se retire dans la salle à manger pour travailler sur l'ordinateur. Je me sers un verre de vin rouge puis, après avoir pris une cigarette et un briquet, je sors dans le jardin. En me cachant sur le chemin qui longe la maison, j'allume la cigarette et j'aspire plusieurs bouffées entre de grandes gorgées d'alcool. La cigarette et le vin me brûlent tous les deux la gorge mais c'est bon. Si je peux ressentir de la douleur, cela veut dire que je suis toujours vivante. Quand tout sera terminé, j'arrêterai de nouveau. Je me moque d'attraper un cancer des poumons puisque ma mort pourrait de toute façon être imminente.

J'écrase la cigarette et je la jette par-dessus la clôture de façon à ce que Liam ne la trouve pas. Puis je me dirige vers le fond du jardin et je me retourne pour regarder cette maison qui ressemble à une prison. Liam se tient debout à la fenêtre de notre chambre, il me regarde mais je ne peux pas distinguer son expression à cette distance. Je laisse échapper un soupir las et vaincu avant de me diriger vers la maison.

Je lave rapidement le verre de vin et je le range dans le placard, puis je mâche un bonbon à la menthe pour masquer l'odeur du tabac. Tandis que je finis de ranger la cuisine, Liam descend les escaliers. Je me retourne et il est là, juste derrière moi. Il m'attire vers lui, il me tient doucement et je dois me retenir pour ne pas pousser le cri que je sens monter en moi.

« Je suis désolé de m'être plaint de tes cheveux. Je t'aime tellement, je m'inquiète pour toi, murmure-t-il en me caressant le dos.

Mes muscles se tendent.

— Tu n'as pas besoin de t'inquiéter. Je vais bien. »

Ou bien c'est justement ça qui l'inquiète : que j'aille bien, que je ne sois ni morte ni internée dans un asile psychiatrique, et qu'il ne soit pas libre de faire ce que bon lui semble.

« Tout ce que tu as fait ces derniers temps est tellement inhabituel. Je pense que ces médicaments t'ont affectée plus que nous ne l'avions pensé au départ. »

Tais-toi! Tu n'arrêtes pas de dire ça! Est-ce que c'est moi que tu essaies de convaincre ou toi?

« Je ne veux pas que les médecins interviennent mais tu dois voir que tu n'agis pas avec toute ta tête. »

Non. Je ne vois pas! Je ne vois pas, je ne vois pas! Tu essaies de me détruire. De me rendre folle!

Je ravale ce que je veux vraiment dire.

« Me couper les cheveux ne signifie pas que je ne suis pas moi-même. J'aime bien. Cette longueur est plus pratique. »

Je renifle dans son épaule. Il recule; ses yeux bleus cherchent les miens.

« Bon, je suppose qu'ils vont repousser, dit-il en maugréant. Mais ne les coupe plus.

— Non. Je ne le ferai plus.

— Très bien. Maintenant, laisse-moi te préparer une tasse de thé. Assieds-toi et détends-toi. Je t'assure que tout cela a des conséquences néfastes sur toi. »

Il m'embrasse le sommet du crâne et allume la bouilloire tout en fredonnant. Je regarde son dos raide tandis que je m'assieds à table avec nervosité, en me demandant ce qu'il va faire après. Lorsqu'il a fini de préparer le thé, il l'apporte et s'installe en face de moi.

« Voilà. Quand tu l'auras bu, nous pourrons regarder un film ensemble. Blottis l'un contre l'autre sur le canapé, d'accord? »

Cette pensée me noue le ventre.

« Ce serait bien. »

Je souris, en espérant qu'il ne remarque pas l'hésitation sur mon visage. Et j'attends mon heure…

Chapitre 19

Je prends soixante-cinq livres dans le portefeuille de Liam pendant qu'il prend sa douche matinale et je les glisse dans ma taie d'oreiller. Lorsqu'il sort de la salle de bains, la serviette nouée autour de la taille, les cheveux encore humides, je suis en train d'enfiler la robe d'été noire qui lui plaît.

« Bien dormi ? me demande-t-il en inclinant la tête, avec un petit sourire aux lèvres.

— Mmm, comme une souche. »

C'est un mensonge, bien sûr. Comment pourrais-je dormir ?

« C'est peut-être ce dont tu as besoin, simplement de repos. »

Il plie la serviette utilisée et la met sur la coiffeuse, puis enfile le boxer qu'il a déjà soigneusement posé sur le lit.

Mon regard s'attarde quelques instants sur son corps. Un corps que j'ai aimé au début.

Aujourd'hui, je le hais.

Je me demande ce qu'il ressentirait si je le critiquais. Si je lui disais que je peux voir les cheveux gris apparaître parmi ses cheveux blonds au niveau des tempes. Que les barres dures de ses abdominaux s'effacent désormais pour laisser place à de légers bourrelets.

Que le dessin de sa mâchoire s'est modifié du fait de l'affaissement de sa peau, et que des poches sont apparues sous ses yeux.

Il surprend mon regard et prend mon expression pour de l'intérêt.

« J'ai un peu de temps avant d'aller travailler. »

Il lève les sourcils et se dirige vers moi. Puis il fait courir ses doigts jusqu'à ma nuque, sur ma clavicule, au niveau de mes seins. Je veux m'éloigner de lui mais je réprime le frisson d'horreur qui me secoue tout entière.

Un coin de ses lèvres esquisse un sourire sensuel tandis qu'il me déshabille lentement. Je ravale ma répulsion, sans trop savoir comment je parviens à ne pas le griffer. Mais désormais, j'ai l'habitude de tenir mon rôle, et cette fois, cela pourrait me sauver la vie. Alors, je fais glisser mes mains sur son corps tandis que son regard perçant soutient le mien.

Il me prend dans ses bras et me porte doucement jusqu'au lit. J'enroule mes jambes autour de sa taille et je place mes hanches de façon à me coller contre lui, comme si je brûlais de désir. Un frisson m'envahit comme si quelqu'un marchait sur ma tombe.

« Personne ne t'aimera jamais autant que moi. »

Je sens son souffle chaud dans mon oreille lorsqu'il s'enfonce profondément en moi. Je réprime un cri de douleur. Puis il va et vient en cadence, et mes gémissements sont tellement convaincants que j'en arrive presque à penser que je ne simule pas.

Une fois qu'il est parti, je prends une douche en essayant de me débarrasser de son odeur et de son contact sur ma peau. Je frotte jusqu'à ce que l'eau soit froide mais je ne parviens pas à me sentir propre.

Je me brosse vigoureusement les dents, au point de faire saigner mes gencives, puis je descends pour prendre un café et une cigarette. Mes mains tremblent tellement que je renverse du café sur la table du jardin. Je rince ma tasse et je la mets dans le lave-vaisselle puis je mets mes grandes lunettes de soleil et je m'observe dans la glace. Tout semble différent. Je ne suis plus Chloe Benson. Je ne sais pas qui je suis.

Je quitte la maison et je me dirige vers le centre. Les rues sont étrangement calmes mais je reste en alerte, au cas où quelqu'un me semblerait suspect. Un frisson me parcourt l'échine, j'ai le sentiment de ne pas être seule. Comme si des yeux étaient accrochés dans mon dos.

Il y a quelqu'un derrière moi. Je le sais.

Chacun de mes muscles est tendu, et je m'oblige à regarder par-dessus mon épaule. Un homme marche à environ vingt-cinq mètres derrière moi. Il est grand et baraqué, il porte un jean noir, des chaussures de sport et une ample capuche grise qu'il a rabattue sur sa tête. Elle jette une telle ombre sur son visage qu'il est impossible de le voir correctement.

Mon cœur bat fort dans ma poitrine tandis que j'accélère le pas. Je marche dans une rue résidentielle mais je suis terrifiée. Flynn a dit que personne ne voulait plus s'impliquer aujourd'hui. Un crime pourrait se produire juste sous le nez de quelqu'un, qu'il garderait sans doute la tête baissée et poursuivrait son chemin.

Il accélère le pas.

Je ne sais pas si je dois courir. Ou bien est-ce que cela ne ferait que lui montrer que j'ai peur et le décider à me poursuivre ? Je traverse la rue et je continue de marcher en regardant derrière moi pour voir où il est.

Il tourne la tête vers moi mais je ne peux toujours pas distinguer son visage.

Ce pourrait être lui. Ce pourrait être l'individu qui m'a enlevée. Mais je ne sais pas comment il pourrait me reconnaître désormais.

Je me mords les lèvres pour m'empêcher de crier et je marche encore plus vite. Je ne peux plus entendre ses pas car les battements de mon cœur résonnent dans mes oreilles. Tout en m'efforçant de conserver une respiration calme, j'hésite à m'arrêter devant une maison pour sonner à la porte. Mais il pourrait n'y avoir personne, et tout ce que je vois dans les vitres des fenêtres, c'est le reflet lumineux de la rue où le soleil se réfléchit.

Puis je l'entends à nouveau. Plus fort maintenant. Ses pas se rapprochent de moi, se calant sur mon rythme, alors que je suis presque en train de courir. La sueur ruisselle entre mes omoplates.

Quelqu'un crie : « Dave ! » et je tourne de nouveau la tête.

L'homme à la capuche s'est arrêté, il attend un autre homme qui court pour le rejoindre. Ils échangent une étrange poignée de main et restent là à discuter.

Je laisse échapper un soupir de soulagement et je poursuis mon chemin sans ralentir, au cas où. Lorsque j'arrive en ville, je suis tellement essoufflée que je m'assieds sur un banc en pleine ville jusqu'à ce que le chaos dans ma tête disparaisse. Puis je redresse les épaules et je me lève.

Je peux choisir entre cinq boutiques de téléphonie mobile mais je me dirige vers celle qui est mon prestataire de services. J'ouvre la porte, enlève mes lunettes de soleil et je jette un coup d'œil sur les prix des téléphones sans forfait, en cherchant le moins cher. Il y en a un pour 20 livres. Ça ira très bien.

« Je peux vous aider ? »

Un vendeur qui semble avoir le même âge que mes étudiants s'approche de moi.

« Oui, est-ce que ce téléphone est déverrouillé ?

— Ils sont tous déverrouillés ici. Vous pouvez utiliser n'importe quelle carte SIM. Mais vous ne pouvez pas prendre de photos avec celui-ci, et il n'y a pas d'accès Internet.

— C'est parfait. Je le prends. »

Il me jette un regard curieux, comme si j'avais une seconde tête qui venait de pousser.

« Vous êtes sûre ? Nous avons un modèle plus intéressant ici avec ces fonctions, précise-t-il en me désignant un appareil plus gros muni d'un écran tactile.

— Non, celui-ci fera l'affaire. »

Je paie rapidement et je rentre à la maison, tandis que mes yeux fouillent les rues pour repérer un éventuel danger. Le sentiment inquiétant d'être observée me donne la chair de poule, mais les seules personnes que je vois sur le chemin du retour sont deux mères de famille marchant dans la rue avec trois enfants bruyants, un vieil homme qui promène un chien ayant l'air encore plus vieux que lui, ainsi qu'une femme sortant d'un taxi sur le côté de la route.

Une fois dans la maison, je déchire l'emballage du téléphone que je cache au fond de la poubelle de la cuisine. Puis j'insère la batterie dans le téléphone, je le branche et le laisse en charge. Assise à la table de la cuisine, je me balance d'avant en arrière en fixant le téléphone sur le plan de travail et je patiente en faisant glisser et tourner ma boucle dans le trou de mon oreille percée.

Tout à coup, une sonnerie me fait sursauter. Au début, je pense que c'est le téléphone portable, mais non.

« Allô ? »

Je décroche le téléphone de la maison, prête à entendre Liam appelant pour vérifier ce que je fais.

« Ah, c'est Chloe ? Docteur Drew à l'appareil.

— Bonjour. Est-ce que j'ai raté notre rendez-vous ? »

Je panique. Je me demande si je ne me suis pas encore embrouillée au niveau des dates. *Quel jour sommes-nous, d'ailleurs ?*

Je fais la grimace et j'appuie ma tête sur ma main restée libre, puis je prends une grande inspiration pour me calmer.

« Je vais bien, docteur Drew, vraiment. Il… »

Je bredouille. Je me demande ce que je peux lui raconter. Il semblait bienveillant avant, même s'il ne me croyait pas. Bon, de toute évidence, si j'explique ce que j'ai trouvé jusqu'à maintenant, il se rendra bien compte qu'il y a quelque chose qui cloche.

« Liam me ment. Et pas seulement à moi. Il ment à d'autres personnes à mon sujet.

— Quel genre de mensonges ?

— Il essaie de convaincre les gens que je deviens folle. »

Voilà, je l'ai dit. Et maintenant que c'est sorti, la tension qui me crispait s'allège un peu.

« Qu'est-ce qui vous faire dire cela ?

— Parce qu'il a des choses à cacher. Vous savez, les antidépresseurs qui m'étaient prescrits, Zola… quelque chose comme ça…

— Zolafaxine.

— Oui. Vous saviez qu'ils étaient fabriqués par l'entreprise où Liam travaille ?

— Oui. En fait, Liam a beaucoup insisté pour que nous déposions les rapports exigés par sa société dès que possible, suite à ce qui vous est arrivé.

— Je pense qu'il les a trafiqués d'une façon ou d'une autre. Qu'il a ajouté quelque chose pour que je devienne psychotique. Je sais que cela semble farfelu. Ridicule, même. Mais lorsque vous mettez tout bout à bout, c'est la seule explication possible. »

Mon interlocuteur reste silencieux pendant un moment à l'autre bout de la ligne.

« Comme le docteur Traynor et moi-même vous l'avons dit, il est possible de souffrir d'effets secondaires. Cela vous est déjà arrivé en prenant ce médicament. Cela a été attesté. Même si cela est inhabituel, cela arrive parfois. Et il est également tout à fait possible que vous ayez eu une autre réaction aux somnifères que vous avez pris aussi, et qui, soit dit en passant, ne sont *pas* fabriqués par Devon Pharmaceutical.

— Je ne les ai pas pris.

— Comment pouvez-vous en être certaine ? Vous ne vous souvenez de rien.

— Pourquoi est-ce que j'ignorerais les conseils de ne plus prendre de médicaments ? Cela n'a aucun sens.

— Les gens ignorent tout le temps les avis des médecins.

— Mais ils ne sont pas là. Ils ne sont pas dans la maison. Si je les avais pris, ils seraient là, non ?

— Vous pourriez les avoir eus avec vous lorsque vous vous êtes perdue. Vous avez dit que votre sac à main avait disparu, ils étaient peut-être dedans. Et n'oubliez pas, vous étiez encore en deuil. Liam a dit que vous aviez encore du mal à dormir et c'est sans doute pour cette raison que vous les avez pris.

— Oui, mais Liam avait une liaison. J'en ai la preuve. »

Je lui raconte l'histoire de l'hôtel, le médaillon et la photo de sa supérieure hiérarchique, Julianne.

« Cela ne prouve pas qu'il avait une liaison. Il assistait peut-être à une conférence à l'hôtel qui s'est terminée tard le soir, et il y est simplement resté au lieu de vous déranger. Le collier aurait pu être un cadeau d'anniversaire innocent pour sa patronne, non ?

— Est-ce que vous achèteriez un collier en diamants et en or de mille deux cents livres comme cadeau d'anniversaire à votre patronne ?

— Mon patron est un homme en l'occurrence. Donc je suis sûr qu'il ne l'apprécierait pas beaucoup. »

Il rit un peu. J'ai envie de tendre la main tout au bout de la ligne téléphonique et de le secouer fort. Lui mettre un peu de plomb dans la tête.

« Et mon compte e-mail a été piraté. Il a dû y chercher quelque chose.

— Vous savez combien de comptes de messagerie électronique sont piratés chaque jour ? Cela m'est d'ailleurs arrivé il y a à quelques mois. Celui qui l'a fait a réussi à envoyer à tous mes contacts un e-mail avec un virus en pièce jointe ! C'est très fréquent, vous savez.

— Mais lorsque vous considérez tout le reste, tout est suspect. Il m'a menti à propos de cette lettre que j'ai écrite en disant que c'était une lettre de suicide. Il a même menti au sujet de certains de mes vêtements que j'aurais soi-disant donnés à une association.

— D'accord, d'accord, doucement. Comment savez-vous que vous n'avez pas apporté vos vêtements à cette association ? Vous avez peut-être voulu faire disparaître certaines choses. J'ai vu cela de nombreuses fois lorsque les personnes traversent un événement traumatique. Elles veulent se débarrasser de ce qui est vieux et ne sert à rien dans leur vie, et faire de la place pour le propre, le lumineux et le neuf. En fait, c'est une façon très thérapeutique de prendre un nouveau départ.

— Je ne donnerais pas des sous-vêtements usagés à une association. Et vous ?

— Eh bien, non, je ne peux pas dire que je le ferais, mais je suis sûr que cela se fait. Je parie qu'ils reçoivent toutes sortes de choses étranges. Ce qui est à jeter pour quelqu'un peut être une mine d'or pour quelqu'un d'autre, après tout.

— Non, je ne ferais jamais ça. »

Ma voix devient hystérique.

« Et puis, il y a la sieste.

— Quelle sieste ? »

Non, pas la sieste. Mauvais terme. Mon cerveau devient confus, comme si un fossé se creusait à l'intérieur.

« Je veux dire l'assiette.

— L'assiette ?

— Oui ! Celle à propos de laquelle Liam vous a dit – et à la police aussi – que je la lui avais lancée avant qu'il ne parte en Écosse. Il n'y avait pas d'assiette cassée dans la poubelle, donc cela n'a pas pu se produire. »

Je l'entends soupirer et j'ignore si c'est de l'exaspération ou de l'incrédulité.

« Chloe, n'est-il pas probable que les éboueurs l'aient déjà enlevée ? Cela fait maintenant une semaine.

— Non, ils sont en grève. C'est totalement impossible, dis-je triomphalement. »

C'est alors que je me souviens de ce que Summers m'a confié…

« Liam a dit qu'il ne m'avait pas appelée depuis l'Écosse parce que nous nous étions disputés à propos de l'assiette et je lui ai dit que je ne voulais pas lui parler.

— Oui.

— Mais c'est faux parce qu'il n'y *avait pas* d'assiette. De plus, Liam n'arrête pas de m'appeler. Ou bien de m'envoyer des messages. Il appelle tous les jours pour savoir ce que je fais, où je suis, à quoi je pense. Parfois à plusieurs reprises dans la journée.

— Je ne suis pas certain de savoir où vous voulez en venir. Cela pourrait être… »

Je l'interromps en soupirant.

« Vous ne voyez donc pas ? Il ne m'a pas appelée depuis l'Écosse parce que mon téléphone portable était cassé et à la poubelle. Il savait que je ne pourrais pas répondre au téléphone. Et il le savait parce qu'il m'a laissée dans cet endroit pour que j'y meure ! »

Ma voix déraille.

« Calmez-vous, ma chère. Respirez profondément. »

Je ne veux pas me calmer. Je veux que quelqu'un me croie !

« Vous ne savez pas comment votre téléphone a été cassé et s'est retrouvé dans la poubelle. Mais cela aurait pu arriver avant que Liam ne parte en Écosse, auquel cas il ne vous aurait pas appelée, n'est-ce pas, s'il l'avait su ?

— Il n'a pas appelé à la maison non plus, pourtant. C'est Summers qui me l'a appris.

— Liam a dit combien il avait été occupé avec le nouveau médicament Exalin. Il est possible qu'il n'ait pas eu l'occasion de vous contacter.

— Mais il m'appelle *toujours*. Toujours. Mais pas cette fois. C'est suspect. Très suspect.

— Vous avez posé la question à Liam ? »

Quel intérêt ? Je savais qu'il le nierait. C'était sa parole contre la mienne et tout le monde était de son côté.

« Non, je ne veux pas qu'il sache ce que je sais déjà.

— Toutes ces choses que vous avez mentionnées ont une explication rationnelle. Mais si vous ressentez les choses ainsi, alors je pense que vous devriez en parler à la police. Ils pourront vous tranquilliser, j'en suis sûr, fait-il d'une voix douce mais insistante.

— Ils ne me croiront pas jusqu'à ce que j'apporte des preuves. Liam a réussi à les convaincre que je suis instable. Il a dit qu'il vous avait montré la lettre que j'avais écrite. Il m'a dit que c'était ma lettre de suicide mais c'est faux. »

Mon œil droit commence à se contracter. Je le ferme et je presse un doigt sur la paupière pour le masser doucement.

« Je suis d'accord.

— Hourra ! C'est la première chose sur laquelle nous sommes d'accord, dis-je de manière brusque. »

Je sais que je devrais essayer de rester calme mais cela devient de plus en plus difficile. Je ne sais pas pourquoi l'implication de Liam ne lui apparaît pas de manière évidente après tout ce que je viens de dire. Pourquoi ne m'écoute-t-il pas ? Mais je pense ensuite à tous les gens mentalement instables qu'il doit voir dans son métier. Des gens qui délirent, qui entendent des voix, qui sont paranoïaques et imaginent des choses qui ne se produisent pas vraiment. Il doit penser que je suis simplement comme eux.

Tout en ignorant mon emportement, il dit d'une voix calme :

« Si je pensais que vous étiez suicidaire, je n'aurais pas donné mon accord pour vous laisser sortir de l'hôpital. Au contraire, je pense que vous avez une forte volonté de vivre, c'est ce que j'ai dit à Summers. Liam est convaincu que vous avez pris les somnifères pour faire une overdose, mais que ce projet a été contrecarré lorsque vous avez réagi au produit. Et c'est pour cela qu'il est si inquiet pour vous.

— Oui, il peut être très convaincant quand il veut, marmonnais-je.

— Je ne suis pas d'accord avec cette théorie. Je pense simplement que vous les avez pris pour vous aider à dormir. Après tout ce que vous m'avez dit, je pense qu'étant très malheureuse dans votre vie, vous êtes probablement retombée en dépression, ce qui a entraîné vos problèmes de sommeil, tout comme la dernière fois. Mais jusqu'à ce que vous retrouviez votre mémoire, aucun de nous ne peut savoir avec certitude pourquoi vous avez été retrouvée sur cette route à la lisière de la forêt. Nous pouvons tous faire des suppositions ou chercher des éléments qui semblent suspects, mais la réponse la plus plausible, c'est que vous avez volontairement pris certains somnifères, ce qui a déclenché une autre psychose paranoïaque et hallucinogène. Certaines personnes sont simplement très sensibles aux médicaments.

— Et si vous vous trompez ? Et si Liam essaie de se débarrasser de moi ? »

Ma voix tremble. J'étais tellement certaine que Liam était impliqué… Mais à présent, je ne sais plus. Je ne peux être sûre de rien. Je ne sais pas ce qui est réel et ce que mon esprit a déformé pour coïncider avec ce que je *pense* être vrai. Peut-être que j'attache trop d'importance à toutes ces choses. Elles pourraient être simplement d'innocentes petites coïncidences qui se sont accumulées. Le docteur Drew a fait en sorte qu'elles aient toutes une signification parfaitement rationnelle. Et il s'y connaît. Il est psychiatre, après tout. C'est un expert de l'esprit humain. Moi-même, je crois presque à son raisonnement.

Presque.

Il reste silencieux un moment.

« Donc, ma chère, je pense que vous devriez sortir de la maison et vous réfugier dans un endroit sûr.

— C'est ce que je vais faire. Dès que j'en aurai la certitude. Je ne peux rien prouver pour l'instant et c'est le problème. Je dois d'abord trouver plus d'éléments, parce que si jamais c'est quelqu'un d'autre ? Quelqu'un que je ne connais pas ?

— Attendez une seconde, que je sois sûr de comprendre correctement. Vous essayez de me convaincre que Liam cherche à vous faire du mal, et là pourtant, vous pensez tout à coup que quelqu'un d'autre tente de vous nuire ? »

Il s'arrête un instant.

« Soyez prudente, voulez-vous ? Je ne veux pas vous voir revenir à l'hôpital. »

Je ne saurais dire s'il s'agit d'une mise en garde ou d'une réelle sollicitude de sa part.

« Si vous avez besoin de quoi que ce soit, appelez-moi, d'accord ? De jour comme de nuit, aucune importance.

— Merci. Je pourrais bien avoir à le faire. »

Nous raccrochons et je vérifie aussitôt le niveau de batterie du téléphone portable. Il n'est toujours pas suffisamment chargé pour être utilisé. Fichu téléphone.

Je me sens trop angoissée pour rester assise à attendre. Cela va vraiment me rendre folle. Chaque cellule de mon corps bouillonne, chaque muscle est sous tension. J'attrape mon sac et je sors de la maison.

Chapitre 20

Lorsque j'arrive à Downham College, un lointain souvenir tente de se frayer un chemin dans mon cerveau. Malheureusement, il se contente de flotter à la surface, et j'ai l'impression de le voir à travers un miroir sale, taché au fil des années par l'accumulation de poussière et de saleté. Je ferme les yeux pour me concentrer. Cela concerne un de mes étudiants, je crois. Je me masse le front, dans l'espoir d'en forcer le passage, mais ce souvenir reste bloqué derrière un mur de briques invisible.

Je me promène parmi la foule des étudiants qui vont et viennent. Certains prennent leur déjeuner sur l'herbe pour profiter du beau temps. Le brouhaha de leurs rires et de leurs bavardages martèle mon crâne.

« Madame Benson ? » m'interpelle l'un d'eux lorsque je passe devant un groupe occupé à se faire des passes avec un ballon de rugby.

Je m'arrête et me retourne. Chris Barnes, l'un de mes meilleurs étudiants, court vers moi à petites foulées. La sueur colle ses cheveux en bataille à son front, et son visage est rougi par l'effort. Il porte un jean baggy et un T-shirt bleu avec une sorte de logo sur le devant. Il est membre de l'équipe de rugby du lycée, trapu et un peu plus grand que moi. Je suis donc obligée de lever la tête vers lui lorsqu'il s'arrête devant moi, légèrement essoufflé.

« Bonjour Chris, comment vas-tu ? dis-je en tentant de sourire.

— Je n'étais pas sûr que ce soit vous. Vous avez l'air différente, réplique-t-il alors qu'il repousse ses cheveux mouillés d'un revers de la main. Oui, je vais bien, merci. Désolé d'apprendre que vous avez été souffrante. Vos cours m'ont manqué. »

Je me demande exactement ce que Theresa a dit à mes étudiants à propos de mon arrêt maladie.

« Bien, j'espère que tu te comportes aussi bien avec mon remplaçant qu'avec moi.

— Bien sûr, répond-il en rougissant. Mais ce n'est pas la même chose sans vous. Quand revenez-vous ?

— Euh… je ne suis pas encore sûre. Bientôt, de toute façon. »

Un autre étudiant que je ne reconnais pas appelle Chris pour qu'il rejoigne le groupe et qu'ils terminent leur partie.

« D'accord… bon… je ferais mieux d'y retourner », conclut-il en souriant maladroitement. J'espère donc vous revoir bientôt en classe.

Puis il repart à petites foulées retrouver ses amis tandis que je me dirige vers les marches du perron pour longer le couloir en direction des bureaux.

Je frappe à la porte entrouverte de celui de Gillian, la secrétaire de l'établissement. Elle est âgée et travaille ici depuis l'ouverture, dans les années soixante. On dirait une maîtresse d'école de l'époque victorienne, avec ses vêtements stricts qui recouvrent chaque partie de son corps. Elle porte des jupes lourdes qui bruissent sur le sol lorsqu'elle marche et des blouses à manches longues, même en été. Mais elle est adorable.

Elle m'aperçoit mais ne me reconnaît pas aussitôt. Puis son regard s'éclaire.

« Chloe, comment allez-vous ? se réjouit-elle tandis qu'elle se lève et me prend dans ses bras. Vous avez coupé vos cheveux ! Cela vous donne un air complètement différent. »

Je pose ma tête sur son épaule et respire l'odeur familière du muguet – sa signature. Je veux rester là toute la journée, réconfortée par ses bras chaleureux. Aucune femme adulte ne m'a tenue dans ses bras depuis ma mère, et pendant un instant, j'ai l'impression d'être à nouveau une petite fille.

Mais elle relâche son étreinte bien trop vite.

« Comment allez-vous, ma chère ? demande-t-elle en désignant les cicatrices sur mon visage. Elles ont l'air vilaines. »

Je les touche distraitement.

« Oh, ça, euh… »

J'entends Gillian qui est en train de parler et je comprends que j'ai décroché pendant un moment.

« Pardon ?

— Je disais, vous allez bien ? Vous voulez vous asseoir ? Vous avez l'air un peu fatiguée. Ne devriez-vous pas être chez vous pour vous reposer ? »

Elle me dévisage comme si j'étais un morceau de verre fragile sur le point de se briser juste devant elle.

« Non, je vais bien.

— Vraiment ? fait-elle sans conviction. Nous ne nous attendions pas à ce que vous reveniez si vite. Je pense que Theresa préférait attendre un peu avant de vous parler.

— Me parler ?

— Oh ! s'exclame-t-elle en rougissant. C'est probablement mieux si vous en parlez avec elle. Vous voulez entrer ? »

Elle penche alors la tête vers le bureau de Theresa sur sa droite, puis ajoute :

« Elle est en train de prendre sa pause déjeuner.

— Merci. »

Je frappe à la porte du bureau de Theresa.

« Entrez, répond-elle d'un ton sec. »

J'ouvre la porte, Theresa est assise à son bureau envahi par la paperasse, un sandwich dans une main et tapant sur son ordinateur de l'autre. Elle ressemble à une Scandinave. Grande, mince, les cheveux blonds noués en chignon tout simple, et des yeux vert pâle qui semblent vous transpercer. Elle n'a pas le sens de l'humour, et pour être honnête, nous n'avons jamais vraiment sympathisé. La plupart du temps, elle est brusque et caustique. Theresa se consacre entièrement aux budgets. Son objectif : être efficace et économiser de l'argent là où elle peut. Pour tout dire, elle me fait un peu peur…

« Chloe, comment allez-vous ? me lance-t-elle en levant les sourcils. Nous n'attendions pas votre retour.

— Non, je sais que je suis encore en arrêt maladie mais je voulais vous remercier pour les fleurs.

— Les fleurs ? répète-t-elle tout en penchant la tête avec une expression perplexe.

— Vous m'avez envoyé des fleurs pour me souhaiter un prompt rétablissement, non ?

— Ah oui, bien sûr ! Gillian s'en est occupée. Je suis contente qu'elles vous aient plu. »

Elle enfourne le dernier morceau de sandwich et le mâche lentement.

« Est-ce que la police est venue vous voir à mon sujet ? »

Elle prend le temps d'avaler son morceau puis elle boit un peu d'eau en évitant de me regarder.

« Oui. Ils ont dit que vous étiez impliquée dans une sorte d'accident et que vous souffriez d'amnésie.

— Un accident ?

— C'est ce qu'ils ont dit.

— C'était plus qu'un accident. Je ne peux pas me souvenir de ce qui s'est passé ces sept dernières semaines. J'étais… »

Je ne termine pas ma phrase et je regarde Chris et ses amis par la fenêtre, en train de courir et de jouer au rugby. Je veux courir aussi. Courir et courir et ne jamais revenir. Courir là où personne ne me connaît. Où personne ne pourrait me trouver. Commencer une nouvelle vie. Peut-être changer mon nom.

« Les policiers ont dit aussi que vous aviez eu une autre réaction allergique à des somnifères qui vous avaient été prescrits. »

Sa voix m'éloigne de ma rêverie.

« Honnêtement, si j'étais vous, j'éviterais complètement de prendre des médicaments. Il semble que vous y soyez particulièrement sensible. Avez-vous jamais essayé l'homéopathie ? C'est entièrement naturel et cela fonctionne vraiment bien. »

Je cligne deux fois des yeux, essayant de comprendre ce qu'elle est en train de dire.

« Non, je n'ai jamais essayé. Donc, Theresa, la police ne vous a pas dit exactement ce qui m'était arrivé ?

— Les policiers ne sont pas entrés dans les détails, ils voulaient juste savoir si vous étiez venue ici depuis votre sortie de l'hôpital, après votre problème avec les antidépresseurs. »

Elle prononce « problème » sur un ton accusateur, comme si, d'une certaine façon, c'était de ma faute si j'avais fini en service psychiatrique.

« J'ai été kidnappée et laissée quelque part sous terre. Je me suis enfuie mais je ne peux pas me souvenir de ce qui s'est passé. Les médecins ne savent pas si l'amnésie provient des médicaments ou d'une sorte de traumatisme. »

Son visage se tend à nouveau en exprimant une compassion forcée.

« Kidnappée ?

— Je sais que tout cela semble complètement étrange et farfelu, mais oui, c'est ce qui s'est passé. J'essaie de rassembler mes souvenirs pour savoir ce que je faisais avant d'être enlevée.

— La police n'a fait aucune allusion à un enlèvement. Pourquoi ne me l'aurait-elle pas dit ? demande-t-elle avec méfiance.

— Je n'en sais rien, dis-je, préférant ne pas lui avouer que la police ne me croit pas. Y a-t-il eu une réunion récemment ou bien suis-je venue vous voir ?

— Non, se contente-t-elle de répondre avant de poser ses avant-bras sur le bureau comme si elle se préparait à m'interroger. Tout ce que je savais, c'est que vous étiez encore en convalescence après votre réaction aux antidépresseurs. En tout cas, vous ne deviez pas encore revenir travailler. Mais peu de temps après, cet aimable inspecteur Summers est venu me voir, puis Liam a appelé et m'a dit… »

Elle regarde brièvement au loin avant de retourner la tête vers moi.

« … donc, il a dit que votre dépression était plus grave que ce qu'ils avaient pensé au départ et que vous aviez tenté de vous suicider en absorbant des somnifères. Puis que vous aviez eu une autre réaction et que votre tentative avait échoué. Il a ajouté que vous étiez maintenant suivie par un psychiatre et qu'il espérait que votre état reviendrait vite à la normale.

— Me suicider ? »

Ma bouche s'ouvre et se ferme comme un poisson.

« C'est aussi ce que la police vous a dit, que j'avais essayé de me suicider ? »

Elle remue sur sa chaise, visiblement mal à l'aise.

« Ils n'ont pas parlé de suicide, ils ont juste parlé de la réaction que vous aviez eue par rapport aux somnifères et du fait que vous ne pouviez pas vous souvenir de ce qui s'était passé. Ils m'ont dit que vous aviez été retrouvée en train d'errer le long d'une route au milieu des bois, et m'ont demandé si je pouvais leur apporter des éclaircissements.

— Bon. Et qu'avez-vous pensé en entendant ça ? »

Je frotte mon œil droit car je sens que, pris d'un tic nerveux, il saute et se contracte.

« Que nous devrions bien sûr vous envoyer quelques fleurs pour vous remonter le moral, répond-elle avec un sourire béat.

— Vous n'avez pas pensé que tout cela paraissait bizarre ? »

J'ai conscience que ma voix est tranchante.

« Non, pas après avoir parlé avec Liam. Il a tout expliqué. C'est un homme tellement compatissant et bienveillant. Vous avez beaucoup de chance de l'avoir. Je préférais attendre que vous vous sentiez mieux pour vous parler de votre place au sein du lycée, mais maintenant que vous êtes là, je me dis que c'est peut-être le bon moment.

— Ma place ? Que voulez-vous dire ? »

Incapable de laisser mes mains posées sur mes genoux, je les serre et desserre à plusieurs reprises.

« Avoir des problèmes comme les vôtres, je crains que ce ne soit pas très sain pour nos étudiants. Nous avons une bonne réputation ici et nous nous présentons au *Standon Award* pour les Établissements d'Enseignement Secondaire du Comté de l'Année. Nous ne pouvons pas nous permettre de compromettre nos chances avec des enseignants instables ou souffrant de maladie mentale. Imaginez le tapage si les parents l'apprenaient ! J'en ai longuement parlé avec Liam l'autre jour et nous pensons tous les deux que c'est dans votre intérêt de démissionner. C'est la meilleure solution. »

Je serre si fort les poings que mes ongles s'enfoncent dans mes paumes.

« Pourquoi devrais-je démissionner ? »

Elle tend une main au-dessus du bureau et serre mon poignet.

« De façon à passer plus de temps chez vous pour aller mieux, bien sûr. C'est pour votre bien, vous savez. Vous avez connu une période très difficile avec la fausse couche et la dépression. Tout le monde pense à votre bien-être : les médecins, la police, Liam, moi. Lorsque vous vous sentirez mieux, nous pourrons en reparler. »

Meilleur plan d'action pour eux, peut-être. Pas pour moi. Je veux crier, hurler le plus fort possible, mais cela ne ferait que lui prouver combien je suis instable et complètement inapte au travail. Je préfère ravaler la colère qui monte en moi.

« Je n'ai pas droit à un congé maladie ?

— Si, bien sûr, mais je ne pense pas qu'un arrêt maladie prolongé soit une option ici. »

Elle me tapote la main comme pour m'assurer que tout va pour le mieux avant de se rasseoir sur sa chaise.

« Vous devez vous mettre à ma place. Nos professeurs doivent donner le bon exemple aux étudiants.

— Je n'ai pas essayé de me suicider, Theresa. »

Je prononce ces mots avec autant de conviction que je le peux. Pourtant, je sens que je suis devenue invisible. Je parle mais, en fait, personne n'écoute ce que je dis.

« Liam se trompe, la police se trompe et vous aussi. »

Je me lève, incapable de contenir ma colère plus longtemps. Si je reste là, je prononcerai des mots ou je ferai des choses que je regretterai.

« Et si je ne démissionne pas ? fais-je en relevant le menton pour croiser son regard antipathique.

— Alors, j'ai bien peur que nous ne devions prendre d'autres mesures.

— C'est-à-dire ?

— Cela veut dire que nous mettrons fin à votre emploi pour raisons médicales.

— Vous ne pouvez pas faire ça. Vous ne pouvez pas licencier quelqu'un parce qu'il est en arrêt maladie. C'est de la discrimination. Je saisirai le tribunal des prud'hommes si nécessaire. Cet emploi, c'est tout ce que j'ai.

— Vous voulez vraiment vous engager sur cette voie dans votre état qui est si fragile ? Faites-moi confiance, c'est la meilleure solution pour tout le monde. »

Elle prend alors une pile de papiers de sa corbeille et les étale devant elle, ce qui signifie que l'entretien est terminé.

Les joues brûlantes de colère, je me précipite pour sortir de son bureau sans regarder derrière moi. Connard de Liam, il agit dans mon dos et prétend que je suis suicidaire ! Je veux le tuer. Le poignarder dans le cœur ou mettre le feu à la maison avec lui à l'intérieur ou… je ne sais pas, n'importe quoi. Quelque chose de douloureux. Le nombre de fois où il a tenté de me faire renoncer à travailler pour me garder pour lui tout seul… Et maintenant, il a finalement ce qu'il voulait. « J'ai travaillé dur pour te donner tout ce dont tu as besoin ; est-ce que c'est trop te demander de t'occuper de moi pour changer ? » est une de ses phrases favorites. Oui, c'est la solution parfaite pour Liam.

Je suis en train de descendre les marches du perron lorsque j'entends quelqu'un m'appeler derrière moi.

« Chloe ? »

Je me retourne et je vois Jordan se précipiter vers moi. Il est plus grand que Liam et plus mince. Et alors que Liam est blond et a les yeux bleus, Jordan est brun. Ses cheveux épais sont coupés court et ils brillent au soleil. Ses yeux sont d'une couleur noisette inhabituelle, comme les feuilles en automne, et semblent changer selon son humeur – parfois verts, à d'autres moments dorés ou bruns. Il préfère les vêtements décontractés. Jean, T-shirts, sweat-shirts. Je ne pense pas l'avoir déjà vu en costume.

Il me regarde avec une telle inquiétude que je sens une soudaine émotion m'étreindre, comme si mon cœur se serrait.

« *C*'est bien toi. Je n'étais pas sûr, au début. Merde, je me suis tellement inquiété. Comment vas-tu ? »

Son front se ride tandis qu'il détaille chaque partie de mon visage.

« J'ai connu des jours meilleurs. »

J'essaie de rire avec nonchalance mais cela ressemble davantage au cri d'un chat que l'on étranglerait.

« Que se passe-t-il ? me demande-t-il tandis qu'il tend la main pour effleurer l'une des égratignures que j'ai sur le front. Comment t'es-tu fait ça ? C'est Liam ? Il t'a frappée ? »

Je ne sais pas vraiment par où commencer. La cartésienne en moi pense que si je lui dis tout, il croira comme tout le monde que je suis dingue. Pourtant, sa présence me rassure. Je sens mes épaules se détendre. Je respire mieux sans cette boule permanente au niveau du ventre.

Il pose une main sur mon épaule.

« Tu as des ennuis ? Dis-moi ce qui se passe. »

Les larmes me montent aux yeux et je cligne des paupières pour les refouler.

« Est-ce que nous pouvons parler ailleurs, à moins que tu aies un cours ? »

Jordan enseigne les maths niveau Bac, et il n'est pas surprenant que les étudiantes de seize à dix-huit ans se pâment devant lui.

« Oui, bien sûr, répond-il sans hésiter. J'ai un cours dans une heure et demie. J'allais corriger des copies mais cela peut attendre. Tu veux aller à la cafétéria ou bien sortir du campus ?

— Sortons du campus.

— Allons au Bistro de Kelly alors. »

Il nous faut dix minutes pour parcourir la distance jusqu'au café. Du coin de l'œil, je le surprends à me jeter des regards inquiets mais il ne me pose pas de questions.

« Tu t'es fait couper les cheveux. Ça te change vraiment, dit-il finalement pour rompre le silence.

— Tant mieux.

— Pardon ?

— Je t'expliquerai dès que nous serons arrivés au café.

— En tout cas, cela te va vraiment bien.

— Merci.

— Enfin, je ne veux pas dire qu'avant, ça ne t'allait pas. »

Il sourit et en dépit de tout ce qui se passe, je lui rends son sourire.

Il m'offre un cappuccino et nous prenons place dans un angle au fond de la cour intérieure, à l'écart des deux autres tables qui sont occupées. Pendant qu'il attend patiemment que je parle, il boit lentement son café et me regarde maladroitement par-dessus sa tasse.

« Oh mon Dieu, c'est tellement affreux que je ne sais pas par où commencer. »

J'enfouis la tête dans mes mains et je ne veux plus bouger. Après avoir raclé sa chaise sur le sol carrelé, il se rapproche si près que son bras frôle le mien.

« Quoi qu'il ait pu se passer, tu peux me raconter. »

Je relâche mes mains pour les poser sur mes genoux.

« Que sais-tu à propos de mon arrêt maladie ?

— Eh bien, je sais que tu as été arrêtée pour dépression après ta fausse couche. »

Je pense alors à mon bébé et une nouvelle vague de chagrin me submerge. Des larmes me piquent les yeux mais je les refoule aussitôt. J'en ai assez de pleurer. Assez de ma vie. Assez d'être Chloe Benson.

« Puis tu as fait une sorte de réaction allergique aux antidépresseurs qui t'ont été prescrits et tu as été conduite à l'hôpital pour suivre un traitement. Lorsque tu en es sortie, tu étais en convalescence. »

Je hoche la tête avec lassitude.

« Je t'ai appelée, poursuit-il.

— Tu m'as appelée ? Quand ? »

Je me penche vers lui, l'oreille dressée.

« Il y a environ dix jours… Mais tu as été assez claire sur le fait que tu ne voulais pas que je m'implique. »

Il se rapproche comme s'il allait me toucher la main puis se ravise et repose sa main sur sa cuisse.

« Je me suis tellement inquiété à ton sujet. »

J'ouvre la bouche pour commencer mon récit, la referme, puis je me lance.

« Impliqué dans quoi ? Tu sais, il se trouve que j'ai en partie perdu la mémoire et je ne parviens pas à me souvenir de ce qui s'est passé. »

Voilà, j'ai parlé, et maintenant c'est trop tard pour changer d'avis.

« Quoi ? »

Je lui raconte toute l'histoire : mon réveil dans cet endroit souterrain, ma fuite, le fait d'avoir été retrouvée sur la route au milieu de nulle part. Puis je lui raconte ce que j'ai découvert jusqu'à présent : la liaison de Liam, mes vêtements disparus, la lettre que j'ai écrite pour mettre un terme à notre relation, mon téléphone portable écrasé et laissé dans la poubelle, les mensonges de Liam.

Il se rassoit sur sa chaise, les yeux grands ouverts.

« Merde. C'est… vraiment horrible ! » s'exclame-t-il si fort qu'un homme âgé en train de lire le journal relève la tête.

Il me prend alors la main. Son contact est doux et délicat, et sa peau est si chaude contre la mienne… Une énergie nouvelle s'insinue en moi.

« Que dit la police ? Est-ce qu'elle a une idée de la personne qui pourrait t'avoir enlevée ? »

Sa voix est plus calme et l'homme qui nous regardait retourne à son journal.

Je hausse les épaules.

« Eh bien, justement, elle ne me croit pas non plus.

— Ils ne peuvent pas penser que tu as inventé tout ça ? Comment est-ce possible ? demande-t-il d'un air incrédule.

— Tout le monde croit que j'ai eu une nouvelle réaction psychotique aux somnifères qui étaient dans mon corps au moment où l'on m'a trouvée, et que j'ai eu des hallucinations. C'est ce que les médecins pensent aussi. La plupart d'entre eux sont convaincus que j'étais encore si dépressive que j'aurais tenté de me suicider. »

Il hoche la tête, et comme il semble trop bouleversé pour répondre, je meuble le silence.

« Mais c'est faux. Je n'essaierais jamais de me tuer, cela voudrait dire baisser les bras. »

Je pense alors à ma mère. Est-ce que c'est ce qu'elle a fait ? Baisser les bras pour moi, pour elle ? Ou bien son overdose était-elle un accident ?

« Et je ne prends pas de somnifères. J'ai essayé une fois et je me suis sentie tellement mal que je n'ai jamais recommencé. En plus, l'hôpital m'avait conseillé de ne plus prendre de médicaments après ce qui s'était passé avec le Zolafaxine. Je me doute que tout cela paraît insensé et très similaire à ce qui s'est passé lorsque je me suis retrouvée internée la première fois, mais je *sais* ce qui m'est arrivé. Je me souviens très bien d'avoir été dans ce souterrain. Cela n'a pas pu être une hallucination paranoïaque. C'était réel, dis-je en frissonnant. Très réel et très effrayant. »

L'air consterné, il me serre la main.

« Je ne peux pas croire que la police ne fasse rien. La personne qui t'a enlevée est toujours là, quelque part, et tu pourrais être en danger.

— J'ai peur. »

Ma voix est si étrange qu'elle ne semble pas m'appartenir.

« Cela ne me surprend pas. Que puis-je faire pour t'aider ?

— J'essaie de reconstituer avec exactitude ce qui s'est passé et comment je me suis retrouvée quelque part au milieu de ces bois. J'ai demandé à Theresa si elle savait quelque chose qui pourrait m'être utile, mais la seule chose qu'elle ait bien voulu me dire, c'est que je devais démissionner.

— Quoi ? Pourquoi elle ferait ça ?

— Parce qu'elle croit ce que Liam lui a dit. Que j'ai essayé de me suicider parce que j'étais déprimée. Et comme désormais, je suis pour elle une personne instable mentalement, je ne dois plus rester près des étudiants.

— Elle ne peut pas te faire démissionner. C'est de la discrimination.

— Non, peut-être pas, mais elle peut me rendre les choses très difficiles. De toute façon, je suppose que c'est le dernier de mes problèmes pour le moment. Le plus important pour moi, c'est d'essayer de rester en vie, dis-je en attrapant fermement sa main comme s'il s'agissait d'une bouée de sauvetage. Tu sais peut-être quelque chose puisque tu m'as appelée peu de temps avant que je ne disparaisse. Qu'est-ce que j'ai dit ? J'étais dans quel état ? »

Il recule et pose ses mains sur son visage tout à coup blafard.

« Mon Dieu, je n'arrive pas à y croire ! »

La main contre sa joue, il m'observe pendant un moment. On dirait qu'il espère que je vais dire que tout cela n'est qu'une vaste plaisanterie. *Ah ! Ah ! Jordan, je t'ai eu – c'était juste pour déconner !* Tandis que je reste silencieuse, il hoche à nouveau la tête, lentement.

« Tu m'as dit que Liam avait une liaison avec sa supérieure hiérarchique. Tu as dit que tu avais découvert qu'il te mentait lorsqu'il était resté à l'hôtel au lieu d'aller en Écosse et qu'il avait acheté le pendentif pour Julianne. Tu as dit que c'en était trop. Que tu allais le quitter. »

Il se mord la lèvre inférieure, comme pour soupeser exactement ce qu'il va dire.

« Écoute, je sais que tu ne m'as jamais dit exactement ce qu'il t'a fait par le passé, mais je pouvais deviner qu'il se passait quelque chose. Je n'ai jamais vu la moindre blessure sur toi, mais... »

Il baisse alors la tête, et ses sourcils noirs projettent des ombres sur sa peau bronzée.

« Lorsque tu as commencé à travailler ici, tu semblais pleine d'entrain et d'énergie. Et puis tu as rencontré Liam, et quelque chose a changé petit à petit, comme si on avait éteint ta petite lumière intérieure. Tu trouvais des prétextes pour ne plus aller aux soirées de travail. Si tu risquais de rentrer chez toi en retard à cause d'une réunion du personnel, tu commençais à paniquer à propos de l'heure. Ton téléphone sonnait tout le temps dans la salle des professeurs lorsque nous étions en pause. Juste des petites choses, certes, mais je me posais des questions.

Je savais que Liam ne te méritait pas, mais tu devais le découvrir par toi-même, me confie-t-il en souriant. Et il semble que tu y étais finalement parvenue puisque, lorsque je t'ai parlé, tu allais appeler ton amie Sara pour emménager chez elle pendant son absence. Tu as dit que tu partirais pendant que Liam serait en Écosse pour éviter tout problème. »

Je regarde le ciel et je pense à toutes ces petites choses qui s'additionnent et qui vous coincent avant même que vous ne le sachiez. Piégée. Votre confiance et votre estime de vous-même se sont amoindries mais la personne dont vous voulez vous éloigner est celle sur laquelle vous vous reposez le plus. Et vous ne savez pas quand cela a commencé. Vous ne pouvez pas dire le jour exact, la semaine ou le mois parce que c'est un processus graduel et subtil. Il glisse lentement sur vous. Si lentement que vous ne prenez pas immédiatement conscience que vous pliez, que vous cassez et que vous devenez peu à peu une personne différente. Une femme qui n'est pas heureuse, qui ne vit pas sa vie à elle mais plutôt celle que son mari lui dicte.

Un jour, Sara m'a demandé pourquoi je restais avec lui et je n'ai pas su quoi lui répondre. C'était peut-être parce que je l'aimais, même si les choses n'étaient pas parfaites. J'essayais d'être celle qu'il voulait que je sois et l'envie de plaire me rongeait comme un cancer profondément enraciné dans mon âme. Tout en lui n'était pas mauvais non plus. Nous avions connu de bons moments quand il était aimant et attentionné. Lorsque nous faisions de longues promenades main dans la main autour des lacs, que nous sortions pour des dîners romantiques, que nous nous blottissions l'un contre l'autre devant la télévision pour regarder un film, ou que nous partagions une bonne bouteille de vin en prenant un bain à la lumière des chandelles. Le souvenir de ces moments m'a laissé croire que c'était de ma faute s'il avait changé. J'ai pris le problème par le mauvais bout. Je me disais qu'il était trop stressé par son travail. Que je n'essayais pas assez.

Pourquoi reste-t-on dans une relation alors qu'au fond de soi, nous savons bien qu'elle ne fonctionne pas ? Personne ne le sait jusqu'à ce que cela vous arrive. C'est facile de se tromper. De cacher les choses sous la surface, là où elles ne peuvent pas vous blesser. De vous persuader que tout est normal. D'inventer des excuses.

La frontière est mince entre la folie et l'amour.

S'il avait été violent, je l'aurais probablement quitté la première fois qu'il m'aurait battue. Mais il ne l'était pas. Contrairement aux contusions et aux fractures, c'était quelque chose d'invisible. Et Liam comblait toujours le calme après la tempête avec des fleurs et une attention bienveillante. S'il était heureux, il me récompensait avec de l'amour et de l'affection. Et puis les mauvais jours l'avaient finalement emporté sur les bons.

Non, je ne pouvais pas vraiment décrire ce qu'il était. Comment le résumer en un seul mot ? Comme je l'ai dit, c'est simplement la somme de petites choses. Beaucoup de pression et de temps avant que vous ne finissiez par exploser.

Au début, j'avais l'habitude de me plaindre de Liam à Sara, mais finalement, j'ai arrêté de me confier à elle, ce qui n'a fait qu'accentuer mon sentiment de solitude. Me plaindre ne servait à rien.

Elle ne pouvait pas changer le cours des choses, j'étais la seule à le pouvoir mais j'étais manifestement trop faible pour essayer. Alors je lui ai tout dissimulé. Comme à tout le monde d'ailleurs. Parce que je m'étais toujours considérée comme un échec et que je ne voulais pas que l'on sache que j'échouais aussi dans mon mariage.

À la fin, pourtant, il semblerait que j'aie enfin pu m'en sortir. Mais que s'était-il passé après ? Est-ce que j'étais allée chez Sara ? Avais-je quitté Liam ? M'avait-il trouvée ? Ou bien était-ce quelqu'un d'autre qui l'avait fait ?

« La même chose est arrivée à mes parents, continue Jordan. Mon père était alcoolique. C'était un salaud. Il ne l'a jamais battue, mais qui a besoin de poings lorsque les mots peuvent vous découper au scalpel ? Les blessures physiques peuvent guérir, non ? Mais quand la confiance en soi et sa propre estime ont été réduites à néant, la guérison est plus longue. Je l'ai regardé étouffer la vie qui était en elle, jour après jour.

— Je suis désolée, dis-je en touchant doucement son bras. Et qu'a-t-elle fait ?

— Elle l'a finalement quitté. Elle nous a emmenés, ma sœur et moi, et nous nous sommes enfuis un jour qu'il était ivre. Elle a pris trois emplois pour subvenir à nos besoins. Au bout du compte, elle a réussi à se reconstruire. Et il n'y a jamais eu d'autres disputes à la maison. Nous n'avions plus besoin de marcher tout le temps sur des œufs. Plus besoin d'essayer d'anticiper ses humeurs qui contrôlaient toute la famille. Je pense que mon enfance a vraiment commencé le jour où nous avons déménagé.

— Elle a l'air courageuse.

— Elle l'est. C'est simplement dommage qu'il lui ait fallu tout ce temps pour le comprendre. »

Il me regarde droit dans les yeux et j'ai le sentiment qu'il ne parle pas simplement de sa mère. Je détourne le regard pendant un instant.

« Qu'ai-je dit d'autre ? Lorsque tu m'as appelée ?

— Je voulais t'aider à transporter tes affaires chez Sara puisque tu ne conduis pas et que j'ai beaucoup de place dans mon camping-car. Mais tu as dit que tu voulais te débrouiller toute seule. Tu as dit que tu n'avais pas besoin que je te mette la pression ni que je t'appelle parce que tu devais t'en sortir seule, explique-t-il avec une expression mélancolique sur le visage.

— Tu as fait pression sur moi ?

— Non, bien sûr que non. »

Son regard s'éloigne quelques secondes avant de se poser à nouveau sur mon visage.

« Mais je t'ai dit ce que je ressentais pour toi. Je ne pouvais plus le garder pour moi. Lorsque tu as commencé à travailler ici, j'ai pensé que quelque chose pourrait se passer entre nous, fait-il en hochant la tête. Non, ce n'est pas tout à fait exact. Je *voulais* que quelque chose se passe entre nous. Mais j'étais alors avec Holly, même si je savais que je ne pourrais jamais faire ma vie avec elle. Et puis, au moment où nous nous sommes séparés, et que j'ai trouvé le courage de te demander de sortir avec moi, tu avais déjà rencontré Liam. »

Une sensation de chaleur naît au plus profond de mon cœur, pour se propager jusqu'aux bouts des doigts. Mon cerveau ne se souvient pas de ce qu'il m'a dit, mais mon corps, lui, semble se le rappeler.

« Qu'ai-je dit d'autre ?

— C'est à peu près tout. Tu avais traversé tellement d'épreuves ces derniers temps. J'ai simplement respecté ce que tu disais et je ne t'ai plus rappelée. Je voulais le faire – mon Dieu, je le voulais vraiment – mais je devais te laisser de l'espace pour surmonter les événements. J'espérais simplement que lorsque tu serais prête, nous pourrions… »

Il ne termine pas sa phrase et hausse les épaules, mal à l'aise.

« Tu sais, en tout cas que je suis là pour toi, en tant qu'ami, comme toujours. »

Je savais qu'il m'aimait bien. Je le savais depuis le jour où j'avais commencé à travailler avec lui. Je l'avais surpris à me regarder dans la salle des professeurs ou pendant des réunions, quand il pensait que je ne le voyais pas. Cela me mettait mal à l'aise mais pas dans le mauvais sens du terme. Je me demandais seulement ce que cela ferait si je laissais courir mes doigts dans son épaisse chevelure noire. Ce que cela ferait de sentir ses lèvres sur ma peau. Mais il avait alors une petite amie depuis longtemps, et puis Liam était entré dans ma vie… Alors, même s'il y avait une réelle attirance entre nous, le moment n'était tout simplement pas le bon.

« Je… Je ne sais pas quoi dire. Je…

— Alors ne dis rien. Mais mon offre tient toujours. Je reste ton ami, si tu as besoin de quoi que ce soit. »

Il soutient mon regard et cette fois, je ne peux pas me dérober.

« Je pourrais peut-être t'aider à rassembler les pièces du puzzle. D'après ce que tu as dit, il ne serait pas superflu que quelqu'un soit à tes côtés.

— Merci. Je pourrais bien te prendre au mot.

— Sans problème, ta situation paraît des plus périlleuses. Est-ce que tu penses que Liam a d'abord trafiqué tes médicaments ? Parce que cela paraît trop gros pour être simplement une coïncidence, non ? Et te décrire comme une personne suicidaire serait très pratique pour t'isoler.

— Très pratique, c'est certain. Mais je n'étais pas suicidaire. Je sais que je ne l'étais pas.

— Lorsque je t'ai parlé, tu ne pensais pas du tout attenter à ta vie. Tu semblais positive et déterminée à t'éloigner de lui pour refaire ta vie. Tu paraissais plus forte que jamais. »

Je laisse échapper un soupir de soulagement parce que l'entendre dire cela est en fait la première preuve réelle dont je dispose pour étayer le fait que Liam essaie de… de quoi d'ailleurs ? De me manipuler pour me faire croire que je m'effondre ? De me convaincre que je deviens folle ? De me faire interner à nouveau pour qu'il puisse continuer sa liaison ? De prouver que je suis suicidaire pour qu'il puisse me tuer et faire croire qu'en fait, c'est moi qui ai mis fin à mes jours ? Avec tout ce qui s'est passé avant ? Un frisson s'empare tout à coup de moi.

« C'est évident que Liam est impliqué, mais est-ce qu'il m'enlèverait et me laisserait pour morte ? Cela semble tellement… tellement… »

Je n'arrive pas à trouver le mot qui convient.

« Malfaisant ? propose Jordan, dont les yeux s'agrandissent.

— Oui, je suppose. Je sais bien qu'il n'est pas parfait mais là, cela voudrait vraiment dire qu'il est cinglé. Et je ne pense pas qu'il le soit.

— Beaucoup d'assassins mènent une vie normale. Ils ont une famille, un bon emploi et agissent comme toi et moi. Cela ne veut pas dire qu'ils ne sont pas fous.

— J'ai besoin de savoir ce qui s'est passé après que j'ai fait ma valise et que je l'ai quitté. Comment mon téléphone s'est-il retrouvé à la poubelle ? Je ne l'aurais sûrement pas jeté volontairement. Alors, est-ce que je suis vraiment partie ou bien, est-ce qu'il m'a arrêtée et enfermée sous terre, en attendant que je meure ? »

Les mains posées sur le ventre, je me penche vers lui.

« J'ai l'impression de tourner en rond. Et j'ai vraiment besoin que tu me croies parce que personne d'autre ne le fait, dis-je en luttant pour empêcher les larmes de jaillir.

— Bien sûr que je te crois ! Pourquoi je ne te croirais pas ? »

Il me prend à nouveau la main et la presse doucement. Et pour la première fois depuis cette histoire, je ne perçois pas d'incrédulité. Mais seulement de la tristesse et de l'horreur.

« Parce que ça semble complètement fou, non ?

— Tu as raison. C'est fou. Et invraisemblable et terrible. Mais ce n'est pas beaucoup plus fou ou plus improbable que d'avoir deux réactions psychotiques à des médicaments différents en moins d'un mois. »

Il reste silencieux pendant un moment, le regard fixé au loin comme s'il était perdu dans ses pensées. Puis il revient vers moi.

« As-tu entendu parler du rasoir d'Occam ?

— Non.

— Il s'agit d'une ligne de raisonnement que les inspecteurs suivent pour résoudre des crimes. Les médecins l'utilisent aussi pour diagnostiquer des maladies. C'est également employé par les programmeurs informatiques et les scientifiques – même par les mathématiciens. Je vais t'épargner la grande explication mais pour l'essentiel, c'est une théorie qui donne deux réponses possibles pour la même chose, la plus simple étant généralement la bonne. Certaines personnes ne jurent que par elles pour résoudre un problème, mais personnellement, je suis sceptique. D'abord parce qu'il faudrait me dire comment on détermine si quelque chose est simple ou non ! Tout est subjectif. Et ensuite, je ne crois pas à l'idée selon laquelle la vérité découlerait de la simplicité. »

Je cligne rapidement des yeux.

« Je suis perdue. Bon, je comprends le principe de l'explication la plus simple qui serait la meilleure, mais qu'est-ce que cela a à voir avec moi ?

— Eh bien, la police et les médecins ne te croient pas car la réponse la plus simple pour eux, puisque tu as été retrouvée avec des somnifères dans ton métabolisme, c'est que tu les as pris toi-même et que tu as eu une réaction psychotique étant donné que c'est ce qui s'est passé auparavant avec les antidépresseurs.

— Oui.

— Mais cela ne signifie pas que c'est la bonne réponse. Donc, l'autre réponse, celle qui peut prouver que ce que tu dis est vrai, c'est de trouver en premier lieu *comment* les somnifères sont vraiment entrés dans ton organisme. Tu dis que tu ne les aurais jamais pris parce qu'ils t'ont déjà rendue malade avant et qu'en plus, les médecins te l'avaient déconseillé. Ce qui veut dire que quelqu'un a dû te les administrer à ton insu. Et si tu peux le prouver, ils devront te croire.

— Comment prouver que je ne les ai pas pris moi-même ? Que je n'essayais pas de me suicider ?

— Je ne sais pas encore.

— Quand je ne les ai pas trouvés chez moi, j'ai pensé que c'était bizarre, mais maintenant, je sais que je suis partie et que je suis allée chez Sara. Je les trouverais peut-être chez elle.

— Et s'ils n'y sont pas, alors ce sera très suspect, non ? Parce que si tu les as pris pour t'aider à dormir ou bien pour te suicider, comme tout le monde le pense, tu l'aurais fait chez Sara. C'est comme ça que tu pourras le prouver.

— Le docteur Drew pense qu'ils pouvaient être dans mon sac lorsque j'errais dans ma psychose, et qu'ils auraient été perdus à ce moment-là.

— Il y a un seul moyen de le vérifier, c'est d'aller chez Sara et de voir si tu les as laissés là-bas. Et à mon avis, tu devrais y aller le plus tôt possible parce que si Liam est impliqué, tu n'es pas en sécurité chez toi. D'ailleurs, même s'il n'a rien à voir avec tout cela, tu n'es peut-être pas en sécurité pour autant puisque tu ignores où tu as rencontré celui qui t'a enlevée. Tu veux rester chez moi ? »

Je croise son regard. Cela semble être la solution idéale. Je veux lui faire confiance. Mon corps le veut, évidemment, et je me sens en sécurité lorsque je suis avec lui, mais mon esprit… Bon, je ne sais pas de façon certaine qu'*il n'est pas* impliqué d'une manière ou d'une autre. Jordan vient d'avouer qu'il m'aimait et qu'il s'intéressait à moi. Je ne sais pas si je dois être flattée ou morte de peur. Je n'ai jamais vu un soupçon de colère chez lui. Je ne l'ai jamais vu s'énerver ou perdre son sang-froid, même lorsqu'un groupe de garçons de seize ans dépassait les bornes. Mais peut-être que je l'obsède. Il a pu me traquer et lorsqu'il s'est rendu compte qu'il ne pouvait m'avoir, il a décidé de m'enlever. Cela semble tout aussi tiré par les cheveux que tout le reste, mais cela pourrait arriver, non ?

« Merci, mais je… je pense que j'ai besoin de me débrouiller par moi-même.

— Oui, mais c'est ce que tu as dit la dernière fois, et regarde ce qui s'est passé. »

Chapitre 21

Tandis que Jordan me raccompagne à la sortie du café, tout à coup, je ne veux plus partir. Je veux accepter sa proposition. Je veux me sentir en sécurité, sans personne qui soit derrière moi, aux aguets pour me faire du mal. Ou bien pour me tuer. Je le veux plus que tout mais je n'en fais rien. Je suis près de découvrir la pièce suivante du puzzle et je pense que mon téléphone et la maison de Sara pourraient être les clefs.

Il est presque dix-sept heures lorsque j'arrive à la maison. La première chose que je fais, c'est récupérer la liste que j'ai laissée derrière l'évier de la cuisine pour y ajouter tout ce que j'ai découvert. Puis je vérifie si le téléphone portable est chargé et j'insère la carte SIM de mon vieux téléphone. Gagné. Ça fonctionne. Je débranche le chargeur que je cache dans une vielle boîte à chaussures derrière l'armoire de ma chambre. Je m'assieds sur le lit et fais défiler la liste des appels téléphoniques lorsque la voix de Liam retentit depuis le rez-de-chaussée. Il est en avance et je n'ai même pas entendu la porte d'entrée s'ouvrir.

« Chloe ? Où es-tu ? »

J'éteins vite le téléphone et je le glisse sous le matelas, de mon côté. Je me lève, prends une profonde inspiration en me forçant à sourire, et je descends. Liam a le nez dans le réfrigérateur lorsque j'entre dans la cuisine.

« Salut ! » dis-je gaiement.

Je pense en même temps : *Salaud, Salaud. Enfoiré de salaud! Qu'est-ce que tu es encore en train de mijoter?* J'ai l'impression d'être au beau milieu du film *Les Nuits avec mon ennemi.*

« Bonjour, chérie. »

Il se penche vers moi avec une bouteille de vin dans la main et m'embrasse sur le front.

« Comment te sens-tu ?

— Bien, merci. »

Il me jette un regard interrogateur.

« Tu es sûre ?

— Oui. Tout à fait. Alors, comment s'est passée ta journée? *As-tu essayé de tuer quelqu'un au cours de ces dernières heures ?*

— Très fructueuse, répond-il avec un sourire narquois. J'ai appelé le docteur Drew pour lui exprimer mon inquiétude, et il m'a dit qu'il vérifierait si tout allait bien aujourd'hui. Il t'a appelée ?

— Oui. Il a dit que j'allais bien. Je voudrais que tu me croies.

— Eh bien, c'est plutôt difficile, non, après tout ce qui s'est passé. »

Il prend un verre à vin dans le placard et se verse une bonne rasade de *Pinot gris.* Tout en appuyant sa hanche contre le plan de travail, il croise les jambes avec désinvolture et boit une gorgée en me regardant attentivement.

« Mais le docteur Drew est d'accord sur le fait que je vais bien, donc, s'il te plaît, ne pourrions-nous pas simplement…

— Quoi ? Ne pourrions-nous pas simplement quoi ? m'interrompt-il alors que ses yeux étincelants me défient dans un regard glacial. »

Arrête. La dernière chose dont tu as besoin, c'est de le mettre en colère. Je peux être une Chloe conforme à ses attentes et lâche si c'est ce qu'il faut. Après tout, je l'ai été pendant assez longtemps. Je n'ai même pas besoin de rentrer dans la peau d'un autre personnage.

« Rien. Je suis désolée.

— Bonne fille. »

Cela me donne envie de hurler. *Je ne suis pas une fille – Je suis une femme ! Une femme qui a des choix à faire. Une femme qui n'est pas folle !*

« Tu n'as pas encore commencé à préparer le repas ? Qu'as-tu fait toute la journée ? »

Il y a un soupçon d'accusation dans sa voix, que semble démentir son grand sourire.

« J'ai pris mon temps.

— Vraiment ? Alors pourquoi n'as-tu pas répondu au téléphone lorsque je t'ai appelée plus tôt ? »

J'ai envie de me gifler. Je dois vraiment commencer à vérifier l'identifiant de la personne qui appelle si je sors.

« Oh, je suis sortie me promener. Je voulais prendre l'air.

— Une promenade ? demande-t-il, comme si j'avais laissé entendre que j'étais partie marcher dans les Alpes.

— Euh, oui, une promenade, fais-je d'une voix monocorde.

— Où ?

— Juste une promenade, nulle part en particulier.

— Tu sais que je m'inquiète si je ne peux pas te joindre. »

Il pose son verre de vin sur le plan de travail et m'attire vers lui pour m'enlacer. Je fais un effort énorme pour ne pas le repousser.

« Tu as besoin d'un nouveau téléphone portable.

— Pardon ? »

Mon cœur se met à battre plus vite. Est-ce qu'il sait quelque chose sur la façon dont mon téléphone a fini à la poubelle ?

« Tu ne peux pas retrouver le tien, c'est bien ça ? Tu as dû le perdre lorsque tu t'es égarée à cause de ta réaction aux somnifères. Je t'en donnerai un nouveau à la fin de la semaine, murmure-t-il à mon oreille. Comme ça, je serai certain que tu es en sécurité lorsque tu n'es pas avec moi.

— Bonne idée! »

Je sais bien qu'il n'est pas inquiet pour ma sécurité. C'est seulement pour qu'il puisse garder un œil sur moi et savoir où je suis, ce que je fais, à qui je parle et à quel moment je serai à la maison.

« Des bonnes idées, j'en ai plein. »

Il recule, prend mes joues dans ses mains et me fixe dans les yeux. Je n'aime pas ce que j'y vois.

« Tu sais combien je t'aime, n'est-ce pas? »

Comme je n'ose rien dire, je hoche simplement la tête et lui offre le sourire que j'ai pris l'habitude d'afficher pendant toutes ces années. Il m'embrasse fort sur les lèvres avant de me relâcher et de prendre son verre de vin.

« Bon, que vas-tu faire pour le dîner?

— Je vais préparer une omelette. »

Je prends des champignons et des poivrons dans le réfrigérateur et je commence à les hacher.

« Je vais envoyer quelques e-mails pendant que tu es occupée. »

Je regarde par-dessus mon épaule dans sa direction et je meurs d'envie de lui planter mon couteau dans le dos.

Après le dîner, je prétexte une migraine pour dire à Liam que je vais m'allonger. Comme il est retourné devant l'ordinateur, je me hâte de prendre mon téléphone pour voir quels indices il peut me fournir. Je fais d'abord défiler la liste des appels et je trouve effectivement celui de Jordan, le 29 avril, comme il me l'a dit. Cela a duré un peu plus de cinq minutes. Peu de temps après, j'ai composé le numéro de Sara et je lui ai parlé pendant soixante-cinq minutes. Je m'imagine lui annoncer que j'ai découvert la liaison de Liam. Elle le traite de branleur puis elle me propose de rester chez elle avant même que je ne lui demande si ça ne la dérange pas.

Le jour où Liam est parti en Écosse, il y a eu un appel de Sara auquel je n'ai pas répondu. Est-ce qu'elle voulait savoir si j'allais toujours chez elle ? S'assurer que je n'avais pas changé d'avis ? Vérifier que je n'avais pas été assassinée dans mon sommeil par mon psychopathe de mari ?

Le dernier appel, c'est celui d'hier, lorsque j'ai entendu sonner mon téléphone dans la poubelle. C'est le numéro du lycée. Theresa ne m'a pas dit qu'elle avait cherché à me joindre pour prendre de mes nouvelles et je me demande s'il s'agit de Jordan. Comme il n'y a pas d'autres appels, je vérifie mes SMS. Je m'attends à trouver quelques échanges entre Sara et moi mais il n'y en a aucun. Bizarre. Nous nous envoyions habituellement des SMS plusieurs fois par semaine, et même davantage lorsqu'elle était partie en voyage. Est-ce que je les ai effacés pour que Liam ne les trouve pas ? Ou bien est-ce que je ne lui ai pas envoyé de message avant de disparaître car je lui avais déjà parlé au téléphone ? Il y en a juste un de mon fournisseur de messagerie qui m'envoie un code d'accès pour me reconnecter à mon compte.

Je ne peux toujours pas comprendre comment mon téléphone a fini dans la poubelle. Est-ce que je l'ai laissé par inadvertance à la maison quand je suis partie ? Est-ce que Liam l'a trouvé et l'a cassé sous le coup de la colère lorsqu'il a découvert que je l'avais quitté ? C'est le scénario le plus probable. Je devais être dans une peur panique et me trouver incapable de penser de manière lucide. Tout juste apte à prendre quelques vêtements et me sauver pendant qu'il était parti à six cent quarante kilomètres d'ici. J'étais déjà allée sur Internet pour me renseigner sur les effets secondaires des antidépresseurs ; j'avais donc découvert que c'était l'entreprise de Liam qui les fabriquait. Je soupçonnais probablement déjà ce que je soupçonne aujourd'hui, à savoir qu'il essayait de me rendre folle.

Comme ce serait facile pour lui de se débarrasser de moi ! Quoi de mieux pour lui que d'avoir sa femme internée dans un asile de fous ?

Une femme morte. Ce serait même encore mieux. Personne ne pourrait le suspecter. Mais comme il n'a pas réussi à me maintenir enfermée en permanence, il est passé au plan B. Il m'enlève et me laisse pour morte. Je n'avais aucune preuve tangible que Liam soit réellement allé en Écosse. Je ne sais pas si l'inspecteur Summers a ne serait-ce que vérifié cela. Probablement que non s'il a cru ce que Liam lui a dit.

J'entends des pas dans l'escalier et j'éteins le téléphone. Mon cœur bat vite tandis que je le glisse à nouveau sous le matelas, et que je ferme les yeux, m'obligeant à respirer profondément pour que Liam me croit complètement endormie.

La nuit est longue. Je tourne et me retourne sans arrêt, d'horribles pensées vont et viennent si vite dans ma tête que j'ai peur de m'y perdre. J'ai envie de me lever aux premières heures du matin pour me faire une tasse d'infusion à la camomille, mais je ne veux pas sortir du lit. Je ne peux pas prendre le risque que Liam trouve le téléphone que j'ai caché. Non, je dois en assurer la garde, même si l'idée que je surveille un téléphone portable est tellement ridicule que cela me fait presque rire. Je reste donc allongée avec mes pensées morbides, et j'attends le matin.

Chapitre 22

Lorsque Liam est sous la douche, je glisse les mains sous le matelas, je récupère le téléphone et je descends pour le dissimuler derrière le placard sous l'évier. Puis je lui prépare du thé et un toast avec de la marmelade et je laisse le tout sur la table de la cuisine. Tout est prêt et je l'attends comme la bonne épouse que je suis. Je ne peux pas manger. Mon estomac emprunte des montagnes russes incontrôlables ; il saute et tourbillonne dans tous les sens.

« Tu n'as pas faim ? » demande Liam en mâchant pensivement un morceau de son toast.

Faim ? Je veux vomir.

« Pas pour l'instant. Je mangerai plus tard.

— C'est peut-être une bonne chose. Tu dois admettre que tu es devenue un peu grassouillette ces derniers temps. Tu dois faire attention. »

Il sourit joyeusement mais je sais qu'il ne le disait pas en plaisantant.

Quand j'étais adolescente et que mon corps commençait à prendre des formes, certains des garçons du foyer se moquaient de moi parce que j'étais grosse. Je jouais sur un terrain glissant, constamment consciente de ce que je mangeais et comptant les calories comme une maniaque jusqu'aux crises de boulimie. Emmagasiner le plus possible pour combler la faim qui ne disparaissait jamais, puis éliminer en plantant mes doigts au fond de ma gorge. Un jour, au début de notre relation, j'en ai parlé à Liam, et dans son style bien à lui il aime parfois y faire allusion, se moquant de mon manque de confiance en moi.

« Oui, tu as peut-être raison. »

Je l'approuve parce que c'est simplement plus facile d'être d'accord avec lui.

« J'ai généralement raison, insiste-t-il en me tapotant la main avant de déposer son assiette près du lave-vaisselle. Bon, j'y vais. Je rentrerai probablement tard ce soir.

— D'accord. »

À vrai dire, je ne m'en soucie pas le moins du monde. Je ne serai pas là.

Dès qu'il est parti, je vérifie rapidement mes e-mails mais il n'y en a pas de récents à l'exception de quelques spams qui cherchent à me vendre des produits pour agrandir le pénis. Je prépare une petite valise avec quelques vêtements indispensables, des sous-vêtements et ma trousse de toilette. D'ici peu, je vais être libérée de Liam mais je me demande où je vais mettre les pieds. Je ne sais pas quel est le moindre des deux maux. Et si Liam était uniquement coupable d'avoir une liaison ? Et s'il était réellement préoccupé par le retour de mon instabilité mentale et qu'il essayait seulement de me protéger ? Et s'il n'avait pas trafiqué les médicaments et que tout cela n'était que le fruit de mon imagination ridicule ? Et s'il n'avait pas tenté de me tuer ?

Et si, et si ?

Je n'ai aucune certitude. Je ne saurai peut-être jamais ce qu'il en est et cette pensée me terrorise tellement que je dois la repousser sous peine de m'écrouler en pleurs comme une épave, recroquevillée dans un coin de la pièce. Tout ce que je sais, c'est que je ne peux plus rester ici. Pour ma santé mentale et ma sécurité, je dois partir. Le seul problème, c'est que mes nouvelles cartes bancaires ne sont toujours pas arrivées. Je n'ai donc pas d'argent. Je vais peut-être appeler Jordan et voir si je peux lui en emprunter un peu. Jusqu'à ce que tout soit résolu.

Je vois le visage de Jordan dans ma tête et cela me fait sourire. J'ai le sentiment que, plus tard, je ne sais pas quand exactement, il se passera quelque chose entre nous. C'est peut-être parce que j'ai besoin d'espoir. D'une lumière au bout du tunnel. L'idée que j'*aurai* un avenir après tout cela. Que je serai toujours en vie. Ou c'est peut-être plus que cela.

Mais je ne peux pas me permettre d'y penser maintenant. Pour l'instant, je ne dois penser qu'à survivre. Tout ce que je dois faire, c'est rester en vie suffisamment longtemps pour me défendre.

Je m'assieds au bureau, je prends une feuille de papier blanc dans le tiroir et un stylo pour écrire à Liam ma seconde lettre lui disant que je le quitte. En tapotant l'extrémité du crayon contre mes dents, je fixe la page, qui est aussi vide que mon esprit. Qu'écrit-on dans ce genre de circonstances ?

Dieu seul sait.

Je pose le crayon sur le papier, puis je le relève à nouveau. Je ne sais pas du tout comment résumer ma vie et comment je suis arrivée là où j'en suis aujourd'hui. Je pense à la lettre que j'ai écrite la dernière fois : *Je ne peux plus continuer comme cela. Je dois en finir. Je suis désolée.* Même si son ambiguïté pouvait être utilisée contre moi, je ne peux pas penser à autre chose qui soit plus vrai. Mais cette fois, je ferai en sorte que personne ne puisse mal l'interpréter.

Liam,

Notre relation est terminée.

Je ne veux pas te voir ou te parler. Tu ne pourras pas me faire changer d'avis.

S'il te plaît ne m'approche pas.
Chloe.

Voilà. Je ne peux pas être plus claire. C'est concis et direct. Certaines choses ne peuvent simplement pas être expliquées avec des mots.

Je laisse le message en évidence devant la bouilloire et je mets mes lunettes de soleil. Je sors de la maison et me dirige vers la maison de Sara en traînant derrière moi la valise à roulettes. Ce serait plus facile de prendre un taxi mais c'est peut-être ce que j'ai fait la dernière fois. Vous entendez parfois des histoires au sujet de chauffeurs de taxi douteux qui agressent des femmes, et je ne peux pas prendre ce risque. Bref, j'ignore la douleur dans mon bras et je continue.

La clef de réserve de la maison de Sara que j'avais conservée en cas d'urgence ne se trouve pas dans le tiroir à la maison ; elle a dû se perdre avec les autres clefs de la maison. Mais je sais qu'il y en a une qui est cachée dans son jardin. J'espère qu'elle y est toujours. Je n'ai pas envie de devoir casser une vitre pour rentrer.

Il y a un jardin de rocaille devant sa maison. Je dis « jardin de rocaille » mais il n'y a en fait aucune plante. Comme Sara est souvent absente, elle a fait en sorte que son jardin n'ait besoin que d'un minimum d'entretien. Il consiste donc en un ensemble de cailloux de tailles, de couleurs et de textures différentes. Le gros morceau de granit est celui qui m'intéresse. Je me penche pour le soulever, la clef est bien là.

En ouvrant la porte d'entrée, la première chose que je remarque, c'est l'odeur. Une odeur confinée de moisi et d'absence de vie. Je remarque ensuite mes bottines compensées noires et mes ballerines près du radiateur dans le couloir. Je verrouille la porte et m'y adosse, je ferme les yeux pendant un instant pour laisser les choses s'imprégner en moi.

Donc, je suis venue ici. J'ai vraiment quitté Liam. J'ai suivi mes propres traces jusqu'ici, mais j'ignore ce que je vais encore découvrir. J'éprouve déjà un intense sentiment de liberté comme si je m'étais débarrassée d'une peau sale qui m'étouffait. Enfin, j'ai repris le contrôle de ma vie. Et même si je ne sais pas combien de temps elle va durer, au cas où mon ravisseur me retrouverait, au moins, ce moment précieux est tout à moi.

Je marche sur un tas de courrier qui a été poussé dans la boîte aux lettres, je pose ma valise près de mes bottines et je me dirige vers son petit salon. Il est bourré de livres et de plaids colorés dans des tons lumineux orange, rouges et jaunes. Des tapis turcs, des sculptures africaines en bois, des coquillages, un didgeridoo peint de marques tribales vives, des écritures chinoises. Des objets qu'elle a ramenés de ses voyages au fil des ans. Chaleur et bonheur rayonnent comme ce devrait être le cas dans toute maison. Quelque part, la propriétaire a laissé l'empreinte de son existence au lieu de l'enveloppe sans âme, faite de brique et de mortier, que je partageais avec Liam.

Le voyant rouge de son répondeur clignote à tout-va dans ma direction. J'écoute les messages. « Salut, c'est moi ». C'est la voix de Sara. « J'espère que tu t'installes bien. J'ai perdu mon fichu téléphone sur un marché ce matin et j'ai dû en acheter un autre, j'ai donc un nouveau numéro ». Puis elle énonce le numéro. C'est donc pour cela que je n'avais pas réussi à la joindre. « Appelle-moi sur celui-là et dis-moi comment tu vas. J'ai oublié de t'expliquer comment faire fonctionner la bouilloire. Elle peut parfois être un peu capricieuse, surtout si elle a été éteinte. Sers-toi de ce dont tu as besoin. Fais comme chez toi. Je suis tellement heureuse que tu te sois réveillée et que tu aies quitté ce branleur qui veut tout contrôler ».

Elle a laissé le message le 6 mai, le jour où Liam est parti en Écosse. Le jour où je l'aurais quitté.

L'appareil émet un bip avant de passer au message suivant. Sara à nouveau : « Salut, où es-tu ? Sortie t'amuser pour changer, j'espère !

Je vais faire une retraite de yoga ces dix prochains jours et tu ne pourras donc pas me joindre. Pas de technologie moderne! ». Elle rit. « Appelle-moi lorsque je partirai. Haha! on dirait que je vais en prison, pas vrai? Bon, j'espère que tu as réussi à faire fonctionner la bouilloire. On se parle bientôt. Bises ».

La date de ce second message est le 8 mai. Aujourd'hui, nous sommes le 15 et elle n'est donc pas encore rentrée. Je devrais patienter encore un peu pour voir si elle peut combler d'autres pièces manquantes de ma vie.

Je vais à l'étage et j'ouvre la porte de sa chambre. Aucun drap sur le lit, et la pièce dégage une impression d'abandon. Dans la chambre d'amis, je trouve d'autres preuves de mon passage. La couette est rabattue et les draps sont en désordre, à moitié sortis du lit comme si j'avais dormi par à-coups et que je m'étais levée en toute hâte. Mon soutien-gorge à pois, ma veste en cuir et mon pull-over marron avec le col en V sont suspendus au-dessus d'un fauteuil de metteur en scène près de la fenêtre. Je ne vois aucun somnifère sur la petite table de chevet – juste un stylo à bille rouge et un verre d'eau avec de la poussière flottant à la surface. Il y a un sac en plastique à côté du lit avec quelques-unes de mes culottes. Je l'ai peut-être utilisé pour transporter mes vêtements jusqu'ici.

Il y a une brosse à dents dans la salle de bains avec un tube neuf de dentifrice que j'ai dû acheter. Au-dessus du lavabo, il y a un placard en bois avec une glace. J'ouvre la porte et je regarde à l'intérieur. J'y trouve une boîte de paracétamol, du sirop contre la toux, un récipient en plastique avec des cotons-tiges, un tube de dentifrice fermé, de la pommade Vicks et une boîte presque vide de tampons.

Je redescends et je vérifie toutes les fenêtres ainsi que la porte arrière qui conduit de la cuisine au minuscule jardin. Aucun signe d'effraction ou de lutte dans la maison.

J'examine le réfrigérateur pour voir si Sara a laissé de la nourriture en conserve ou en bocaux qui serait toujours comestible. Je n'ai pas une folle envie d'aller faire des courses, mais je vais devoir manger. Je trouve une brique de lait demi-écrémé longue conservation, un morceau de cheddar, six œufs, un sac de roquette, quelques tomates, un oignon, une bouteille de vin blanc pétillant, du beurre et du pain complet en tranches. Le paquet de roquette est périmé, les feuilles vertes sont fanées et commencent à jaunir sous le plastique mais le reste est encore comestible, j'ai donc dû faire les courses après mon arrivée la dernière fois.

Je suis en train de prendre un verre dans le placard au-dessus de la cuisinière pour me servir de l'eau, quand je repère mon sac à main au-dessus du micro-ondes. Je repose le verre et je fouille à l'intérieur. Mon porte-monnaie est là, avec les cartes bancaires que Liam a maintenant annulées. La bonne nouvelle, c'est que je dispose de deux cent trente-trois livres et cinquante-quatre pence. De quoi tenir un peu.

Dans le sac, il n'y a rien d'autre à part un paquet de mouchoirs, un stylo-bille, un cure-dents cassé, un flacon de déodorant et beaucoup de peluches. Aucune trace des somnifères, ce qui n'a aucun sens. S'ils ne sont nulle part, il m'est impossible de les avoir pris. Oui, j'aurais pu les perdre si j'avais fait une réaction bizarre en les avalant, mais si je n'avais pas mon sac avec moi, où les aurais-je mis ? Lorsque je me suis échappée, tout ce que j'avais sur moi, c'était une robe rouge légère sans poche. Il est peu probable que je les aie simplement tenus à la main. Mes clefs ne sont pas là non plus et je me mets à réfléchir. Si mon sac est là mais sans les clefs, c'est que j'ai dû sortir quelque part. Quelque part près d'ici, où je pouvais aller à pied. Quelque part où je ne pensais pas avoir besoin d'argent. Mais où ?

Au diable l'eau. Maintenant, j'ai besoin d'alcool. Je me sers un peu de vin et après avoir bu, je ressens aussitôt quelque chose de moelleux frapper mon estomac vide. Ce n'est probablement pas une bonne idée dans ces circonstances. Je dois garder l'esprit clair. Mais j'ai du mal à tenir la peur à distance, et la douceur, c'est exactement ce dont j'ai besoin.

Après avoir fouillé dans les placards, je trouve un paquet de pâtes. Je mélange les tomates, l'oignon et quelques herbes aromatiques puis je garnis le tout avec une épaisse couche de fromage. Entre les bouchées de nourriture et les gorgées de vin, je réfléchis à ce que je ferai ensuite. Liam devinera que je suis ici même si je l'ai tenu à l'écart de mon amitié avec Sara du mieux que je pouvais. Où pourrais-je aller ? Je devrais peut-être réserver une chambre d'hôtel. Mais je n'ai pas beaucoup d'argent et je ne pourrai pas y rester indéfiniment.

Ou bien devrais-je demander à Jordan si je peux rester avec lui ? Après tout, je lui fais confiance. Du moins, je crois. Mais… eh bien, vous ne connaissez jamais *vraiment* quelqu'un. Surtout si vous êtes amnésique. Je pensais que je connaissais Liam, et regardez ce qui s'est passé.

Si je reste ici, tout peut arriver.

Après avoir terminé mon repas, je lave mon assiette et mon verre avant de les poser sur l'égouttoir. Puis j'appelle la banque avec mon nouveau téléphone portable et je passe par un ennuyeux système automatisé, où je dois presser une touche puis une autre jusqu'à ce que je finisse par parler à une personne bien réelle et non à un robot.

« Bonjour, mon mari a annulé ma carte de crédit l'autre jour parce que j'ai perdu mon porte-monnaie, et je voulais vous informer d'une autre adresse à laquelle envoyer la nouvelle. »

À l'autre bout de la ligne, la femme me demande mon nom et mon adresse précédente, puis mon code PIN de téléphone pour la banque. Je l'entends pianoter tandis que je joue avec ma boucle d'oreille en attendant.

« Oh, il semble que vous ayez déjà mis à jour cette nouvelle adresse, madame Benson.

— Vraiment ? Quand ? fais-je en suffoquant.

— Le 6 mai. »

Le jour même où j'ai quitté Liam pour venir ici.

« Nous n'avons aucune trace de l'annulation de vos cartes de crédit par votre mari et même s'il a appelé, nous n'aurions pas pu les annuler parce qu'elles sont à votre nom. Même si c'est un compte joint, nous avons toujours besoin de parler au détenteur de la carte pour des raisons de sécurité. »

Bien, bien, bien, les mensonges de Liam ne faisaient que s'empiler les uns sur les autres. Je ne pouvais pas en croire mes oreilles.

« Vous êtes absolument certaine qu'il ne vous a pas appelée ?

— Oui, absolument. »

Je reste bouche bée. Pourquoi ne les a-t-il pas annulées comme il l'a prétendu ? Je lui ai dit qu'il me manquait mon sac et mon porte-monnaie et je suis sûre qu'il n'aurait pas voulu que quelqu'un les trouve et les utilise. Il n'y a à mon sens que deux scénarios possibles. Un : il savait où était mon porte-monnaie depuis le début. Ici, en sécurité dans la maison de Sara. Ce qui voudrait dire qu'il y était déjà venu et qu'il m'y avait trouvée auparavant. Deux : il pensait vraiment que j'avais inventé mon histoire d'enlèvement et il ne croyait pas qu'ils soient perdus.

Je repense à un samedi, il y a six mois. Liam m'emmenait faire des courses au supermarché et je ne trouvais pas mon sac à main. Il s'est énervé de plus en plus contre moi tandis que je cherchais dans la maison, que j'ouvrais les tiroirs et vérifiais dans les placards, et même sous le lit. J'avais regardé partout et je ne le trouvais pas.

« Merde, je n'attendrai pas plus longtemps. Tu n'auras qu'à me retrouver au supermarché. Je ne vais pas perdre mon temps pendant mon jour de congé parce que tu as la tête comme une passoire. »

Puis il a claqué la porte de la maison et il est parti.

Pendant les vingt minutes de marche pour aller au supermarché, j'étais agacée, et je faisais tout pour surmonter mon agitation. C'est alors que je l'ai aperçu dans une brasserie, qui prenait une pâtisserie et un café au lait en lisant tranquillement le journal. Le lendemain, je passais l'aspirateur quand j'ai trouvé mon sac derrière le mince espace entre le mur et le canapé. Dieu seul sait comment il était arrivé là et j'aurais juré que j'avais déjà vérifié.

La voix de mon interlocutrice me ramène sur terre.

« Y a-t-il autre chose que je puisse faire pour vous aujourd'hui, madame Benson ?

Oui. Trouver qui essaie de me tuer.

— Euh… non, merci. »

Je raccroche en gardant le regard fixé sur mon téléphone. Si je les ai appelés le jour où j'ai quitté Liam et que je suis venue ici, qu'ai-je fait après ?

Quelque chose clignote dans ma tête. Une image floue. Un lointain souvenir. Quelque chose à propos de mon téléphone portable. J'essaie de m'accrocher à lui mais il est déjà loin, hors de portée. Je sais que je ne les ai pas appelés depuis mon vieux téléphone car il était fracassé dans la poubelle de la maison, et lorsque j'ai vérifié le journal d'appel sur la carte SIM, le dernier appel était celui de Sara. Cela signifie que j'ai dû utiliser la ligne fixe de Sara pour appeler la banque. J'ai peut-être passé d'autres appels aussi. Je vais dans son salon, décroche son combiné et presse le bouton « Appel ». Il sonne avant que je n'aie à nouveau le système automatisé de ma banque. Zut. Maintenant, je n'ai aucun moyen de savoir si j'ai appelé quelqu'un d'autre car il ne conserve que le dernier numéro qui a été composé.

Je replace le téléphone sur son support et c'est alors que je me souviens…

Dans la maison, je me précipitais dans le couloir de l'étage. Des vêtements serrés dans les mains, mon téléphone portable coincé sous le bras, je me préparais à partir. Liam était déjà en route pour l'Écosse. En haut de l'escalier, mon téléphone a sonné. Dans la précipitation, ce bruit soudain m'a fait sursauter. J'ai alors lâché l'appareil, qui a dégringolé jusqu'en bas avec fracas. Lorsque je l'ai ramassé et que je l'ai examiné, l'écran était fissuré et complètement illisible. Mais j'ai pensé que c'était peut-être une bonne chose. Je ne voulais pas que Liam puisse m'appeler, de toute façon. Je l'ai jeté dans la poubelle de la cuisine et j'ai vite gribouillé une lettre pour lui, que j'ai laissée sur le plan de travail de la cuisine. Puis j'ai fourré mes quelques vêtements dans un sac en plastique robuste et je me suis précipitée vers la porte d'entrée.

Ma respiration est difficile. C'est le premier souvenir qui me revient ; il est vif et net jusqu'à ce que j'arrive à la porte. À partir de là, il s'estompe dans l'obscurité. Je me laisse tomber sur le canapé, et force mon cerveau à réfléchir. C'est inutile. Ma tête est à nouveau un trou noir. Cela signifie tout de même qu'il y a de l'espoir, et que je me souviendrai sans doute de tout le reste.

Tremblante, j'enroule mes bras autour de mon corps tandis que je rassemble les pièces du puzzle dont je dispose. Je suis physiquement sortie de la maison et pour venir ici. J'ai appelé la banque pour leur donner l'adresse de Sara. Je suis à l'évidence allée au supermarché. Chez Waitrose, d'après les étiquettes sur les produits. Puis je suis revenue, et après ?

Je vais dans la cuisine, prends mon sac pour sortir mes notes, et me saisis d'un stylo-bille pour les compléter.

21 mars

Liam est resté au Royal Lodge Hotel mais il a dit qu'il était en Écosse.

23 mars

Fête de Liam. J'allais lui parler du bébé.

25 mars

J'ai fait une fausse couche tôt le matin. Je suis devenue dépressive.

10 avril

Suis allée chez le médecin. Il m'a prescrit des antidépresseurs et des somnifères.

13 avril

Je suis internée. Liam a dit aux médecins qu'il m'avait trouvée en train de creuser dans l'allée du jardin.

Dans l'unité psychiatrique, je suis un traitement. (Les docteurs Drew et Traynor m'ont dit que j'étais paranoïaque et que j'hallucinais. Je pensais qu'un homme me poursuivait et j'essayais de lui échapper.)

20 avril

Sortie de l'hôpital. Toujours légèrement déprimée mais sinon, OK.

22 avril

Liam a acheté un médaillon que Julianne porte sur la photo prise à la soirée de lancement de l'Exalin.

Autour du 26 avril

Je suis allée au Royal Lodge Hotel pour savoir si Liam y était allé avec quelqu'un.

29 avril

Jordan m'a appelée pour savoir comment j'allais. Je lui ai parlé de la liaison de Liam avec Julianne et lui ai dit que j'allais demander à Sara si je pouvais rester chez elle.

J'ai appelé Sara et nous avons parlé pendant plus d'une heure.

6 mai

Liam est parti en Écosse ? (Y est-il vraiment allé ?)

Lâché et cassé téléphone portable. Laissé dans la poubelle de la cuisine.

J'ai préparé des vêtements et laissé un mot pour Liam.

Suis allée chez Sara.

J'ai appelé la banque depuis la maison de Sara et leur ai donné ma nouvelle adresse.

Acheté de la nourriture chez Waitrose.

Passé la nuit chez Sara ? (Sa chambre d'amis était utilisée et mes vêtements manquants y étaient.)

Sara m'a appelée chez elle et m'a laissé un message sur le répondeur. Est-ce que je l'ai rappelée ?

8 mai

Sara a laissé un autre message sur son répondeur, disant qu'elle était à une retraite de yoga et qu'elle avait un nouveau numéro de téléphone. (J'avais probablement déjà disparu puisque le docteur Traynor pensait que je n'avais pas bu pendant un ou deux jours.)

9 mai

Secourue par une femme sur la Great North Road. Couru à travers bois depuis une construction souterraine où j'étais détenue. Perdu la mémoire de tout ce qui s'est passé depuis la fête.

L'analyse de sang a montré que j'avais pris des somnifères Silepine. Les docteurs Drew et Traynor ont pensé que j'avais eu une autre réaction après les avoir pris qui m'avait fait halluciner.

Je mordille l'extrémité du crayon, le regard fixé sur mes notes. Le temps qui s'est écoulé entre le 6 et le 8 mai correspond à la période où j'ai disparu. Quelque chose me chiffonne mais je n'arrive pas à comprendre de quoi il s'agit. Plus j'y pense, plus mon cerveau s'embrouille et mes souvenirs deviennent inaccessibles. Je me prépare un café, j'y ajoute un peu de lait provenant de la brique que j'ai dû acheter avant, et je retourne dans le salon. Recroquevillée sur le canapé, je reste le regard fixé sur le parquet.

Allez, Chloe – fais preuve de logique !

Jusqu'à présent, Liam a tout l'air d'être impliqué dans mon enlèvement ; je me demande néanmoins s'il pourrait y être étranger.

Si Liam pensait vraiment que la lettre que je lui ai laissée était une lettre de suicide, cela voudrait dire qu'il ne savait pas que je l'avais quitté. Si les choses se sont passées comme *il* l'a affirmé, il est allé en Écosse le 6 mai et ne m'a pas appelée parce que nous nous étions disputés. Puis, le 9 mai, il reçoit un appel de l'hôpital l'informant que j'ai été admise là-bas et que j'ai perdu la mémoire. Il revient alors pour me voir.

Est-il possible qu'il ait été en Écosse pendant tout ce temps-là sans savoir que j'étais partie? Qu'il ait sincèrement cru que j'avais fait une dépression nerveuse ou une nouvelle réaction allergique?

Mais cela n'a aucun sens pour plusieurs raisons. Il y a d'abord cette histoire selon laquelle nous nous serions disputés à propos de l'assiette que je lui aurais lancée. Je n'y ai pas cru une seconde et il n'y avait pas le moindre débris d'assiette dans la poubelle. Pour la police, ce serait en tout cas une excellente raison pour expliquer le fait qu'il ne m'avait pas appelée pendant son voyage. Mais pendant tout le temps que nous avons vécu ensemble, il n'y a pas eu un seul jour où il ne m'a pas appelée. Pas un seul. Cela signifie qu'il savait, soit que mon téléphone était déjà hors d'usage et à la poubelle, soit que je ne pouvais pas y répondre parce qu'il m'avait déjà enlevée. Auquel cas, il devait être ici, et non en Écosse.

Il avait également une liaison et m'avait menti à propos de mes vêtements qui auraient été donnés à une association et de mes cartes bancaires qui auraient été annulées. Il était responsable de la fabrication du Zolafaxine, il avait donc toute latitude pour trafiquer ces médicaments.

Il n'y a qu'une seule façon de découvrir avec certitude si Liam est impliqué. En fouillant dans la valise que j'ai préparée ce matin, je trouve la carte de Summers au milieu de mes quelques vêtements et je compose son numéro.

« Inspecteur Summers, répond-il après un long moment.

— Bonjour, c'est Chloe Benson à l'appareil.

— Chloe, comment allez-vous? »

Il semble poli mais ennuyé. J'hésite une seconde, me demandant comment répondre à cela. Puis je me lance :

« J'essaie de trouver ce qui s'est passé et j'ai besoin de vérifier certaines choses le plus vite possible.

— Avez-vous retrouvé la mémoire?

— Non, pas exactement. Vous êtes disponible? »

Je retiens mon souffle, car j'angoisse à l'idée qu'il trouve un prétexte pour se défiler – et j'ai besoin de savoir. Besoin de savoir tout de suite.

Un silence. Puis :

« Voulez-vous venir au poste ? Je peux me libérer dans une heure.

— Oui. Merci. J'y serai. »

Chapitre 23

Lorsque j'ai fini de parler, je tends à Summers la page où j'ai pris des notes. Il croit sans doute que je ne remarque pas l'impatience avec laquelle il la parcourt des yeux. Je m'agite sur la chaise en face lui, et tente de me distraire en enlevant les croûtes qui restent sur mes doigts. Finalement, il lève les yeux vers moi et je n'arrive pas à déchiffrer l'expression de son visage. De la sympathie ? De l'incrédulité ?

En me dirigeant vers le poste de police, je répétais mentalement ce que je devais dire pour que mon histoire tienne la route. À en juger par l'expression de Summers, cela n'a pas vraiment fonctionné.

Il se penche vers moi et pose les avant-bras sur la table en joignant les mains.

« Donc, voyons si j'ai bien compris. Vous avez quitté Liam le jour où il est parti en Écosse parce qu'il avait une liaison, et vous vous êtes installée dans la maison de Sara ?

— Oui. Cela prouve donc que la lettre qu'il a présentée comme étant une lettre de suicide ne pouvait pas en être une, non ? C'était une lettre que j'avais écrite pour dire à Liam que je le quittais, c'est tout. Il vous a dit aussi qu'il ne m'avait pas appelée depuis l'Écosse parce que nous nous étions disputés à propos d'une assiette, mais c'est impossible parce qu'il n'y avait pas la moindre trace d'une assiette cassée dans la poubelle. »

Les mots sortent en hâte de ma bouche et je sais que je bafouille mais je m'en moque. Je suis désespérée.

« Vous avez regardé dans la poubelle ?

— Oui.

— Comment savez-vous que les éboueurs ne l'avaient pas déjà enlevée ? Cela ferait neuf jours, aujourd'hui.

— Parce qu'ils sont en grève, non ? Il restait quatre sacs-poubelles et je les ai tous fouillés. Aucune assiette. Et puisqu'il ne m'a pas appelée depuis l'Écosse, il n'y a que deux explications possibles. Un, il savait que mon téléphone portable n'était plus qu'un détritus jeté à la poubelle ; ou deux, c'est lui qui m'a enlevée et il savait que je ne pouvais pas répondre. Dans les deux cas, cela signifie qu'il devait être revenu d'Écosse. »

Summers me regarde avec une expression perplexe.

« Ne pensez-vous pas qu'il soit possible qu'il ne vous ait tout simplement pas appelée parce qu'il avait du travail ? »

Je secoue tellement la tête que j'entends craquer une vertèbre.

« Non. Il m'appelle *toujours* lorsque nous ne sommes pas ensemble. Et si je rate un appel, je dois le rappeler tout de suite après.

— Même si vous vous étiez disputés ?

— Surtout si nous nous étions disputés ! Il a aussi menti à propos de mes vêtements qui auraient été donnés à une association, non ? »

Mal à l'aise, Summers change de position et s'évertue visiblement à faire preuve de patience.

« Comment savez-vous que vous n'avez pas porté quelques vêtements à l'association ?

— Parce que je les ai emmenés chez Sara.

— Vous êtes certaine que vous n'auriez pas pu emporter quelques affaires à l'association également ? N'avez-vous jamais fait don de vieux vêtements auparavant ?

— Eh bien, oui, quelquefois mais…

— Donc, il est possible que vous l'ayez également fait cette fois, non ? »

Je pense aux quelques affaires qui n'étaient ni dans mon placard ni dans mes tiroirs et que j'ai trouvées chez Sara. Manquait-il autre chose ? Je ne pense pas, même s'il pouvait évidemment rester d'autres vêtements dont je ne me souvenais pas.

« Je suis presque certaine que tout ce qui manquait chez moi était chez Sara.

— Presque certaine ?

— Oui. Et puis il y a le fait que l'entreprise pour laquelle il travaille fabrique le Zolafaxine. Comment être sûre qu'il ne l'a pas trafiqué pour que je fasse une mauvaise réaction ? »

Summers ouvre grand les yeux.

« Vous pensez que votre mari a tenté de vous empoisonner ? »

J'ai du mal à déglutir, car je sais bien de quoi tout ça a l'air. Summers va seulement se dire que c'est un nouveau scénario issu de mon esprit malade.

« Pas empoisonnée, non. »

Il a l'air soulagé.

« Je pense qu'il a essayé de me tuer. »

Summers étudie mon visage pendant un instant puis il se rassoit lentement sur sa chaise. Sa bouche s'entrouvre.

« Vous pensez qu'il a essayé de vous tuer ? répète-t-il en énonçant lentement chaque syllabe.

— C'est évident, vous ne trouvez pas ?

— Évident ?

— Oui ! dis-je, tandis que je lutte contre l'envie de me frapper la tête sur le bureau.

— Pourquoi ? »

Je compte jusqu'à six avant de parler. Je sais que l'on dit toujours de compter jusqu'à dix mais je ne pouvais plus attendre.

« À cause de tout ce que j'ai dit.

— Chloe, il y a des raisons parfaitement plausibles pour expliquer toutes les choses dont vous avez parlé. Pour…

— Le rasoir d'Occam, fais-je en marmonnant.

— Pardon ? »

Il me regarde comme si je venais de parler en japonais.

« Le rasoir d'Occam. C'est une théorie utilisée par la police et les médecins. Cela signifie que l'explication la plus simple est généralement la bonne. Mais elle *n'est pas* toujours la bonne, n'est-ce pas ? Je sais de quoi ça a l'air si vous prenez les éléments individuellement. Mais si vous rassemblez toutes les informations, tout désigne Liam. Si la lettre n'était pas une lettre de suicide et que je n'essayais pas de me tuer, alors pourquoi prendrais-je les somnifères contre l'avis des médecins ? Si Liam n'était pas vraiment en Écosse, il savait que mon téléphone était dans la poubelle, ce qui est la véritable raison pour laquelle il ne m'a pas appelée. S'il a menti à propos des vêtements que j'aurais donnés à l'association, c'est parce qu'il savait que je les avais déjà apportés ailleurs et que je l'avais quitté. Vous voyez ? Tout cela est parfaitement logique. »

Summers plisse les yeux tandis qu'il évalue chaque information.

« Les somnifères sont la clef. Si je les ai vraiment pris de mon plein gré, où sont-ils ? Votre théorie ainsi que celle des médecins, selon laquelle je les ai pris, soit pour m'aider à dormir, soit pour me tuer, ne tient pas, n'est-ce pas ? Je ne les ai trouvés ni à la maison ni chez Sara.

— Oui, mais cela ne veut pas dire…

— Attendez, je n'ai pas fini, fais-je en levant la main pour l'interrompre. Si vous deviez prendre des somnifères, où les mettriez-vous ? »

Il serre les lèvres pendant un instant et semble se plonger dans ses réflexions, à moins qu'il ne cherche plutôt une excuse pour se débarrasser de moi.

« Sans doute dans mon armoire à pharmacie ou près du lit.

— Exactement ! Mais ils ne sont nulle part. Donc, votre théorie ne tient plus la route. Si j'ai pris les somnifères pour m'aider à dormir, ou même pour me suicider, je les aurais apportés chez Sara en partant. »

Sur le moment, j'ai presque envie de dire « Nananère ! » en faisant un geste de la main triomphant et théâtral.

Summers reste le regard fixé sur moi.

« Dites-moi, avez-vous vérifié si Liam était réellement en Écosse au moment où il le prétend. Il m'a déjà menti sur le fait d'y être allé avant, vous savez…

— Lorsqu'il est allé au… »

Il prend mes notes et les relit avant de me regarder à nouveau.

« … au Royal Lodge Hotel ?

— Oui, il y est apparemment allé plusieurs fois. »

Il tapote le bureau avec le bout de ses doigts tout en m'observant.

« Vous voulez boire quelque chose ? Thé ou café ?

— Non, merci. Je veux juste découvrir ce que vous savez.

— Après vous avoir parlé à l'hôpital, nous avons fait une requête auprès de la police écossaise pour effectuer quelques recherches. Liam a pris l'avion de Stansted à Aberdeen le 6 mai, comme il l'a dit, et il s'est enregistré au Murray Inn. Nos homologues écossais ont confirmé que, lorsqu'il était à Aberdeen, il n'y avait eu qu'un maximum de huit heures pendant lesquelles il n'avait pas été tracé. Il a été vu soit par le personnel de l'hôtel, soit par celui de l'usine de Devon Pharmaceutical.

— Oui mais qu'en est-il de ces huit heures ? Est-ce qu'il aurait pu revenir par avion et me trouver ?

— Nous avons vérifié les listes des passagers sur tous les vols en provenance d'Écosse. Son nom n'apparaît sur aucune d'elles jusqu'au 10 mai, date à laquelle il est revenu à Stansted. Il n'aurait donc pas pu revenir entre-temps.

— Il a peut-être loué une voiture pour revenir ?

— Il faut environ huit heures et demie par la route, uniquement pour l'aller. Il ne disposait pas d'assez de temps pour aller et revenir.

— Mais n'aurait-il pas pu louer une voiture très rapide ?

— Vous avez déjà loué une voiture ?

— Non, je ne conduis pas.

— Bien sûr. Eh bien, lorsque vous louez une voiture, vous devez fournir des pièces administratives, comme votre permis de conduire et un justificatif de domicile. Ils ne peuvent pas prendre le risque de laisser partir quelqu'un qui ne rendrait pas le véhicule. Cela veut donc dire qu'ils effectuent plein de vérifications. Donc non, il n'aurait pas pu louer une voiture, que ce soit une Ferrari ou une Smart.

— D'accord, mais le train, ce serait plus rapide, non ?

— Nous avons aussi vérifié les horaires des trains. Le train le plus rapide au départ de Londres pour Aberdeen met sept heures et cinq minutes et il aurait dû partir de Londres pour venir ici et repartir après.

— Oui, mais… mais… est-ce que les témoins n'auraient pas pu mentir ? »

Summers émet un bruit qui ressemble à un mélange de toux et de grognement.

« Les neuf personnes ? Non, je crains qu'il ne soit simplement pas possible que Liam soit revenu ici, de quelque façon que ce soit. »

Ses mots me heurtent comme un vent glacé sur mon visage. Pas possible. Pas possible.

Je croyais que Liam me mentait. Qu'il essayait de me rendre folle. De me tuer. Mais alors, cela signifie qu'il ne pouvait pas savoir que je l'avais quitté et qu'il pensait vraiment que ce que j'avais écrit était une lettre de suicide lorsqu'il l'avait trouvée à son retour d'Écosse après l'appel de l'hôpital. *C'est pour cette raison* qu'il était tellement inquiet à mon sujet. Et s'il n'a pas menti à ce sujet-là, alors peut-être qu'il n'a pas menti à propos des autres non plus. J'ai peut-être vraiment donné quelques vêtements à l'association et je n'ai même pas remarqué qu'ils manquaient. Il ne m'a peut-être pas appelée d'Écosse simplement car il avait du travail. Ou bien nous avons eu une dispute à propos d'une assiette mais elle n'a en fait pas été cassée. J'étais tellement obnubilée par la culpabilité de Liam que j'ai peut-être ignoré l'évidence.

Là, tout de suite, j'ignore ce qui est pire : penser que mon mari a été impliqué dans mon enlèvement ou découvrir qu'il n'y est pour rien. Parce que maintenant, je n'ai aucune idée de qui a pu faire ça. Cela veut dire que quelqu'un est toujours là dehors, tapi dans l'ombre. Quelqu'un qui pourrait me kidnapper à nouveau et que je ne reconnaîtrais même pas.

Une sorte de gargouillis parvient à mes oreilles et je comprends qu'il vient de moi. Je veux pleurer. Libérer toute ma frustration, ma peur et mon effroi, mais si je commence, je crains de ne plus pouvoir m'arrêter.

Je dois rester calme. Je dois essayer encore. Je dois garder les idées claires !

« Écoutez, je vais vous apporter un café sucré, d'accord ? Vous semblez un peu fatiguée, dit Summers en se levant pour sortir du bureau. »

Je masse mon estomac en essayant d'étouffer cette sensation de nausée. *Ce n'était pas Liam. Ce n'était pas Liam. Ce n'était pas Liam.*

Alors qui cela pouvait-il être ?

Quelques minutes plus tard, il revient avec un café tiède venant d'un distributeur. Il le pose sur le bureau devant moi et nos regards se croisent. Cette fois, je pense y lire de la pitié. Je saisis la tasse et je la tiens contre ma poitrine pour me réconforter.

« Donc... donc, si ce n'est pas Liam qui l'a fait, qui est-ce ? »

Ma voix vacille.

« Chloe, dit-il calmement et patiemment. J'ai parlé avec les docteurs Traynor et Drew et ils pensent tous les deux qu'il s'agit d'une autre sorte de réaction que vous avez eue aux somnifères. Vous aviez des hallucinations et vous erriez dans les bois quelque part, avant de vous retrouver sur la route où vous avez été récupérée par l'automobiliste.

— Je le sais ! Mais ils ont tort ! Et puis le docteur Drew a dû vous dire que j'étais parfaitement saine d'esprit. »

Il reste silencieux un moment.

« Le docteur Drew m'a également expliqué ce qu'est le syndrome des faux souvenirs. Vous pourriez être...

— Ce ne sont pas des faux souvenirs. Quand j'ai discuté avec Jordan au téléphone, je lui ai bien dit que je quittais Liam. J'ai trouvé mes affaires chez Sara mais pas les somnifères. Ce sont bien des preuves de ce que j'avance, non ? »

Les larmes me montent aux yeux. Je les ferme et je presse mes doigts contre les paupières jusqu'à ce que je voie des taches blanches, en espérant faire refluer les larmes.

« Cela montre que vous êtes partie de chez vous, rien de plus. Nous avons dû examiner toutes les preuves disponibles au moment des faits, et ces preuves désignaient plus un problème médical qu'une histoire de crime. Comme vous ne pouviez pas nous fournir d'autres éléments pour poursuivre l'enquête, nous avons dû prendre la décision professionnelle qui s'imposait au regard des faits dont nous disposions.

— Mais c'est faux. Quelque chose s'est passé. Oui, je ne peux pas me souvenir ce que c'est, mais *ça s'est passé*. Je me suis réveillée sous terre, dans un lieu où quelqu'un m'avait laissée pour morte ! »

À présent, je hurle, incapable de me contrôler plus longtemps. J'ai tout fait pour rester calme, pour lutter contre l'hystérie qui s'enroulait comme un serpent dans mes intestins, mais c'est trop tard. Tous les sentiments refoulés se déchaînent.

« Si quelque chose m'arrive, vous l'aurez sur la conscience. Si je disparais à nouveau, ou que vous me retrouvez morte, cela vous suffira peut-être pour savoir que je disais la vérité ? »

Je le fusille du regard, les yeux exorbités.

« Et alors, ce sera trop tard ! »

Il recule alors comme si je l'avais giflé.

« OK, OK. Ne vous énervez pas.

— Comment ne pas m'énerver ? Vous n'avez pas compris ? Quelqu'un a essayé de me tuer ! »

Je suis tout à fait disposée à aller plus loin et à m'adresser à son supérieur hiérarchique si nécessaire, mais il semble enfin disposé à agir. Il respire lentement et m'observe, l'air concentré.

« D'après ce que vous m'avez dit aujourd'hui, il y a quelques questions qui restent en suspens, je le reconnais.

— Donc, vous me croyez maintenant lorsque je dis que j'ai été enlevée ?

— Je pense qu'il est étrange que vous ne trouviez pas les somnifères. »

Je remarque qu'il ne répond pas à ma question mais c'est un début.

« Exactement.

— D'un autre côté, il est indéniable que vous les avez pris, puisque des traces ont été trouvées dans votre organisme. Il reste donc possible que vous ayez eu une réaction allergique hallucinogène et *imaginé* que vous étiez retenue prisonnière. Ou peut-être que pendant cet état psychotique, vous avez pris les somnifères avec vous quelque part et que vous les avez perdus.

— Non, ce n'est pas possible.

— Pourquoi pas ? C'est déjà arrivé avant.

— Parce que si je ne les trouve pas chez Sara, c'est que quelqu'un a dû me les donner d'une manière ou d'une autre. La personne a dû les utiliser pour me mettre KO de façon à pouvoir me kidnapper et me retenir dans ce souterrain. Même si je les ai pris volontairement, comment ai-je fini à des kilomètres de là sur une route au milieu de nulle part ? Quelqu'un a forcément dû me voir si j'errais *en pleine hallucination !* »

Il ne semble pas convaincu.

« Pourtant, le fait est que vous ne vous souvenez pas de ce qui s'est passé après être allée chez Sara. Vous auriez pu vous rendre ailleurs. Peut-être chez un autre ami ? Vous auriez pu prendre les somnifères pour aller quelque part et c'est là que nous les trouverions. Nous ne faisons que tourner en rond ici, lance-t-il en jetant un coup d'œil à sa montre.

— Mais je n'avais nulle part ailleurs où aller. »

Il laisse échapper un soupir hésitant, comme s'il ménageait une femme folle pour pouvoir se débarrasser d'elle.

« Avez-vous trouvé quelque chose chez Sara qui puisse nous aider à découvrir ce que vous avez fait après ? »

Je secoue vigoureusement la tête.

« Pas vraiment. Je sais que j'ai appelé la banque, car c'est le dernier appel depuis sa ligne fixe. Je suis allée chez Waitrose à un moment donné et je suis revenue avec de la nourriture. J'ai dormi là-bas au moins une nuit car mes affaires étaient dans la chambre et les draps étaient froissés. »

Je prends une profonde inspiration et je la maintiens comme si j'essayais de formuler les choses dans ma tête.

« Le docteur Traynor a dit que mon niveau de déshydratation indiquait que j'étais restée sans boire pendant deux jours maximum.

— Y avait-il des signes de lutte ou d'effraction chez Sara ?

— Non, j'ai vérifié. Les portes et les fenêtres étaient toutes verrouillées et sécurisées et il n'y avait aucun signe de lutte.

— Bien, travaillons donc sur les jours qui manquent, propose-t-il en faisant glisser mes notes vers lui pour y jeter un œil.

— Vous avez été trouvée sur la route le 9 mai. Le 6, vous êtes allée chez Sara et vous y avez probablement passé la nuit, comme semble le prouver le lit défait. Donc, quoi qu'il se soit passé, c'est arrivé entre le 7 et le 9. Vous êtes d'accord ?

— Oui.

— Posons-nous une question alors, poursuit-il en tapant son doigt sur le bureau. Instinctivement, vous semblez déjà répéter ce que vous avez fait avant. Vous avez découvert la liaison de Liam et vous êtes allée chez Sara. Vous avez appelé la banque pour modifier votre adresse. Et après ? Où êtes-vous allée ? À qui avez-vous parlé ?

— Je n'ai pensé qu'à ça, mais rien ne m'aiguille dans un sens ou dans l'autre. C'est une impasse.

— Réfléchissez encore, dit-il calmement. Sara ne doit pas rentrer chez elle avant quelques mois. Vous auriez donc pu rester là-bas pendant un moment. Est-ce que c'est ce que vous auriez fait ou bien auriez-vous cherché un autre endroit ?

— Je… je ne sais pas. C'est-à-dire que Liam aurait probablement su où j'étais et je n'aurais pas voulu qu'il essaie de me trouver pour me faire changer d'avis. J'aurais probablement cherché un autre endroit pour vivre. Un endroit qu'il ne connaissait pas.

— Bon, c'est un début. Et comme vous étiez toujours en arrêt maladie, est-ce que vous seriez malgré tout revenue sur votre lieu de travail ? Theresa a dit qu'elle ne vous avait pas vue, mais seriez-vous allée parler à l'un de vos autres collègues ? »

Jordan est le seul que j'aurais voulu voir mais il n'en a pas parlé. En fait, il a dit qu'il voulait m'appeler mais qu'il s'en était empêché car je lui avais dit que c'était ce que je voulais.

« Je ne pense pas. »

Je me mords les lèvres et fixe le plafond, comme s'il avait toutes les réponses dont j'ai besoin.

« Puisque vous étiez déjà allée faire des courses, vous n'aviez besoin de rien dans l'immédiat.

— C'est exact.

— Et votre téléphone portable ? Vous avez dit que vous l'aviez cassé lorsque vous étiez partie. Seriez-vous allée en acheter un autre ?

— Peut-être. Cela reste une possibilité mais je n'ai pas vu de nouveau téléphone chez Sara.

— Vous avez trouvé des reçus ? Ou autre chose ?

— Je ne cherchais vraiment que les somnifères, et comme je me dépêchais pour venir vous parler, j'avoue que je ne sais pas. Mais c'est envisageable.

— Je pense que nous devrions retourner chez Sara et bien regarder, suggère-t-il en se levant juste au moment où son téléphone sonne.

— Inspecteur Summers, répond-il avant de rester silencieux pendant quelques minutes. En fait, je suis avec Chloe en ce moment, dit-il en me regardant. Je serai bientôt en route. Oui, je l'amènerai avec moi. Très bien, à tout de suite. »

Il raccroche.

« C'était Theresa. Elle dit qu'elle a découvert quelque chose et que je dois en être informé. Elle veut me le montrer et cela pourrait aider si vous étiez là aussi. »

Chapitre 24

Summers nous conduit jusqu'au lycée dans sa voiture de police et se gare à côté du camping-car Volkswagen de Jordan qu'il a lui-même réparé. Tandis que je sors de la voiture, je regarde dans les environs en espérant apercevoir Jordan, mais il n'est pas là. Je montre le chemin jusqu'au bureau de Theresa. Le visage rouge, Gillian reste silencieuse devant Summers. Telle était l'anxiété que je ressentais moi aussi face à la police, il y a seulement quelques jours. Maintenant, je pense simplement que Summers n'a pas la moindre idée de ce qu'il fait.

Un tas de paperasse entoure Theresa et ses lunettes de lecture sont perchées sur le bout de son nez lorsque nous entrons dans son bureau. Elle lève les yeux et se redresse pour tendre la main à Summers avant de me faire un hochement de tête embarrassé.

« Comment allez-vous ? » me demande-t-elle.

Les extrémités de ses lèvres pincées s'élèvent un peu pendant une fraction de seconde. C'est ce qui se rapproche le plus d'un sourire parmi tout ce que j'ai pu voir sur son visage pendant ces nombreuses années.

« Pas très bien, en fait. »

Elle évite mon regard et se tourne vers Summers.

« Merci d'être venu, poursuit-elle en nous désignant les deux sièges en face d'elle. Lorsque vous êtes venu me parler de Chloe qui était en arrêt maladie, vous n'êtes pas entré dans les détails à propos de ce qui lui était arrivé. »

Elle lui jette un regard sévère et je plains les pauvres étudiants envoyés dans son bureau pour être réprimandés. Summers bouge sur son siège et il a la bonne grâce d'avoir l'air penaud.

« Nous n'étions pas très certains de ce à quoi nous avions à faire au départ, mais certains éléments sont apparus au grand jour.

— Oui, confirme-t-elle en me regardant brièvement avant de se retourner vers lui. Quand j'ai parlé à Chloe hier, elle m'a livré une version plutôt choquante des événements. »

Je ne précise pas qu'elle ne m'a pas crue ni qu'elle m'a pratiquement ordonné de démissionner.

« Ce matin, au cours de la traditionnelle réunion du personnel, où la remplaçante de Chloe est venue, je l'ai informée de ce que Chloe m'avait dit. Elle est devenue blanche comme un linge et m'a immédiatement alertée à ce propos. »

Elle prend alors quelques feuilles de papier agrafées ensemble sur son bureau et les tend à Summers.

« Vous devriez lire ça. »

Je meurs d'envie de lire par-dessus l'épaule de Summers ou, mieux encore, de lui arracher les feuilles des mains. De quoi s'agit-il, et en quoi cela me concerne-t-il ? Je jette un regard interrogateur vers Theresa mais son attention se reporte immédiatement sur Summers qui est en train de lire. Je me tortille sur mon siège.

Lorsqu'il a terminé, son air est grave ; il me tend les feuilles.

C'est un travail d'écriture créative que j'ai donné à mes étudiants juste avant de partir en arrêt maladie après la fausse couche. Je leur ai donné le titre « Ténèbres » en leur demandant d'écrire une histoire courte sur ce thème. Le nom de l'étudiant qui a écrit l'histoire est inscrit au-dessus de la page : Chris Barnes. Les premiers paragraphes décrivent un homme qui traque secrètement une femme. Il l'observe dans sa maison, la suit lorsqu'elle sort, remarque des choses à son sujet dont elle n'a probablement pas conscience elle-même, comme la façon dont elle tripote ses boucles d'oreilles, les tournant et les retournant distraitement. Cet homme a poursuivi d'autres femmes avant, cherchant celle, idéale, qui l'aimera en retour, pense-t-il.

Il attend le bon moment. Elle est seule chez elle. Son mari est parti travailler. Ce harceleur est un expert pour crocheter les serrures et il entre dans la maison par la porte de la cuisine. Elle dort dans son lit et elle n'entend rien. Il la frappe sur la tête avec un petit gourdin qu'il a apporté. Elle perd connaissance, il lui attache les mains et les pieds avec de la corde, puis la bâillonne avant de la pousser sans ménagement dans sa voiture garée dans l'allée, et dont les plaques d'immatriculation ont déjà été échangées contre des fausses. Ce sont les premières heures du matin et la rue est tranquille. Tout le monde dort. Personne ne voit rien. Il l'emmène dans sa maison au milieu de nulle part et la laisse dans le sous-sol.

Il commence à boire du whisky et plus il boit, plus tout devient confus, et il finit par sombrer dans un sommeil d'ivrogne. Lorsqu'il se réveille, elle est partie. Elle est parvenue à s'échapper, Dieu seul sait comment. Ou bien était-ce juste l'imagination d'un homme ivre ?

En lisant le dernier mot sur la page, les murs se rétrécissent et se referment sur moi. Je tombe de la chaise et le sol se précipite à ma rencontre.

Chapitre 25

« Chloe ? Chloe, ça va ? me demande quelqu'un qui me tapote la main. Vous m'entendez ? »

J'ouvre les paupières. Je suis allongée sur le sol, Theresa est agenouillée à côté de moi. Elle me tient la main.

« Vous vous êtes évanouie d'un coup. Tout va bien ? »

Je lève le bras et touche l'arrière de ma tête. C'est douloureux.

« Vous vous êtes cogné la tête lorsque vous êtes tombée de la chaise. »

J'essaie de m'asseoir mais elle m'oblige à me rallonger en posant sa main contre mon dos.

« Non, restez là. Ne bougez pas encore. Je veux que l'infirmière vous examine d'abord. »

À mon avis, elle est sans doute uniquement inquiète d'être poursuivie en justice pour un accident du travail.

« Je vais bien, vraiment, dis-je en clignant des yeux à plusieurs reprises pour m'éclaircir la vue.

— Je veux être certaine que vous n'avez pas de commotion cérébrale. Vous avez froid ? Vous voulez une couverture ?

— Sincèrement, je vais bien. Je me sens beaucoup mieux maintenant. »

Elaine Waters, l'infirmière, débarque dans le bureau. Elle est au début de la cinquantaine, et son regard est doux.

« Oh mon Dieu ! fait-elle en s'agenouillant à côté de moi. Comment vous sentez-vous ? »

J'en ai assez des gens qui me posent cette question ces derniers jours. Je veux leur crier à tous de se taire mais ce serait ingrat et méchant.

« Je vais bien. Il n'est vraiment pas nécessaire d'en faire toute une histoire. Je me suis simplement évanouie, c'est tout.

— Je pense qu'elle s'est cogné la tête, explique Theresa à Elaine.

— Mais je vais *bien*, dis-je en essayant de me rasseoir.

— Vous ne vous sentez pas étourdie ou malade ? »

Elaine m'aide à me relever car elle ajoute que je ne dois pas rester allongée ainsi.

« Non. Je sais à quoi ressemble une commotion cérébrale mais je vais bien. Sincèrement. »

Je tente de sourire. Elaine glisse une main sous mon bras droit pendant que Theresa fait la même chose sur mon côté gauche pour m'aider à me relever et à m'asseoir sur la chaise.

« Vous avez mangé aujourd'hui ? m'interroge Elaine d'un air inquiet.

— Oui. J'ai mangé un grand bol de pâtes.

— Vous semblez dépérir, Chloe, poursuit Elaine en posant sa main sur mon bras. Ce doit être un moment incroyablement stressant pour vous. »

Theresa lance le même regard sévère à Elaine qu'à Summers quelques instants plus tôt, ce qui m'incite à penser qu'il n'est pas là.

« Où est Summers ? »

Je n'ai pas le temps de bavarder. Je dois savoir ce qui se passe.

« Il est allé parler à Chris. »

J'ai envie de frotter l'arrière de ma tête, d'apaiser la douleur lancinante, mais je ne veux pas risquer qu'ils me gardent ici plus longtemps. Je m'efforce de me lever en prenant appui sur le coin du bureau de Theresa.

« Je dois découvrir ce qui se passe. Je veux parler de ce devoir... poursuis-je dans un frisson. Cela ressemble tellement à ce qui m'est arrivé. »

Elaine me guide à nouveau doucement vers la chaise.

« Chloe, c'est le travail de la police. Laissez-moi vous apporter un thé sucré avec un biscuit. »

Je sais qu'elle essaie simplement d'être gentille et serviable, mais cela ne m'aide pas du tout. C'est de ma vie dont nous parlons. Je ne peux pas me contenter de rester assise sans réagir et d'attendre. Un thé sucré et un fichu biscuit ne vont servir à rien.

« Si vous commencez à vous sentir mal, promettez-moi de m'appeler. »

Elaine sourit avant de sortir du bureau. Theresa et moi restons assises en silence. Lorsqu'elle croise mon regard, elle détourne les yeux. Je pense qu'elle ne me croit toujours pas. Elle se couvre juste en impliquant Summers maintenant.

Lorsque Elaine revient, elle dépose devant moi, sur le bureau de Theresa, une tasse dans une soucoupe avec une assiette de biscuits au chocolat. Puis elle disparaît à nouveau. Je prends la soucoupe mais ma main tremble, et le thé se renverse en laissant une traînée brune de liquide autour de la tasse.

Theresa sort quelques mouchoirs en papier d'une boîte posée sur son bureau et me les donne.

« Tenez, prenez-les. »

Je repose la soucoupe sur son bureau, plie les mouchoirs et les dépose sous la tasse, sans oublier de la remercier. Et puis je fonds en larmes. Les sanglots font trembler mon corps tout entier tandis que je resserre mes bras sur moi-même et que je me balance d'avant en arrière. C'est réconfortant et apaisant.

« Je ne sais pas quoi dire. »

Une tache rouge apparaît au niveau du cou de Theresa, puis gagne ses joues.

Je ne sais pas non plus. Oui, Chris est un grand gaillard. Il joue au rugby, il est bien bâti et fort. Mais il n'a que dix-sept ans ! Il ne m'a jamais laissé penser qu'il pourrait me faire du mal. En fait, il a toujours été poli et amical en cours et consciencieux dans son travail. Serviable, même. Toujours le premier pour se porter volontaire lorsque je demandais l'aide de quelqu'un. Je soupçonnais une sorte de béguin de lycéen mais de là à me kidnapper ? Il n'en serait jamais capable, cela ne fait aucun doute.

Donc, non, je ne sais pas quoi dire. Je ne peux que pleurer. Il s'est passé tellement de choses dans le laps de temps où j'ai perdu la mémoire que je ne sais même plus quoi penser. Je suis vidée. Épuisée. Je veux dormir pendant cent ans. Ou bien dormir et ne jamais me réveiller. Ce serait probablement mieux. Je n'aurais pas à gérer tout ça. Je n'aurais pas besoin de penser du tout.

Summers revient un peu plus tard. Avant même qu'il puisse dire quoi que ce soit, je demande :

« Que s'est-il passé ? Est-ce qu'il a avoué m'avoir enlevée ? Vous pensez que c'est lui ? Vous l'avez arrêté ? »

Il observe mes yeux bouffis et mon visage baigné de larmes.

« Chris a été très choqué et visiblement bouleversé lorsque je lui ai dit que son histoire était incroyablement identique aux détails que vous nous aviez donnés. Il a dit que vous étiez l'un de ses professeurs préférés et qu'il était vraiment désolé que quelque chose d'aussi terrible vous soit arrivé.

— Oui, mais c'est ce qu'il dit ! Si c'était lui, il nierait ! Et cela ne peut pas être simplement une coïncidence, si ? »

Summers prend une inspiration.

« Il dit qu'il a un alibi au moment où vous étiez… enfin, au moment où vous avez disparu. »

Je remarque qu'il n'admet toujours pas mon enlèvement. Il n'est toujours pas convaincu que je n'ai pas simplement vagabondé dans un sale état dû aux médicaments. Mais je suis trop agitée pour en faire toute une histoire maintenant.

« Quel alibi ?

— Chris a dit qu'il faisait du camping avec son père. Ses parents ont la garde alternée et puisque Chris n'était pas au lycée ce lundi, lui et son père ont décidé de partir pour un long week-end. Ils étaient apparemment en randonnée dans le Peak District.

— Vous le croyez ?

— Pour l'instant, oui, répond-il après une légère hésitation. Flynn le conduit au poste de police où nous attendrons l'arrivée de son père pour qu'il confirme ou démente. Pendant ce temps-là, vous êtes prête pour retourner chez Sara et jeter un œil ? »

Je me lève trop vite et la pièce tourne. Je cligne des yeux pendant quelques secondes.

« Oui, je ne peux pas rester simplement assise ici et ne rien faire. »

Tandis que nous nous dirigeons vers sa voiture, mon crâne picote comme si la peur le mettait en feu. Est-ce une autre impasse ou bien Chris est-il un menteur ?

Chapitre 26

Summers ouvre la porte d'entrée de chez Sara avec sa clef et enjambe le courrier. Une étrange impression de déjà-vu me frappe à nouveau mais je sais que c'est parce que cela m'est également arrivé aujourd'hui.

« Que cherchons-nous exactement ? dis-je en le suivant dans le salon. »

Il regarde autour de lui.

« Je ne sais pas. Une preuve quelconque que vous avez été là avant, un indice sur ce que vous avez fait ou sur l'endroit où vous auriez pu aller. Vous n'avez pas eu le temps de répondre à ma question lorsque nous sommes allés au poste.

— Quelle question ?

— L'hypothèse. Ici, maintenant, que feriez-vous de manière instinctive ? »

Je secoue la tête.

« Je ne sais pas.

— Réfléchissez. C'est la seule piste que nous devons suivre pour l'instant.

— Mon sac était dans la cuisine.

— Bon, commençons par là, alors. »

Je montre le chemin. Summers ouvre le réfrigérateur et jette un coup d'œil à l'intérieur.

« Ce sont les articles que vous avez achetés ?

— Oui, sûrement. Ils sont assez frais.

— Où est le ticket de caisse correspondant ? »

Il parcourt la cuisine du regard. Il ouvre les placards du bas jusqu'à ce qu'il trouve, sous celui qui est près de l'évier, une poubelle en plastique avec un couvercle pivotant. Il sort des gants en latex de sa poche et ôte le couvercle de la poubelle. Il le pose sur le sol en lino en fronçant le nez. Il enlève une boîte de pizza vide portant le nom de la marque Waitrose. Puis il fait de même avec la base en plastique sur laquelle devait être posée la pizza, avant d'extirper un emballage contenant des restes de fromage et de sauce tomate coagulée.

Je précise de manière automatique :

« Pizza à la viande.

— Vous en avez mangé ? »

Je hausse les épaules.

« J'ai dû en manger si c'est ici. Je ne suis jamais allée manger une pizza avec Liam, il déteste ça. J'essayais peut-être de me faire plaisir. »

Sa main disparaît à nouveau dans la poubelle et il récupère un morceau de papier froissé en boule. Il le déplie :

« Reçu de Waitrose. Payé en espèces.

— Logique.

— C'est tout. Rien d'autre à part deux sacs de Waitrose. »

Il remet les cartons dans la poubelle, retire ses gants, les retourne avec un bruit sec et les jette. Puis il remet le couvercle en place et se lave les mains. Il est en train de les essuyer avec un torchon lorsqu'il dit :

« La nourriture a été achetée le 6, donc tout indique que quelque chose vous est arrivé le lendemain. Je ferai venir une équipe pour interroger les voisins de Sara. Leur demander s'ils vous ont vue ou s'ils ont remarqué quelqu'un de suspect en train de traîner dans les parages.

— OK. »

Je hausse légèrement les épaules. Au moins, il *fait* quelque chose maintenant. Au moins, il me croit. Enfin, plus ou moins.

Nous cherchons dans les autres recoins du rez-de-chaussée, mais sans trouver de nouveaux indices. Nous sommes sur le point de monter à l'étage lorsque je repère à nouveau le courrier.

« Il y a peut-être quelque chose qui m'est adressé, là-dedans. Si j'ai parlé de l'adresse de Sara à la banque, je l'ai peut-être dit à quelqu'un d'autre aussi. »

Je le ramasse et je fouille mais ce sont seulement des factures ou du courrier publicitaire à destination de Sara. Je pose le tout en bas sur l'escalier, et nous nous dirigeons vers la salle de bains. Sur l'un des côtés de la baignoire, il y a les flacons de shampooing, le gel revitalisant et celui pour la douche. Comme ils ne sont pas de la marque que j'utilise, je peux quasiment affirmer qu'ils sont à Sara.

Summers ouvre le meuble en bois blanchi à la chaux surmonté d'une glace, au-dessus du lavabo. Il prend ce qui s'y trouve et examine les articles que j'ai déjà vérifiés tandis que je reste debout près de lui en tapant du pied. Il jette un dernier regard à la pièce mais il n'y a aucun autre endroit où pourraient se trouver les somnifères.

« C'est la chambre de Sara. »

J'ouvre la porte et nous entrons. Il y a deux tiroirs en bois blanc de chaque côté du lit. Summers les fouille et je me sens désolée pour Sara. C'est déjà assez dur de voir ma vie examinée au microscope, mais la pauvre Sara n'est qu'une victime innocente dans tout cela. Il sort les articles qui se trouvent à l'intérieur et les dépose sur le lit. De l'huile essentielle à la lavande, un stylo, des vieux bouchons pour les oreilles dans une boîte en plastique transparente, un guide Lonely Planet sur l'Australie. Je grince des dents lorsqu'il trouve des menottes en fourrure, un vibromasseur brillant argenté et un tube de lubrifiant bien entamé. À part quelques morceaux de papier froissés avec des numéros de téléphone et des noms inscrits dessus, il n'y a rien d'autre, et il porte alors son attention sur le tiroir du dessous. Quelques culottes et des chaussettes, un porte-jarretelles et des bas.

De l'autre côté du lit, les tiroirs ne révèlent rien d'utile non plus. Pas de somnifères, pas de croix qui nous indiquerait ce que l'on cherche, pas de mot « INDICE » écrit en grosses lettres bien visibles.

Il y a un panier à linge en plastique dans le coin de la chambre. Summers en soulève le couvercle mais il n'y trouve qu'une chaussette noire toute seule. Je me demande brièvement où se trouve l'autre chaussette, mais qui s'en soucie? Ce n'est pas important. Il ouvre les portes de l'armoire de Sara, fait coulisser d'un bout à l'autre les cintres de vêtements épars le long de la tringle. Au fond de l'armoire, il y a quelques boîtes à chaussures également vides. Il ressort de la chambre et je le suis dans la chambre d'amis.

« Vous voyez, dis-je en désignant les draps froissés. J'ai dû dormir là. »

Je fais un geste du bras vers mes vêtements.

« Ils sont à moi aussi. »

Il hoche la tête, son regard scrute la pièce. À part le lit et la petite table posée à côté, il n'y a que le fauteuil de metteur en scène dans le coin. Pas de tiroirs ou d'armoire pour ranger quoi que ce soit. Sur le dessus de la table, il y a des piles de livres de voyage : *Comment tout laisser tomber et voyager autour du monde, A comme Afrique, de Zanzibar à Tombouctou, Le guide du Machu Picchu, Lonely Planet Turquie, Aventures sur la côte est de l'Australie, Trekking dans l'Himalaya.*

Summers prend les livres et les feuillette.

« Ils sont à Sara ou bien ce sont les vôtres?

— Eh bien… je suppose qu'ils sont à Sara.

— Vous n'avez jamais pensé à voyager avant?

— Seulement pour les vacances. »

Je prends le livre sur l'Australie et le feuillette en me demandant pourquoi les pages me semblent si familières. Je le repose et fais un geste de la main pour désigner la pièce.

« Aucune trace de somnifères nulle part, comme je le disais. »

Il se dirige de l'autre côté de la pièce pour considérer le mince espace qui existe entre le lit et le mur. Il se penche et lorsqu'il se relève, il tient un journal laissé ouvert à la page des petites annonces.

« C'est le journal local, dit-il. Daté du 5 mai. »

Je regarde par-dessus son épaule tandis que je parcours la page. Parmi plusieurs annonces pour des leçons de conduite, des bûches à vendre, des chatons, des chiots et des hamsters, et des services de repassage avec ramassage et livraison gratuits, quelques appartements à louer sont entourés au stylo rouge.

« Donc vous cherchiez probablement quelque chose à louer. »

Dubitative, je hausse les épaules.

« Je suppose que j'ai dû le faire pour éviter d'avoir à m'occuper de Liam tambourinant à la porte et essayant de me convaincre de revenir. J'espérais sans doute l'éviter pour toujours. Ou en tout cas, jusqu'à ce que je me sente plus forte.

— Pensez-vous que c'est ce qu'il fera ? Taper à la porte ? Causer des problèmes ? »

Je me mords la lèvre et je hoche la tête. Une lueur d'inquiétude apparaît dans son regard. Cela lui donne l'air presque sympathique pour changer.

« Est-ce qu'il vous a déjà frappée ?

— Non. Mais… »

Je ne termine pas ma phrase, et j'évite son regard parce que je me sens faible et pathétique. Peut-être que Liam avait raison, après tout. Je suis bête. Bête d'être restée si longtemps.

« Mais quoi ?

— Les mots et les gestes peuvent blesser plus profondément que n'importe quel coup de poing. Les cicatrices ne sont pas toujours à l'extérieur, n'est-ce pas ? »

Il m'observe pendant un moment.

« Pas toujours, non. »

Je ne peux pas encore en parler. Je ne suis pas prête pour ça. Mais lorsque je trouverai qui m'a enlevée, *alors* je pourrai m'effondrer et pleurer sur ce qui aurait dû être mais ne l'a jamais été. Pour la femme qui s'est perdue. Pour ce qu'elle s'imaginait être le grand amour mais qui n'était qu'une relation toxique.

Mais pas maintenant. Maintenant, j'ai besoin de trouver qui m'a enlevée.

« Cela n'a pas d'importance désormais, dis-je avec dédain. Je l'ai quitté. Deux fois. Je vais continuer à mener ma vie du mieux possible. Si cette personne inconnue ne me tue pas d'abord, évidemment. Je le regarde avec gravité.

— Avez-vous un autre endroit où aller ? Je ne pense pas que ce soit sûr pour vous de rester ici pendant que nous avançons dans l'enquête. Même si Liam n'essaie pas de vous voir, nous ne savons toujours pas ce qui s'est passé ici et si vous êtes partie de votre plein gré. Les somnifères, ou plutôt leur absence, me dérangent.

— Je pourrais aller chez Jordan, dis-je immédiatement. Il est la seule personne que je connaisse suffisamment bien, et il n'y a personne d'autre vers qui je puisse me tourner.

— Qui est Jordan ?

— Un… un collègue. »

Une bouffée de chaleur envahit mes joues.

« Appelez-le et voyez si cela est possible. »

Je vais là où j'ai laissé mon téléphone portable, je trouve son numéro dans la liste de mes derniers appels passés et j'appuie sur la touche « Rappel ».

« Chloe ! Je viens juste de sortir de cours et j'ai appris que Chris avait été interrogé. J'allais t'appeler. Que se passe-t-il ? Tu vas bien ? »

Il est à bout de souffle, comme s'il marchait vite. J'entends une cacophonie de voix d'adolescents qui rient et crient en fond sonore.

« Oui, je vais bien. Je suis avec la police, dis-je, tandis que je jette un coup d'œil à Summers.

— Bon. Du moment que tu es en sécurité. Mais Chris ? Est-ce qu'ils pensent vraiment qu'il est impliqué là-dedans ? Il est dans ma classe. Je n'aurais jamais...

— Ils pensent qu'il a un alibi, fais-je en l'interrompant. Écoute, Jordan. Tu te souviens de m'avoir demandé de t'appeler si tu pouvais aider ? Eh bien, j'ai besoin d'une faveur.

— Bien sûr. De quoi as-tu besoin ?

— Est-ce que je peux rester chez toi ? Juste pour quelques jours, jusqu'à ce que la situation s'arrange.

— Bien entendu, répond-il sans hésiter. Tu peux rester aussi longtemps que tu veux. J'ai une chambre d'amis.

— Merci.

— Est-ce que tu veux que je vienne te chercher quelque part ?

— Non, c'est bon. Je peux marcher. Ou me faire conduire par l'inspecteur Summers.

— D'accord, très bien, j'ai terminé ma journée, je serai donc chez moi dans environ vingt minutes. Je peux te retrouver à la maison.

— Ce serait bien. On se voit là-bas alors. »

Je raccroche. Je ne demande pas son adresse puisque je la connais déjà. Il avait organisé une fête pour son emménagement à l'époque où j'ai commencé à travailler au lycée. Cela me semble tellement loin maintenant.

« 95, Curzon Street, dis-je à Summers. C'est là que je serai. Et, s'il vous plaît, ne le dites pas à Liam.

— Ce sera totalement confidentiel. »

Il note l'adresse sur son bloc-notes et attend que j'aie rassemblé mes quelques affaires avant de me conduire dehors.

« Vous avez confiance en ce Jordan ? »

Confiance. Neuf petites lettres qui peuvent avoir un tel effet sur votre vie. Je veux dire à Summers que je ne *lui* fais pas confiance. Il ne m'a pas crue au début. Il m'a mise de côté, abandonnée à mon sort, même s'il fait amende honorable aujourd'hui. J'ignore s'il ne le fera pas à nouveau. J'ai aussi fait confiance à Liam et voyez où cela m'a menée.

Est-ce que j'ai confiance en Jordan ? Mon cœur, oui, mais ma tête ne sait pas quoi penser.

« Je dois faire confiance à quelqu'un, non ? Au moins, si je disparais à nouveau, vous saurez où se trouve le dernier endroit où je suis allée. »

Chapitre 27

Lorsque Jordan ouvre la porte, il a ce froncement de sourcils inquiet sur le visage. Nous restons debout là, nous dévisageant l'un l'autre, et c'est comme si une conversation silencieuse s'établissait entre nous. Il lève les bras, ce qui m'incite à penser qu'il est sur le point de m'attirer vers lui. Je le veux. Je veux me sentir protégée et prise en charge pour une fois. Je sais que je me sentirais en sécurité s'il me tenait dans ses bras. Mais la magie du moment disparaît lorsqu'il remarque Summers assis dans sa voiture garée au bord du trottoir.

Je me retourne et fais un petit signe de la main à Summers qui repart. Jordan se recule pour me laisser entrer et je ne peux pas m'empêcher de jeter un coup d'œil autour de moi. On dit que vous pouvez deviner beaucoup de choses sur une personne en voyant l'endroit où elle habite. La maison de Jordan est petite avec deux chambres, un plancher poncé d'origine, des poutres en bois et des frises en plâtre irrégulières. Comme la porte est ouverte, je lorgne vers le salon. J'y remarque un poêle à bois à l'ancienne et un canapé affaissé à l'aspect confortable. Des photos panoramiques et des plaids ajoutent des touches de couleurs vives.

Il me conduit jusqu'à la cuisine ensoleillée, peinte dans un jaune qui me fait penser à celui des jonquilles, à l'arrière de la maison. Les installations ont l'air d'avoir été faites à la main avec les placards de style rustique et les poignées en fonte cabossées. Il y a une cuisinière sur le mur du fond où se trouvait autrefois une grande cheminée en brique. C'est petit mais chaleureux et confortable, comme chez Sara, et cela lui correspond tout à fait.

« Assieds-toi. »

Jordan désigne une pauvre table de cuisine en bois au centre de la pièce. On dirait qu'elle a été beaucoup utilisée. Des traces d'assiettes et de verres sont gravées sur la surface, on y voit des rayures et des éraflures qui racontent une histoire et ne font qu'ajouter à son charme. Liam détesterait cela.

« Tu veux un thé ou un café? demande-t-il en appuyant sa hanche contre le plan de travail.

— En fait, est-ce que tu n'aurais pas quelque chose de plus fort ? »

Je m'assieds sur ce qui ressemble à un bout de vieux banc d'église en bois et je pose ma petite valise contenant tout ce que je possède par terre, ainsi que mon sac à main.

« J'en ai vraiment besoin. »

Il lève les sourcils avec désinvolture.

« Bien sûr. J'ai de la bière ou du vin ou… »

Il se penche et farfouille dans un placard. Son T-shirt moule son large dos et ses épaules, et je me demande à nouveau quelle sensation j'éprouverais si ses bras étaient serrés autour de moi.

« Vodka ? »

Il montre une bouteille et me surprend en train de le regarder. La chaleur inonde mes joues. Il sourit et mon ventre s'emballe. Puis il ajoute :

« J'ai peut-être aussi du rhum quelque part. »

Pour la première fois depuis ce qui me semble des années, je souris aussi.

« De la bière, ce sera parfait. »

Il repose la vodka et se relève.

« Bière, donc. »

Il prend deux bouteilles dans le réfrigérateur, ôte les capsules et les jette dans la poubelle avant de m'en tendre une. J'avale une gorgée. Je n'aurais jamais pensé qu'une bière puisse être aussi bonne. Ou c'est peut-être sa compagnie.

« Nous pouvons aller au salon si tu veux.

— Non, ici c'est très bien. À moins que tu ne préfères le salon ?

— Non, ça me va aussi. »

Il prend une gorgée de bière, tout en me regardant. Aujourd'hui, ses yeux ont plus une couleur chaude brun miel et je me demande pourquoi je remarque ce détail malgré tous les événements qui se sont produits. Je ne me sens pas mal à l'aise sous son regard comme c'est le cas avec Liam. Je ne suis pas en état d'alerte permanent. Maintenant, je me sens simplement… en sécurité.

Nous restons assis en silence pendant un moment. Je regarde dehors par la fenêtre de la cuisine vers le petit jardin de la cour. Il est entouré par un haut mur blanchi à la chaux avec des fleurs sauvages sur les bords et un patio totalement privé.

« Tu as une jolie maison. Tu as fait beaucoup de travaux depuis ta soirée.

— Merci. Lorsque j'ai emménagé, c'était dans un sale état. Je l'ai rénovée moi-même. »

Je ne suis pas surprise. Jordan semble être le genre de personne à mettre la main à la pâte.

« Est-ce que la police a trouvé quelque chose à propos de Chris ?

— J'attends encore des nouvelles. Chris a dit qu'il était parti avec son père lorsque j'ai été enlevée. »

Son visage se crispe.

« Eh bien, je n'en croyais pas mes oreilles quand j'ai entendu ce qui s'était passé. S'il a bien un alibi, c'est une sacrée coïncidence, non ? Son histoire ne correspondait-elle pas exactement à ce qui t'est arrivé ? »

Je pense à toutes les coïncidences qui m'ont fait penser que Liam était impliqué alors que c'est impossible.

« Les coïncidences semblent me suivre partout mais c'en est peut-être simplement une de plus. »

Je prends l'étiquette sur la bouteille puis je réalise ce que je suis en train de faire et je m'arrête brusquement. Je ne veux pas semer la pagaille.

« Désolée, dis-je en lissant l'étiquette pour qu'aucun morceau ne tombe sur la table.

— Pas de souci. Fais comme chez toi pendant que tu es ici. Si tu veux retirer les étiquettes des bouteilles de bière, vas-y, lance-t-il en souriant. Cela pourrait être un bon moyen de soulager le stress. »

Je ris comme je ne l'avais pas fait depuis longtemps.

« Summers va m'appeler lorsqu'ils auront parlé au père de Chris. Et ils vont faire des enquêtes de voisinage autour de la maison de Sara. »

Je lui raconte tout ce que j'ai découvert depuis notre dernière rencontre.

« Donc, tu sais maintenant avec certitude que tu *as* effectivement quitté Liam ?

— Oui. Mais Liam l'ignorait. Il était toujours en Écosse lorsque j'ai été enlevée, et il a vraiment dû penser que j'avais essayé de me tuer à cause de la lettre qu'il a trouvée en rentrant et des somnifères qui ont été trouvés dans mes analyses.

— Que penses-tu qu'il va faire lorsqu'il va découvrir que tu es partie maintenant ?

— Heureusement, il ne sait pas que j'ai un nouveau téléphone ou il n'arrêterait pas de m'appeler. Il commencerait par être gentil, attentionné et désolé, il me dirait combien il m'aime, puis il aurait vite l'alcool mauvais et tout finirait par être de ma faute. Il crierait, jurerait en me traitant de tous les noms de la Terre, en demandant comment j'avais pu oser le quitter. Comment l'humble et docile Chloe avait pu penser qu'elle s'en sortirait toute seule. »

Je prends une autre gorgée de bière avant de poursuivre :

« Je ne peux pas m'occuper de lui pour l'instant. Je veux juste être seule pour comprendre ce qui s'est passé avant que ce kidnappeur ne revienne. »

Jordan acquiesce mais je remarque un soupçon de tristesse dans ses yeux, sans savoir s'il est triste pour moi, pour lui ou pour le mauvais timing.

« La police n'a pas été très efficace, mais au moins, Summers est d'accord désormais pour dire que quelque chose d'étrange m'est arrivé. »

J'essaie de changer de sujet pour que la conversation ne devienne pas plus personnelle. Ce serait beaucoup trop tôt.

« Il pense que c'est bizarre que les somnifères n'aient pas été trouvés.

— Moi aussi. Ce qui veut donc dire que quelqu'un te les a donnés, non ? On a dû les utiliser pour t'assommer et pouvoir t'enlever.

— Summers a dit que j'aurais pu trouver un autre endroit pour m'installer et que c'est peut-être là que je les aurais pris. Dans la chambre d'ami de Sara, nous avons trouvé le journal local de la semaine dernière, dans lequel j'avais entouré quelques appartements à louer. Tu en as un exemplaire ? Parce que Summers l'a pris, et je voudrais y jeter un coup d'œil pour voir si ça me rappelle quelque chose. Je dois réussir à lui prouver que je n'ai pas pris ces somnifères. Alors, je pourrai rejeter sa théorie selon laquelle j'ai imaginé toute cette histoire d'enlèvement et il devra admettre que quelque chose de plus sinistre s'est produit.

— Je ne pense pas l'avoir jeté. Attends. »

Tandis qu'il sort de la cuisine, je l'observe. Il est détendu, tranquille, toujours calme, même en état de crise.

« Je l'ai ! »

Il revient quelques minutes plus tard et se rassoit. Je l'étale sur la table et je le feuillette jusqu'à la page des petites annonces.

« Si tu avais trouvé un autre endroit pour t'installer, tu n'aurais pas pris tes affaires qui étaient chez Sara ?

— Si et c'est pour cette raison que je suis certaine que je ne suis pas partie de chez elle. Tu as un crayon ? »

Il pivote sur sa chaise pour atteindre le tiroir derrière lui ; il l'ouvre et attrape un stylo-bille.

« Un stylo pour madame. »

Il le présente comme s'il me montrait une bouteille de vin de grande valeur. Je ris encore. Ouah ! c'est la seconde fois en cinq minutes. J'espère de tout mon cœur que c'était une bonne idée de venir ici. J'ai fait suffisamment d'erreurs dans ma vie. Je ne veux pas avoir de nouveaux regrets.

Si je vis.

Mais Jordan est mon seul ami maintenant, je n'ai donc pas d'alternative. J'entoure d'un cercle rouge les annonces que j'avais notées et je retourne la feuille pour la lui montrer.

« Apparemment, j'avais marqué ces trois-là.

— Tu veux les appeler ? Vérifier si tu y es allée pour voir ?

— Summers a dit qu'il allait le faire mais je me sens tellement impuissante ; j'en ai assez que quelqu'un fasse les choses à ma place. J'ai besoin de prendre le contrôle de ma vie, pour changer.

— Je vais chercher le téléphone. Ça ne fera pas de mal de les appeler, dit-il en disparaissant à nouveau de la cuisine. »

Un claquement fort survient de la porte de la cuisine, et cela me fait tellement sursauter que je me mords la langue. Je tourne vite la tête dans cette direction et je vois qu'il ne s'agit que d'un petit chat noir qui est passé par la chatière. Il s'assied au milieu de la cuisine, levant la tête vers moi comme s'il se demandait si j'étais une amie ou une ennemie. Optant pour la première idée, il se love finalement entre mes jambes.

« Tu as rencontré John, alors. C'est mon autre colocataire, précise Jordan en se rasseyant.

— John ? »

Je pars d'un petit rire, et me penche pour prendre John et le poser sur mes genoux. Il me gratifie d'un gros ronronnement tandis qu'il glisse sa tête contre ma main.

« Comment peux-tu appeler un chat "John" ?

— Je ne sais pas, répond-il tout sourire. Il ressemble à un John, tu ne trouves pas ? »

Je lève un sourcil.

« Comment un chat peut-il ressembler à un John ? Fluffy ou Tiddles ou Blacky ou autre chose, mais il ne ressemble certainement pas à un John. »

Jordan hausse les épaules.

« Alors comment devrais-je l'appeler ? Choisis.

— Tu ne peux pas lui donner un nouveau nom !

— Pourquoi ? Il ne verra pas la différence, si ?

— Mais tu ne l'appelles pas lorsque tu veux qu'il rentre ? Il va être complètement perdu si tu lui donnes un autre nom.

— Non, il va et vient plutôt comme ça lui chante. C'est ce qui me plaît chez les chats. Ils sont indépendants et ils viennent vers toi parce qu'ils te choisissent, et non parce que tu les obliges à te choisir. »

Il sourit et encore une fois, je sens que ses mots ont une signification plus profonde que le sujet dont nous parlons. Je sens une bouffée de chaleur envahir mes joues. Je me penche et dépose un baiser sur la tête de John pour que Jordan ne le remarque pas.

« Une autre bière ? demande-t-il en désignant ma bouteille vide.

— Oui, s'il te plaît. »

Jordan en prend deux autres dans le réfrigérateur et les pose sur la table, puis il me désigne le téléphone.

« Tu veux les appeler, alors ? »

Je prends une autre gorgée de bière pour me donner du courage, en me demandant ce que je vais découvrir. J'ai l'impression d'être un voyeur dans ma propre vie, enquêtant sur moi-même alors que je sais que je n'ai rien fait de mal. Que vont me dire ces gens-là ? Comme il n'y a qu'une seule façon de le découvrir, je compose le premier numéro.

« Allô ? » fait une voix grave.

En fond sonore, les sons de basse d'une musique résonnent et une machine à sous s'arrête.

« Oh, oui, bonjour, mon nom est Chloe Benson et j'appelle à propos de l'appartement.

— Quoi, encore ? crie-t-il pour couvrir le bruit.

— Est-ce que j'ai déjà appelé avant ? »

Je regarde rapidement Jordan qui m'observe avec des yeux interrogateurs.

« Oui, mais lorsque je vous ai dit que c'était au-dessus d'un pub, vous avez refusé. Vous avez changé d'avis alors ? Parce qu'il est toujours disponible.

— Mmm… non, merci. Désolée de vous avoir dérangé. »

Je raccroche et compose le numéro suivant.

« Au-dessus d'un pub. Je n'en voulais pas, dis-je en résumé à Jordan.

— Allô ? Je peux vous aider ? demande une voix d'homme avec un accent indien.

— Bonjour, je m'appelle Chloe Benson et je vous appelle à propos de votre annonce dans le journal pour un appartement.

— Je suis désolé. Il a été loué.

— D'accord, mais… euh… vous vous souvenez si j'ai appelé avant ?

— Je suis désolé. Je ne me souviens pas. J'ai parlé à de nombreuses personnes au téléphone.

— D'accord. Donc est-ce que vous vous souvenez au moins si je suis allée le voir ?

— Non, vous n'auriez pas pu. La première personne qui l'a vu l'a pris.

— OK, bien, merci pour votre aide. »

Je raccroche en soupirant.

« La troisième fois sera la bonne, dis-je à Jordan en composant le dernier numéro que j'ai entouré.

— Oui ? répond une femme. »

Je soupçonne qu'elle mâche quelque chose, à en juger par le bruit que font ses lèvres.

« Oh, bonjour, j'appelle à propos de l'appartement à louer.

— Ouais, il est pris hélas. Quelqu'un l'a loué la veille de la sortie de l'annonce dans le journal. Désolée, c'était trop tard pour annuler.

— Bien, merci pour votre aide.

— Pas de problème. »

Je m'enfonce dans la chaise, les épaules basses. John frotte sa tête sous mon menton pour que je le caresse encore, ce que je fais volontiers.

« Pas de chance alors ? dit Jordan. Tu n'y es pas allée et tu n'en as vu aucun ?

— Non.

— Ne t'inquiète pas, Chloe. »

Il pose une main sur la mienne avec une tendresse qui me serre la gorge. Dès qu'il me touche, sa chaleur se répand sur ma peau glacée.

« Nous allons finir par trouver. Tu es passée par des épreuves terribles, mais quelles qu'elles soient, nous pouvons les découvrir ensemble. Je veux simplement t'aider. »

L'air devient soudain chargé, lourd de tous les mots qu'il ne dit pas. Ses sentiments à mon égard, je les connais. Et je ne sais pas si je peux y répondre. Je ne sais pas si je peux faire face aujourd'hui à quelqu'un de si gentil avec moi. Je pourrais m'effondrer, or je dois rester forte.

Chapitre 28

Jordan est en train de hacher les oignons, les champignons, les poivrons et l'ail. Concentré, il se mord la lèvre inférieure, et un torchon propre sort négligemment de la poche arrière de son jean. Il semble parfaitement à l'aise dans la cuisine. Comme je jette un coup d'œil par-dessus son épaule, il me surprend en train de le regarder.

« Quoi ? demande-t-il tandis que ses lèvres esquissent un sourire.

— Tu cuisines ?

— Oui.

— Tu cuisines et tu as un chat. »

Il rit. Un rire profond, rauque et insouciant. Le son se propage en moi et je me rends compte que j'ai envie de l'entendre encore.

« Y a-t-il une loi qui interdise à un homme de cuisiner et d'avoir un chat ? »

Il pointe le couteau qu'il utilise dans ma direction mais cela n'a rien de menaçant. Pas lorsque ses yeux sont aussi rieurs.

Je suis sur le point de lui dire que c'est agréable. C'est… rafraîchissant. Liam ne préparerait pas le repas ; c'était mon travail. Et il donnerait probablement un coup de pied à un chat s'il en voyait un. Il détestait les voir toujours utiliser notre jardin comme litière. Il a même mis une fois du poivre de Cayenne sur l'herbe et les bordures pour essayer de s'en débarrasser. Il est devenu livide lorsqu'une brise soudaine en a soufflé une partie devant ses yeux. Cela n'a pourtant pas dissuadé les chats.

« C'est mignon.

— Je ne suis pas sûr que le qualificatif de "mignon" ne soit pas une insulte à ma virilité, rétorque-t-il en levant les sourcils l'air amusé.

— Fais-moi confiance. "Mignon", c'est très bien. »

Je plonge dans son regard et je sens des fourmillements sur ma peau. Je détourne brusquement les yeux et la magie s'envole.

Au moment où Jordan dépose devant moi un plat de bœuf au curry avec du riz basmati, le tout garni de coriandre fraîchement coupée, mon ventre gargouille. J'ai très peu mangé ces derniers temps et je suis soudain affamée.

« Ça a l'air délicieux, dis-je en attrapant ma fourchette.

— Si tu n'aimes pas, je peux faire autre chose. »

J'avale une bouchée et c'est la meilleure chose que j'aie jamais goûtée.

« Tu es un bon cuisinier.

— C'est un de mes nombreux talents. »

Il semble content et nous mangeons en silence pendant un moment jusqu'à ce qu'il me demande :

« Alors, c'est quoi le plan ?

— Demain, j'ai un rendez-vous de suivi avec le docteur Drew. Et je vais devoir attendre des nouvelles de Summers pour voir ce qu'il a trouvé. Après ça… je ne sais pas. »

Je jette un coup d'œil à l'horloge en terre cuite sur le mur et je me demande pourquoi Summers tarde tellement à m'appeler. Il a sûrement réussi à joindre le père de Chris maintenant, et celui-ci a dû confirmer que son fils mentait. L'histoire qu'il a rédigée prouve que ça ne pouvait être *que* lui. Summers démolira son alibi et l'enfermera comme il le mérite, et je pourrai alors respirer normalement. Mais d'ici là, je dois faire quelque chose pour m'occuper l'esprit.

« Écoute, est-ce que nous pouvons parler d'autre chose ? Pour ce soir seulement, je veux tout oublier. Si j'y pense encore, cela va me rendre complètement chèvre. Est-ce qu'on ne peut pas faire un truc normal, comme regarder un film ou écouter de la musique ou… prendre un autre verre ? dis-je en levant ma bouteille de bière. »

Il repose son couteau et sa fourchette avant de faire tinter sa bouteille contre la mienne.

« D'accord, c'est exactement ce que nous allons faire. »

Nous terminons notre repas et il ne me laisse pas débarrasser. Je n'ai pas le droit de lever le petit doigt, en fait.

« Vin rouge ou blanc ? propose-t-il, tandis qu'il tient une bouteille dans chaque main.

— Blanc, s'il te plaît. »

Je sais que je ne devrais sans doute pas. J'ai besoin de rester concentrée. De garder l'esprit clair. Mais j'apprécie cette légère ivresse et je ne veux pas qu'elle disparaisse. Il repose la bouteille de vin rouge, prend deux verres dans le placard et déambule pieds nus dans le salon. Je m'assieds d'un côté du canapé en recroquevillant mes jambes. Après m'avoir versé un verre de vin, Jordan s'assied devant le meuble en bois de la télé et ouvre un tiroir rempli de DVD. Il en sort une pile et lit les titres à haute voix :

« *Le Flingueur, Alpha Papa, Snatch : tu braques ou tu raques, Harry Potter et la Coupe de Feu, Le Porte-bonheur, Mississippi Burning ou N'oublie jamais.* »

Je ne veux rien de romantique qui me rappellerait Liam au début de notre relation – ou qui me ferait penser à ce qui pourrait se passer avec Jordan. Je ne veux pas d'un film d'horreur ou d'action dans lequel les gens se font tuer, parce que cela serait loin de me changer les idées. Donc, je demande un film que je ne regarderais pas en temps normal, et qui me fera tout oublier pendant quelques heures.

« *Harry Potter*.

— Bon choix », dit-il en me désignant la jaquette du DVD.

Il glisse le film dans l'appareil, allume la télévision et s'assied à côté de moi sur le canapé qui s'enfonce sous son poids et nous rapproche l'un de l'autre. Il sent le grand air et l'après-rasage épicé. L'ambiance est familière, réconfortante et, tandis que je me concentre sur l'univers fantastique du film, sur les monstres et les sorciers, pendant un moment, je n'ai plus besoin de penser à rien. C'est le paradis.

Un bruit me réveille un peu plus tard. Je sursaute sur le canapé, et mon cœur bat si fort que j'ai l'impression que ma poitrine va exploser.

« Tout va bien, tu t'es seulement endormie, m'annonce Jordan avant de se lever pour aller ouvrir la porte.

— C'est peut-être Liam. »

Je remonte les genoux et les entoure de mes bras.

« Je suis sûr que non. Il ignore où j'habite, lance-t-il par-dessus son épaule.

— Tu serais surpris, dis-je tristement. Cela ne m'étonnerait pas de lui qu'il connaisse toutes sortes de choses.

— Ne t'inquiète pas. Je reviens tout de suite. »

J'entends la porte s'ouvrir. Puis des éclats de voix. Je parcours la pièce du regard, à la recherche d'un endroit où me cacher si nécessaire. Alors que les voix se rapprochent, je comprends qu'il s'agit de Summers. Je presse une main sur ma joue et je prends une profonde inspiration. Je me lève tandis qu'il entre dans le salon, suivi de près par Jordan.

Je lui demande aussitôt :

« Qu'avez-vous découvert ? Vous avez mis un temps fou !

— Oui, il nous a fallu tout vérifier et cela s'est avéré un peu plus compliqué que prévu. Nous avons parlé avec le père de Chris, et Chris était bien avec lui dans le Peak District pendant le laps de temps dont vous ne vous souvenez pas. Il est donc impossible qu'il ait pu être impliqué dans quelque chose de fâcheux.

— Comment pouvez-vous en être sûr? Comment savez-vous que son père n'a pas fabriqué un alibi pour protéger son fils?

— Eh bien, c'est ce qui a pris si longtemps. Puisqu'ils campaient au milieu de nulle part, hors des sentiers battus plutôt que dans un site répertorié, nous avons dû attendre que nos collègues de Peak District fassent quelques recherches.

— Et qu'ont-ils trouvé? demande Jordan.

— Ils ont été repérés par vidéosurveillance dans un garage local ainsi que dans le café du village le plus proche à plusieurs reprises. Autre chose : le fermier dont ils occupaient une partie du terrain les y a vus. Chris n'aurait pas eu le temps de revenir ici et de faire quelque chose de regrettable. »

Je secoue la tête avec incrédulité, sans pouvoir rester en place.

« Mais… comment est-ce possible? Vous avez lu son histoire, non? Elle était en tout point identique à ce qui m'est arrivé. »

Summers se pince les lèvres et me regarde pendant un instant.

« Avez-vous déjà reçu des e-mails d'étudiants par le passé concernant le travail que vous leur avez donné?

— Eh bien, oui, parfois. Comme leurs devoirs font partie de leur note finale, je leur demande toujours de m'envoyer un e-mail s'ils ont un problème ou bien s'ils ne sont pas sûrs de quelque chose. Pourquoi cette question? »

Mon cuir chevelu est parcouru d'un frisson.

« Parce que Chris a dit qu'il vous avait envoyé par e-mail une copie du premier brouillon de son histoire pendant que vous étiez en arrêt maladie pour que vous puissiez répondre à quelques questions. »

Je le regarde d'un air ébahi, incapable de cligner des yeux.

« Donc, il est tout à fait possible que l'histoire soit la même parce qu'elle serait restée bloquée dans votre mémoire depuis le moment où vous l'avez lue. N'est-ce pas ? »

J'ouvre la bouche pour parler mais ma voix s'est envolée sous le coup du désarroi et du choc. Heureusement, Jordan parle alors pour moi.

« Le compte e-mail de Chloe a été piraté. Elle n'a donc aucun moyen de vérifier si c' est vrai. Avez-vous regardé sur le compte e-mail de Chris pour voir s'il figurait dans le dossier de ses messages envoyés ?

— Nous lui avons fait vérifier au poste, mais malheureusement, son compte ne sauvegarde pas les messages envoyés et il a oublié de le faire avant de l'envoyer. Mais je ne vois pas pour quelle raison il aurait inventé ça ; et, comme je l'ai dit, il a un alibi confirmé. »

Je garde la tête enfouie dans mes mains et je fixe le sol. Est-ce que c'est vraiment ce qui s'est passé ? J'aurais lu l'histoire de Chris lorsque j'étais en arrêt maladie à la maison après avoir quitté le service psychiatrique, et elle serait restée logée dans mon cerveau ? Si c'est le cas, est-ce que cela veut dire que j'ai réellement halluciné à propos de mon enlèvement, comme ils le pensent tous ?

« Alors, il est… il est totalement innocent ?

— La seule chose dont il soit coupable, c'est d'avoir beaucoup d'imagination. Et je suis sûr qu'un jour, il sera un excellent auteur de romans policiers. »

Je me rassois au fond du canapé. Après ce que j'avais lu, j'étais certaine que c'était lui.

« Vous êtes absolument certain ?

— Absolument. Donc, j'ai bien peur que nous ne soyons pas plus avancés. Nous avons mené des enquêtes auprès du voisinage dans la rue de Sara, mais personne ne se souvient d'avoir vu quelqu'un correspondant à votre description ou quoi que ce soit de suspect. »

Summers s'assied à côté de moi. Je fixe le sol. Une douleur sourde commence à irradier dans mes yeux. J'ignore si cela vient de l'alcool qui se dissipe ou s'il s'agit simplement de fatigue et du trop-plein d'adrénaline qui ne me quitte jamais.

« Quelle est l'étape suivante, alors? demande Jordan qui s'est assis par terre.

— Nous appellerons les numéros que vous avez entourés dans le journal. Pour voir si ces personnes ont des informations à nous fournir.

— Je l'ai déjà fait. »

Je regarde Summers et lui raconte ce qu'elles m'ont dit lorsque je les ai appelées plus tôt. Il soupire, pose les mains sur les genoux et se lève d'un air fatigué.

« À moins que vous ne puissiez vous souvenir d'autre chose, je ne suis pas sûr que nous allons poursuivre l'enquête.

— Quoi, alors c'est fini? dit Jordan. Vous n'allez rien faire d'autre? »

Summers hésite un instant comme s'il cherchait le meilleur prétexte.

« Que pouvons-nous faire? Habituellement, nous suivons des procédures : parler aux témoins, enquêter auprès du voisinage, comme nous l'avons fait. Mais Chloe ne se souvient pas de ce qui s'est passé. Elle aurait pu aller n'importe où et faire n'importe quoi le jour où elle a disparu. Comment pouvons-nous enquêter efficacement sur quelque chose dont nous ignorons tout? Il ne s'agit pas seulement de chercher une aiguille dans une botte de foin. Là, nous avons d'abord besoin de trouver la botte de foin. »

Je me frotte l'œil droit qui cligne involontairement. J'ai presque envie de rire.

« Si vous retrouvez la mémoire ou découvrez autre chose, appelez-moi et nous vérifierons, mais d'ici là, nous n'avons nulle part où aller. Je suis désolé, mais je ne suis toujours pas convaincu qu'un crime a été commis, et puisque nous n'avons pas de témoins pour attester ce que vous avez décrit… »

Il laisse ses paroles flotter dans l'air comme un haussement d'épaules, puis me jette un dernier regard dénué d'expression avant de quitter la pièce. Jordan le suit et j'entends un vague marmonnement avant que la porte d'entrée ne se ferme dans un clic. Je remue ma jambe droite de haut en bas pour essayer d'éliminer le fourmillement qui s'y est installé. Je sens ma peau tirailler contre mes muscles, mes vêtements sont rêches et m'irritent.

Lorsque Jordan revient, il reste debout dans l'embrasure de la porte. À présent, l'ombre d'un doute habite son regard.

« Donc, euh… que vas-tu faire? » demande-t-il en se passant une main dans les cheveux.

Je détourne le regard, incapable d'envisager la possibilité de perdre mon seul et unique allié.

« Que *puis-je* faire? »

Chapitre 29

Je dors dans la chambre d'ami coincée entre la salle de bains et la chambre de Jordan. Il a fait le lit pour moi avec des draps propres, parfumés au pin, et m'a laissé une serviette avec un sachet de savon neuf. Je touche le savon et souris devant ses gentilles attentions.

Le parquet à l'étage craque sous mon poids et je pense que c'est une bonne chose. Comme un système d'alarme primitif. Mais comme je ne me sens pas complètement en sécurité, je tourne la clef de la porte de la chambre et je place une chaise en bois sous la poignée. Si quelqu'un vient pour m'enlever au milieu de la nuit, au moins je l'entendrai. Je me déshabille et enfile un T-shirt trouvé dans mon sac. J'aurais dû prendre plus de vêtements avec moi. Demain, je retournerai à la maison pour en récupérer lorsque Liam sera au bureau.

Liam. Que fait-il maintenant ? Est-il en train de boire et de se mettre en colère, de me reprocher tout ce qui se passe ? Ou bien est-il en train de se consoler dans les bras de Julianne ? Bon, au moins ils peuvent être ensemble maintenant, sans que je leur barre la route. Bonne chance à elle – c'est tout ce que je peux dire.

J'éteins la lampe de chevet et je me couche, à l'écoute des bruits de la maison que je ne connais pas : les tuyaux d'eau chaude qui font tic-tac, le réfrigérateur de la cuisine qui bourdonne et une chouette qui hulule dehors sur le toit. Jordan va dans la salle de bains. La lumière jaillit puis la chasse d'eau est tirée. Le parquet grince devant ma porte et je sais qu'il est là, juste de l'autre côté. Je serre la couette autour de moi et j'écoute. Une part de moi veut ouvrir la porte et voir son sourire pour me rassurer. L'autre est terrifiée.

Les secondes passent. Son poids se déplace. Puis ses pas s'éloignent dans le couloir et la porte de sa chambre se referme. Je ferme les yeux en m'attendant à une insomnie, mais je suis si épuisée que je m'endors immédiatement. Pourtant, ce n'est pas un sommeil réparateur. Je rêve que je retourne là-bas, que je cours à travers les bois.

Il n'y a pas de lune cette fois et il fait si sombre que j'y vois à peine. Une chouette me poursuit. Je peux l'entendre hululer tout près derrière, je sens l'air froid dans mon dos tandis qu'elle bat des ailes. D'une minute à l'autre, elle va planter ses serres sur ma tête et attaquer.

Mais il n'y a pas que la chouette dehors. Même si je ne vois personne en train de m'observer, même si je ne peux pas entendre le bruit de ses pas derrière moi, je sais qu'il est là. Les branches me griffent le visage tandis que je cours à travers les arbres ; elles m'arrachent la peau, elles m'écorchent jusqu'à ce que je ne sois plus que tendons et os. Elles crèvent aussi mes yeux, et je suis maintenant complètement aveugle.

Un hurlement assourdissant résonne dans mes oreilles. Puis, plus rien. Je cours et je cours, mais je ne peux rien voir ni rien entendre. Tout ce que je sais, c'est que quelque chose est à ma poursuite.

Puis je tombe dans quelque chose de profond, de noir. Un puits sans fond. Je tombe et je tombe, et personne n'est là pour pouvoir me ramener à la surface.

Baignée d'une sueur froide, haletante, je me redresse pour m'asseoir dans le lit. Je cligne des paupières dans l'obscurité, et mes yeux s'ajustent aux formes inconnues qui me menacent. Une chaise sous la porte. Une commode dans le coin. Une seule armoire. Et puis je me souviens que je suis dans la chambre de Jordan.

Ce n'est qu'un cauchemar. Cela ne peut pas me faire de mal. Je suis en sécurité!

Sauf que ce n'est pas un cauchemar. Enfin, pas vraiment. C'est effroyablement réel. Et je me demande si je serai de nouveau en sécurité un jour. Parce que, même si Summers et les médecins ne me croient pas, même si tout semble indiquer que j'ai imaginé toute cette histoire, et même si je ne sais pas si je dois moi-même me croire la moitié du temps, qu'en est-il des somnifères? Si je les ai vraiment pris volontairement, où sont-ils? Quelque chose n'est pas clair à ce propos.

Je rejette les couvertures, je balance mes jambes sur le côté du lit et je me penche en avant, la tête posée dans les mains, jusqu'à ce que ma respiration redevienne normale. Je vais à la fenêtre et je tire les rideaux; je regarde fixement dehors pour que mes pensées n'errent pas dans les méandres sombres de ma tête. La frustration et l'incertitude quant au retour éventuel d'un psychopathe venu pour me tuer, me rendront folle avant qu'il ne puisse finir son travail.

Un renard traverse furtivement la pelouse. La lune est claire et éclatante, les étoiles scintillent devant mes yeux.

En retournant me coucher, je fixe l'obscurité, trop effrayée pour fermer les yeux et me rendormir. La question de Summers continue de tourner dans ma tête. *Quelle serait votre étape suivante?* Mais tout ce qui me vient, c'est : *Pourquoi moi? Pourquoi est-il venu me chercher?* Ai-je été harcelée avant d'être emmenée? Ou peut-être était-ce quelque chose de fortuit. Est-ce que je connaissais cette personne? Est-ce que je l'avais vue avant? Lui avais-je parlé? Est-ce que je passais à côté d'elle tous les jours pour aller travailler, sans le savoir? Combien de temps avant qu'il ne me retrouve?

J'abandonne la possibilité de trouver des réponses à cinq heures du matin. Un lien doit bien exister mais je n'en ai pas le moindre souvenir. Rien dans ma tête ne peut m'être utile pour l'instant. Peut-être vaut-il mieux ne rien savoir. Et ne pas le voir venir.

En cet instant, je fais le vœu irrationnel que mon kidnappeur en finisse au plus vite. Qu'il vienne, me prenne et me tue. Je ne peux pas supporter cette torture, je ne suis pas assez forte pour trouver des indices sans réfléchir à tout cela en même temps. La peur constante est une brûlure dans ma poitrine tandis que j'attends aveuglément que quelque chose de terrible et de douloureux se produise. Je deviens folle. Je veux que ça s'arrête.

Mon visage me fait mal à force de retenir mes larmes, mais je ne pleurerai plus. Pleurer ne m'aidera pas à rester en vie. Je m'habille et je vais dans la salle de bains. Après m'être aspergée le visage d'eau froide, je regarde mon reflet dans le miroir. Mes pupilles sont dilatées, mes cheveux en bataille, ma peau pâle et cireuse. Je me brosse les dents, je descends et me prépare une tasse de thé. Assise dehors sur la marche de la cuisine, je fume cigarette sur cigarette jusqu'à ce que le soleil se lève sur le jardin.

Les papillons et les abeilles volettent autour des fleurs avant de s'arrêter de temps en temps sur celle qui leur plaît. Les oiseaux chantent leur refrain matinal. Les nuages planent dans l'air. Je ne sais pas comment les choses peuvent avoir l'air si normal alors qu'on en est si loin.

Jordan me rejoint un peu plus tard. Il porte un jean délavé et un vieux T-shirt, ses cheveux sont ébouriffés après la nuit. Il y passe une main tandis qu'il se dirige vers la cuisine, en fredonnant un air que je ne reconnais pas. Il s'arrête lorsqu'il me voit, son visage s'éclaire et il sourit.

« Oh, bonjour. Je ne t'avais pas vue. »

Je lui souris en retour, profitant de la vue.

« Bonjour.

— Tu as bien dormi ? »

Pour une raison que j'ignore, je ne peux pas m'empêcher d'éclater d'un rire strident. C'est un son tellement aigu qu'il pourrait me couper en deux. Non, pas strident, plutôt fou. Je ne tourne plus très rond en fait. Je le sens.

« Pas vraiment.

— Non, j'imagine que non. »

Son sourire s'évanouit et il prend un air sérieux.

« J'admire ton courage, tu sais.

— Je ne suis pas du tout courageuse. Je suis morte de peur. Je l'ai toujours été. »

Je m'empresse de changer de sujet pour masquer ma peur.

« Tu as faim ? » Laisse-moi te préparer le petit-déjeuner. C'est le moins que je puisse faire.

Mais il me fait signe de me rasseoir.

« Assieds-toi, je vais le faire.

— Mais tu as eu la gentillesse de me permettre de rester ici, c'est donc à moi de le faire.

— Tu es une invitée. Et les invités ne doivent pas lever le petit doigt. D'ailleurs, tu as traversé trop d'épreuves. Tu mérites de te faire dorloter. »

Mes joues rougissent, mais je ne sais pas si c'est par gratitude ou pour une autre raison.

« Bien ! poursuit-il en scrutant le contenu du réfrigérateur. De quoi as-tu envie ? D'œufs pochés sur un toast ? De céréales ? Ou bien je peux te faire un simple sandwich au bacon.

— Le sandwich au bacon me semble très bien. »

Il pose le toast dans le grille-pain et le bacon sous le grill, puis nous parlons du temps qui est beau cette année pour un mois de mai, du dernier livre que nous avons lu, du renard que j'ai vu dans le jardin et que Jordan a surnommé Foxy (aussi original que le nom du chat). Rien d'important ou de grave. J'apprécie qu'il ne m'oblige pas à parler de ce qui se passe dans ma tête. C'est agréable d'être distraite pendant un moment par les détails d'un quotidien normal. Et puisqu'il travaille, cela semble *être* la chose la plus normale au monde. Comme si nous étions un vieux couple marié habitué au rythme de l'autre. C'est facile et reposant, chose que je n'ai connue avec Liam qu'au tout début.

John passe à travers la chatière pendant que Jordan sert les sandwiches au bacon.

« Oui, je me disais bien que tu pourrais revenir en sentant ça ! lui dit Jordan, avant de couper un peu de gras croustillant et de le lui mettre dans son bol. »

Après l'avoir englouti, John ronronne fort pour en avoir encore.

« Alors, qu'y a-t-il au programme aujourd'hui ? demande Jordan en me tendant mon assiette.

— J'ai rendez-vous avec le docteur Drew ce matin. J'ai aussi besoin de retourner à la maison pour prendre quelques affaires supplémentaires.

— J'ai des cours ce matin mais je peux venir avec toi cet après-midi si tu veux ? propose-t-il en prenant une bouchée de sandwich.

— Tu es sûr ? Je ne veux pas te créer d'ennuis.

— Cela ne me gêne pas. Le camping-car te permettra d'emporter plus de choses. Et en plus, jusqu'à ce que nous découvrions ce qui s'est passé, ce psychopathe pourrait encore en avoir après toi. Je veux juste m'assurer que tu es en sécurité. »

Des larmes de gratitude me piquent les yeux. La promesse que je me suis faite au milieu de la nuit de ne pas pleurer est difficile à tenir dans la froide lumière du jour. Mais je dois tenir le coup. Ma survie en dépend.

« Je me sens en sécurité ici.

— Je suis content, mais si tu vas toute seule quelque part, envoie-moi un message ou appelle-moi pour que je sache où tu es. Comme ça, s'il se passe quelque chose, je pourrai te trouver.

— Merci.

— Tu n'as pas besoin de me remercier, ajoute-t-il en haussant les épaules avec désinvolture tandis qu'une note de vulnérabilité perce dans sa voix. C'est ce que font les amis, non ? »

« J'ai quitté Liam », dis-je au docteur Drew.

Il lève légèrement les sourcils.

« Et comment vous sentez-vous par rapport à ça ?

— Je ne sais pas. Je n'ai pas eu beaucoup de temps pour y penser, en fait.

— Voulez-vous y réfléchir maintenant ? Nous avons le temps. »

Je regarde par-dessus son épaule vers la fenêtre.

« J'ai l'impression d'avoir vécu au milieu d'un volcan pendant des années. Je me suis noyée sous la lave en fusion. Le volcan menaçait d'entrer en éruption à tout moment, mais maintenant, il s'est éteint et ma vie a simplement explosé.

— Les volcans sont destructeurs. Mais ils créent aussi la fertilité et la vie, selon un cycle naturel de croissance.

— Oui. Je suis triste, bien sûr, mais je ressens aussi un immense soulagement. Et j'ai une petite lueur d'espoir. Un sursaut d'enthousiasme, en pensant qu'il y a de nouvelles possibilités quelque part. Ma vie n'a plus à être contrôlée. Je peux faire ce que je veux, dire ce que je veux, aller où je veux. Je me sens libre.

— Eh bien, c'est une bonne chose. Et physiquement, vous semblez aller mieux que la dernière fois, il y a donc quelque chose qui doit être en accord avec vous-même.

— Mais il y a l'autre problème, n'est-ce pas ? La personne qui est toujours là, dehors, dont je ne sais rien. C'est bizarre, non ? J'ai déjà quitté Liam auparavant, et je ne m'en souviens même pas. J'ai dû réfléchir aux mêmes choses avant, agir de la même façon, mais je ne peux pas m'en souvenir. C'est pourtant la clef, n'est-ce pas ? Si je reviens naturellement sur mes pas, qu'ai-je pu faire ensuite ?

— Vous êtes la seule à pouvoir y répondre.

— Mais je ne *connais* pas la réponse ! dis-je en me mordillant les lèvres. Je me suis souvenue de quelque chose lorsque j'ai lâché mon téléphone à la maison avant de quitter Liam. Si je me rappelle ça, pourquoi pas d'autres détails ? Quelque chose qui soit utile ?

— Vous y pensez peut-être trop. Parfois, il suffit d'arrêter de penser à un problème et la réponse devient évidente.

— Comment ne *pas* y penser ?

— Je sais que c'est difficile mais rester sous tension et s'inquiéter ne feront qu'empirer les choses.

— C'est toujours facile à dire pour les personnes qui ne sont pas directement concernées. Je suis dans le flou. J'attends que quelque chose se passe et je surveille quelqu'un dont je ne suis même pas certaine qu'il existe.

— Voulez-vous que nous passions en revue ce que vous m'avez dit pour voir si nous pouvons retrouver ensemble l'endroit où vous auriez pu aller ?

— Oui, cela pourrait aider, fais-je en me redressant sur mon siège.

— Très bien, voyons voir. Vous avez quitté Liam et vous êtes allée chez Sara.

— Oui.

— Vous avez acheté de quoi manger ainsi que d'autres articles. »

Je hoche la tête.

« Puis vous avez passé la nuit dans sa chambre d'ami et le lendemain, vous avez disparu. Vous avez entouré quelques appartements à louer parce que vous ne vouliez pas que Liam sache où vous étiez et qu'il crée des problèmes en découvrant que vous étiez partie.

— C'est exact.

— Vous avez appelé le premier numéro que vous avez coché mais c'était situé au-dessus d'un pub, et cela ne vous convenait pas. Le second et le troisième appartement étaient déjà pris.

— Oui.

— Puis vous avez probablement quitté la maison de Sara sans votre porte-monnaie ou votre sac.

— Pourquoi je ne prendrais pas mon porte-monnaie avec moi ? »

Le docteur Drew incline la tête.

« Vous n'auriez pas pu aller faire des achats sans argent, c'est donc exclu. Vous auriez pu simplement aller voir une amie. Vous auriez pu retourner chez vous pour prendre d'autres affaires. Vous auriez pu aller vous promener.

— Je ne pense pas que je serais allée me promener.

— Pourquoi ?

— Je n'ai pas l'habitude, comme certains, de marcher pour m'éclaircir les idées ou prendre du recul. Une balade ne me serait vraiment d'aucune utilité.

— Auriez-vous pu aller au lycée ? Pour voir votre supérieure hiérarchique ou un collègue ? »

Je sais maintenant que je ne suis pas allée voir Theresa. Quant à Jordan... serais-je allée le voir ? Pour lui dire que j'avais quitté Liam ? Non, il m'en aurait parlé, non ? Et je lui ai dit que j'avais besoin de temps pour me remettre les idées en place.

« J'en doute. J'aurais voulu aller de l'avant. Arranger les choses. Commencer à organiser ma nouvelle vie sans Liam.

— Exactement ! s'exclame-t-il en levant un doigt. D'après ce que je vois, je pense que vous voulez reprendre le contrôle de votre vie. Vous avez pris la décision de quitter Liam et votre instinct vous a d'abord conduite chez Sara pour respirer. Ensuite, vous avez téléphoné à votre banque pour leur donner son adresse afin que vous puissiez bénéficier d'une sorte de sécurité financière sans que Liam le sache. *Ensuite*, vous avez cherché des appartements à louer.

— Oui, fais-je en fronçant les sourcils. Mais cela ne m'aide toujours pas parce que maintenant, ma mémoire se heurte à un mur de briques.

— Je pense que vous avez déjà la réponse ici, ma chère, annonce-t-il tout en tapotant un côté de sa tête. Auriez-vous renoncé à chercher un endroit pour vivre juste parce que ces appartements à louer n'étaient pas disponibles ? »

Je réfléchis.

« Non, je suppose que non.

— Alors, logiquement, cela devrait être votre prochaine étape : vous cherchiez activement un logement.

— Mais où ? Où serais-je allée ? »

Je lève les mains dans un geste interrogatif.

« Où pouvez-vous trouver une multitude de locations dans un même lieu ?

— Chez un agent immobilier.

— Exactement. C'est par là que vous devriez commencer. Auriez-vous voulu rester dans le secteur ou partir ailleurs ?

— Je voudrais rester ici. C'est plus près de mon travail et je connais la région. »

Je pense au centre-ville. Il y a des tas d'agents immobiliers là-bas.

« Alors, c'est l'étape suivante. Il vous suffit de voir où cela vous mène. »

Chapitre 30

Je songe à appeler Summers pour lui parler des agents immobiliers, mais je préfère y renoncer. Ce n'est pas comme si j'avais la preuve concrète d'un crime ; il se débarrasserait de moi. Il ne va pas me sauver et il ne peut pas faire plus que je ne pourrais moi-même. Non, il s'agit simplement de déterminer si quelqu'un se souvient de moi.

Lorsque Jordan rentre du lycée, nous marchons jusqu'au centre. Il me propose de conduire mais, comme j'y suis sûrement allée à pied la dernière fois, je veux refaire le même cheminement aussi près que possible de la réalité, au cas où cela déclencherait un souvenir. Nous arrivons ainsi dans le centre-ville par le même côté que celui où je serais arrivée en partant de chez Sara. En descendant à gauche, deux boutiques précèdent la première agence immobilière. Jordan ouvre la porte et nous entrons.

Il y a quatre bureaux, tous vides. En refermant la porte, un jeune homme d'une vingtaine d'années, habillé en costume et donnant l'impression de s'être versé un demi-flacon d'après-rasage, fait son apparition dans le fond, en train de mâcher quelque chose.

« Vous arrivez au moment de mon déjeuner ! » dit-il en souriant d'un air penaud. Nous avons deux personnes malades avec le virus de la grippe qui circule en ce moment, alors c'est à moi de tout faire.

Il serre d'abord la main de Jordan puis la mienne.

« Guy, que puis-je faire pour vous ? »

Son regard s'attarde sur mon visage un peu plus longtemps que nécessaire. J'ai appliqué de l'anticerne et du fond de teint sur ma peau pour essayer de dissimuler les éraflures, mais je ne sais pas si c'est ce qu'il regarde ou bien s'il me reconnaît.

« Je me demandais si vous m'auriez déjà vue ici il y a neuf jours. Je cherchais probablement un appartement à louer.

— Probablement ? relève-t-il en inclinant la tête, visiblement incapable de détacher son regard de mon visage. Vous n'en êtes pas sûre ? conclut-il dans un éclat de rire.

— Non, j'ai eu un accident et je ne m'en souviens pas. J'étais différente, aussi. J'avais les cheveux longs et foncés.

— Oh, je suis désolé. »

Il semble embarrassé tout à coup.

« Euh… je ne me souviens pas de vous, mais vous avez très bien pu voir une autre personne de l'agence. Comme je l'ai dit, elles sont en arrêt maladie cette semaine. Si vous voulez, vous pouvez revenir à un autre moment pour leur poser la question.

— C'est assez urgent.

— Permettez-moi de vérifier dans notre base de données pour voir si l'on vous a ajoutée sur notre liste de diffusion. »

Dans l'un des bureaux vides, il se penche sur un écran d'ordinateur et tape plusieurs informations.

« Quel nom m'avez-vous dit ?

— Chloe Benson.

— Bon… Écoutez, je ne vois pas votre nom ici. Vous n'êtes donc probablement pas venue. Nous essayons d'inscrire tout le monde sur notre base de données pour pouvoir envoyer tous les détails dès qu'un bien est disponible.

— Pourriez-vous éventuellement les appeler à leur domicile pour moi, simplement pour une double vérification ? dis-je en lui adressant un sourire suppliant. Elles ont peut-être oublié de m'ajouter sur cette liste pour une raison ou une autre. »

Il me lance un étrange regard.

« Ouah, vous tenez vraiment à trouver une location, n'est-ce pas ? Je suppose qu'il n'y a pas de mal à les appeler. »

Il désigne de la main les quelques chaises installées devant le bureau.

« Asseyez-vous. »

Je mâchouille un morceau de peau sur le côté de mon doigt tandis que nous attendons Guy qui tente de me décrire à ses collègues et d'expliquer ce que je lui ai dit. Dix minutes plus tard, nous sommes de retour dans la rue. Personne ne se souvient de moi. Jordan montre une deuxième agence immobilière de l'autre côté de la route.

« Essayons là. »

Deux femmes sont assises derrière des bureaux. Une femme plus âgée aux cheveux coupés court et portant des lunettes, est au téléphone. L'autre, une brune coiffée d'une queue-de-cheval avec un maquillage outrancier, se lève et nous accueille en souriant.

« Je peux vous aider ?

— Oui. Vous souvenez-vous si je suis venue vous voir il y a neuf jours à la recherche d'un appartement à louer ? »

Elle scrute mon visage pendant quelques instants.

« Il y a un bien qui vous intéressait ? Ou bien vouliez-vous simplement vous inscrire sur notre liste de contacts ?

— Je ne sais pas. Je ne sais pas si je suis vraiment venue ici. Vous vous souvenez de moi ? Mes cheveux étaient différents aussi, poursuis-je en passant une main sur ma tête. Ils étaient longs, foncés et ondulés. »

Elle regarde Jordan d'un air interrogateur avant de reporter son regard sur moi et de me demander :

« Vous ne vous souvenez pas ? »

Je soupire avec impatience, fatiguée de devoir expliquer.

« J'ai perdu la mémoire. J'ai eu une blessure à la tête et je ne me souviens pas si je suis venue ici ou non. C'est pour cette raison que je vous demande si vous me reconnaissez.

— Oh, mon Dieu ! fait-elle en penchant la tête pour m'étudier à nouveau. Euh… je ne pense pas vous reconnaître. »

Comme sa collègue repose alors le téléphone, elle se retourne vers elle :

« Sheila, te souviens-tu de cette dame qui serait venue il y a environ neuf jours à la recherche d'un appartement à louer ? »

Sheila lève les yeux vers moi.

« Mes cheveux étaient différents. Longs, foncés et ondulés. »

Une lueur illumine son visage.

« Oh, oui. Je me souviens. Vous vous appelez Chloe ?

— Oui, comment vous en êtes-vous souvenue ?

— Ma fille s'appelle Chloe. Impossible de l'oublier, explique-t-elle en souriant. Vous voulez aller le revoir ?

— Qu'est-ce que j'ai visité ? »

La collègue de Sheila se rassoit derrière son bureau et me regarde avec curiosité.

« Cette dame a eu un accident et elle a perdu la mémoire. Elle ne se souvient pas de ce qui s'est passé, lui dit-elle avec, dans le regard, un intérêt pour d'éventuels commérages.

— Oh, c'est affreux, souffle Sheila. Vous allez bien ? »

Je réponds vite :

« Oui. »

Pas le temps de bavarder.

« Que s'est-il passé ? Vous m'avez montré un appartement ?

— Oui. Attendez une seconde, je vais chercher les informations. »

Elle se dirige vers un meuble de classement en métal et ouvre un tiroir, faisant coulisser les dossiers jusqu'à ce qu'elle trouve celui qu'elle veut. Elle le dépose sur son bureau puis le feuillette avant de me tendre une feuille de papier avec les informations concernant un appartement. Il y a une photo de l'extérieur de l'immeuble en haut de la page avec d'autres photos de l'intérieur, ainsi que les spécificités des pièces et un inventaire exact de ce qui est inclus dans la location.

« C'est celui-ci », affirme-t-elle en tapant sur le papier.

Je prends la feuille pour voir s'il me semble familier. Non. À l'intérieur, tout est propre et clair, mais vide et sans la moindre couleur. Une toile blanche. Je voudrais le rendre plus chaleureux. Quelques jetés de couleur vive sur le canapé, des coussins à motifs contrastant avec une literie aux couleurs méditerranéennes.

« Vous vouliez quelque chose de petit. La plupart des appartements que nous avons en ce moment sont pour des locations professionnelles, mais celui-ci est arrivé dans notre catalogue quelques jours avant votre passage. C'est un appartement comportant deux chambres au dernier étage dans un quartier très agréable. Il y a un parking public et un interphone de sécurité. Je pense me souvenir que vous vouliez un appartement avec interphone, qui ne soit pas en rez-de-chaussée.

— Et vous m'y avez emmenée pour le visiter ?

— Oui, l'endroit est vide pour l'instant, et nous y sommes allées directement. Vous avez bien aimé. Il n'était que partiellement meublé ; or, vous vouliez quelque chose d'entièrement meublé. Mais le prix est correct car le propriétaire veut qu'il soit rapidement loué et l'emplacement est excellent. Vous avez dit que vous ne vous attendiez pas à trouver un appartement aussi vite, et que vous n'aviez donc pas apporté d'argent avec vous pour le premier mois de location. Nous demandons aussi un dépôt de garantie et une pièce d'identité, vous savez… Vous deviez donc revenir un peu plus tard dans la journée avec les documents. Mais vous n'êtes jamais revenue. J'ai supposé que vous aviez hésité ou bien que vous aviez trouvé autre chose ailleurs.

— Vous l'avez emmenée voir l'appartement dans votre voiture ? Ou bien vous y êtes allées à pied ? demande Jordan.

— Nous y sommes allées avec ma voiture. Et puis je vous ai redéposée ici. Vous avez dit que vous alliez faire du lèche-vitrines dans l'espoir de trouver quelques petites choses pour l'appartement en rentrant chez vous. Vous sembliez vraiment excitée à propos de tout ça. C'est pourquoi que j'ai été un peu surprise de ne pas vous voir revenir.

— Où l'avez-vous vue pour la dernière fois ? demande Jordan.

— Nous nous sommes garées dans le parking de la mairie derrière et vous êtes revenue ici à pied avec moi ; ensuite, nous nous sommes dit au revoir dehors. Je n'ai pas vu où vous alliez après. »

Des questions auxquelles elle ne peut pas répondre, me traversent l'esprit. Dans quelles boutiques suis-je allée ? Est-ce que je cherchais des meubles ou des bibelots ? Est-ce que j'ai parlé à quelqu'un ? Ou rencontré un individu louche en rentrant chez Sara ?

« Quelle heure était-il ?

— Euh… probablement aux alentours de dix-sept heures. »

Je me lève et lui souris, mais les muscles de mon visage ne semblent plus être connectés à mon cerveau, et mon sourire tremble sur mon visage.

« Merci. Vous avez été très utile.

— Je vous en prie. L'appartement est toujours disponible, si vous le voulez. Tenez-moi au courant. »

Nous sortons de l'agence et je reste debout, le dos à la porte, scrutant les boutiques en haut et en bas de la rue. J'aurais pu aller dans n'importe laquelle, voire aucune. J'aurai pu rentrer à pied chez Sara avec un sourire heureux sur le visage et de l'énergie à revendre. J'aurais pu tout aussi bien aller sur la lune.

« Ton porte-monnaie était toujours chez Sara, n'est-ce pas ? me demande Jordan.

— Oui.

— Et tu avais l'intention d'y retourner et de le prendre pour payer la location. Cela veut dire qu'il est probable que tu n'y sois jamais retournée.

— Donc, quoi qu'il se soit passé après, cela a forcément eu lieu entre ici et chez Sara. »

J'ai l'impression que mes os sont creux et qu'ils ne vont plus me porter très longtemps. Mes jambes vacillent.

« Je suis là, Chloe. »

Jordan me serre la main plus fermement et je me serre contre lui.

« Je ne laisserai personne te faire du mal. »

Chapitre 31

Je suis venue jusqu'ici et il semble que je sois à deux doigts de découvrir ce qui s'est passé. Je veux connaître la réponse mais en même temps, je suis morte de peur. Il y a peut-être une part de vérité dans ce que le docteur Drew a dit à propos du cerveau humain qui bloque les souvenirs traumatisants par l'amnésie. Certaines choses sont simplement trop horribles pour que l'on s'en souvienne. Et si je sais, si je sais *vraiment* ce qui s'est passé, alors je vais devoir y réfléchir. Le revivre. Retrouver cette horrible tombe souterraine. Sentir encore la terreur, en première ligne.

Mais je n'ai pas le choix. Je ne peux pas passer le reste de ma vie à regarder constamment par-dessus mon épaule en me demandant qui pourrait venir m'enlever. Non, je dois savoir.

« Tu es vraiment pâle. Et si l'on trouvait d'abord un café pour manger quelque chose avant que tu ne t'effondres ? me demande Jordan.

— Oui, c'est peut-être une bonne idée. »

Sa main sur mon coude, Jordan me conduit en bas de la rue et me guide doucement parmi la foule de personnes que nous croisons. Je me demande quels sont leurs cauchemars. Quelle est la pire des choses qui leur soit arrivée à tous ? Quel est le maximum qu'ils puissent supporter avant de craquer et de s'effondrer ? Je scrute les hommes, je cherche dans les traits de leur visage quelque chose que je reconnaisse. C'était peut-être l'un d'eux. Le vieil homme en anorak. Le jeune homme maigre aux cheveux longs et aux tatouages le long des bras. Le type à l'allure excentrique avec des lunettes. L'homme en costume d'affaires en train de discuter sur son téléphone portable. Celui sur son vélo en train de zigzaguer entre les voitures avec un gilet fluo.

Cela pourrait être n'importe qui. Quand vous commencez à chercher, tout le monde semble sinistre ou bizarre. Il pourrait être en train de m'observer à cet instant précis et je ne le saurais jamais. Combien d'hommes y a-t-il au Royaume-Uni ? Trente millions ? Plus ? Comment en trouver un parmi trente millions ? Il pourrait même y en avoir plus d'un. Deux hommes travaillant en équipe. Je me souviens vaguement avoir lu une fois quelque chose à propos de deux tueurs en série qui travaillaient ensemble. Je ne peux pas me rappeler pas leur nom.

Au moment où nous arrivons au café, j'ai du mal à respirer et je serre le bras de Jordan.

« Voilà, assieds-toi, je vais te chercher quelque chose à manger. »

Jordan désigne une table libre sur la petite terrasse devant l'immeuble qui donne sur la rue. Deux jeunes femmes attablées près de moi discutent bruyamment à propos des derniers potins. Un homme seul de l'autre côté savoure un sandwich grillé et tape sur son ordinateur portable. Aucun d'eux ne me regarde lorsque je m'assieds.

« Que veux-tu ? »

Je n'ai pas faim du tout. Ma langue semble trop grosse pour ma bouche. J'ai l'impression que mes dents ne font pas partie de ma mâchoire. Je jette un œil à ce que l'homme est en train de manger.

« Quelque chose comme ça, peut-être ?

— D'accord, je reviens dans une minute. »

Il disparaît dans le local, ce qui me permet de scruter les visages dans la foule. Dix minutes plus tard, il revient avec deux toasts gratinés au fromage, une tasse de thé et un cappuccino mousseux sur un plateau.

« J'ai oublié de te demander si tu voulais du thé ou du café, alors j'ai pris les deux. »

Comme d'habitude Jordan est prévenant. En dépit de l'inquiétude, une secousse de bonheur me traverse le cœur comme un courant électrique. Je lui souris avec reconnaissance.

« Est-ce que tu sais pourquoi tu es allée faire du lèche-vitrines ? demande-t-il en déposant la nourriture sur la table avant de placer le plateau sur le siège vide à côté de lui.

— Je ne voulais sûrement pas prendre la moindre chose venant de la maison. Je ne suis attachée à rien de ce qui s'y trouve. Liam peut tout garder. »

Je pense à l'appartement presque vide sur la photo. De quoi aurais-je eu besoin tout de suite et qu'est-ce qui aurait pu attendre ? Qu'est-ce qui m'aurait fait me sentir plus à l'aise dans mon nouveau chez-moi ? Il y avait les éléments de base pour la cuisine mais j'aurais probablement eu besoin de choses comme un épluche-légumes décent et des couteaux. Je ne me serais pas souciée des casseroles et des poêles car il y en avait deux ou trois de répertoriées sur la liste du matériel fourni avec la location et que j'aurais vécu seule à partir de là.

« Peut-être des ustensiles de cuisine. Quelques meubles aussi, probablement. Juste une table de chevet et peut-être une lampe. Rien de cher ou de compliqué. »

Je jette un coup d'œil dans la rue vers les boutiques.

« J'aime les choses en bois. Tu sais, comme ta table de cuisine. J'aime aussi les meubles de Sara. Je voulais toujours beaucoup de bois dans la maison, mais Liam craquait pour les trucs modernes, brillants, comme le verre ou le chrome. Tout ce qui n'a pas de caractère.

— Le seul magasin qui vend des trucs en bois, c'est Nightingale, indique-t-il tandis qu'il incline la tête vers l'autre côté de la rue. Et Kitchen Dreams vend des ustensiles pour la cuisine. Nous pourrions commencer par là avant qu'ils ne ferment, puis faire les autres magasins si nous avons le temps. Qu'en penses-tu ?

— J'adore ce qu'ils font chez Nightingale. Je n'y suis pas beaucoup allée ces dernières années car Liam n'aime pas, mais oui, c'est probablement là que je serais allée. »

Nous terminons notre déjeuner et traversons la rue pour aller chez Nightingale. Le magasin s'étend sur deux étages et comporte beaucoup de meubles indonésiens, en chêne, en acajou et du bois de récupération qui a été transformé en toutes sortes de choses. La porte est maintenue ouverte avec un tronc d'arbre qui est maintenant un porte-plantes. C'est le paradis du bois. Comme les choses sont entassées un peu partout, vous devez contourner les meubles. C'est aussi très cher. Beaucoup plus que ce que je peux me permettre.

Le vendeur, d'âge moyen, est vêtu d'un pantalon noir et d'une chemise blanche. Il porte un nœud papillon rouge et bleu à carreaux et on dirait un vieux monsieur de la campagne. Il discute avec une femme à propos de l'huile de teck. Son élocution soignée parvient jusqu'à moi. Nous nous promenons dans le magasin, et mes mains effleurent en passant des objets : un bougeoir en bois flotté, un cadre photo en bois, un saladier sculpté.

Alors que je me tourne pour admirer un miroir au cadre en bois recyclé, je vois mon reflet et un lointain souvenir surgit dans une douleur qui me frappe entre les deux yeux. Je m'arrête et m'appuie d'une main contre une table voisine pour empêcher la pièce de tourner.

« Qu'y a-t-il ? me murmure Jordan à l'oreille en glissant son bras autour de ma taille pour me soutenir. Tu te rappelles quelque chose ?

— Je… je suis venue ici récemment. »

Jordan croise mon regard dans le miroir.

« Je me souviens. Je *suis* venue ici après être passée chez les agents immobiliers. J'ai fait un tour et… je lui ai parlé, dis-je en jetant un coup d'œil au vendeur. Je lui ai dit que je cherchais un peu moins cher et il m'a parlé d'un endroit. Quelque chose… »

Je ferme les yeux en essayant de réactiver ma mémoire.

« Il m'a parlé d'un atelier près d'ici qui fabrique des meubles en pin vendus pas cher. Mais je ne me souviens ni où ni de ce qui s'est passé après. »

Jordan me serre contre lui mais pas trop fort.

« OK, c'est utile, alors. »

Le vendeur continue de parler avec la cliente, il est question maintenant de bois abîmé. Je veux me précipiter là-bas et hurler à la femme de se taire. Je veux attraper le vendeur par le col et exiger qu'il répète ce qu'il m'a dit la dernière fois. Où il m'a envoyée. Je frôle la crise d'hystérie. Jordan me prend la main et me conduit vers le vendeur. Nous attendons qu'il ait terminé. Je me balance d'un pied sur l'autre en jouant avec ma boucle d'oreille. Je suis si près de découvrir la réponse que je peux sentir l'adrénaline dans le fond de ma gorge.

Le vendeur surprend mon regard puis adresse un sourire cordial à la femme.

« Bien, si vous avez besoin d'autre chose, demandez-moi. Prenez le temps de regarder encore. Cela ne coûte rien de regarder. »

Il rit comme s'il utilisait fréquemment cette réplique. La femme se promène à l'autre bout du magasin, ce qui me laisse libre de lui poser des questions.

« Bonjour, vous vous souvenez que je suis venue ici il y a neuf jours ? »

Je balbutie, luttant pour réprimer le tremblement dans ma voix.

« Que cherchiez-vous ? demande-t-il en me faisant le même sourire poli qu'à la femme précédente.

— Des meubles. Mes cheveux étaient différents à ce moment-là. Longs et foncés. J'ai dit que vous aviez de belles pièces mais je cherchais quelque chose d'un peu moins cher et vous m'avez recommandé un endroit dans la région qui fait des meubles en pin. »

Il lève un doigt.

« Ah oui, c'est exact. Je m'en souviens. Vous savez, notre bois est de très haute qualité et il est fait uniquement à partir de sources renouvelables ou de matériaux de récupération, mais nos prix sont toujours compétitifs.

— Oui, tout cela semble incroyable, mais vous m'avez parlé d'un autre endroit. Celui où l'on vend du pin. Où est-ce ? »

Il hoche un peu la tête, résigné à perdre cette vente.

« C'est un excellent charpentier mais il travaille avec des coupes de moindre qualité ; ce n'est pas le genre d'artisanat exigeant que nous avons ici.

— Vous pouvez nous dire où c'est ? demande fermement Jordan. »

J'ai le sentiment que le vendeur pourrait rester là toute la journée, à nous vanter ses produits.

« Mon patron me tuera s'il apprend que je vous en ai parlé… S'il vous plaît, ne le dites à personne. »

Il se retourne vers un ancien bureau en bois reconverti en comptoir et ouvre l'un des tiroirs. Il prend une carte et me la tend.

« C'est celui-ci. La Cabane en Bois de Tom. Ce n'est pas vraiment un magasin, plutôt un atelier en réalité, mais il fait des choses sur commande aussi.

— Merci. »

Je tire pratiquement Jordan hors du magasin.

Chapitre 32

Il nous faut quarante-cinq minutes de marche pour parvenir jusqu'à cette adresse. La ville laisse ici la place aux champs et aux chemins avec vue sur la campagne tout autour. Après la dernière maison sur la route, un chemin de terre la longe sur un côté avec un panneau en bois sculpté sur un piquet de clôture qui indique « La Cabane en Bois de Tom ». Une flèche nous indique le bas du sentier, et nous suivons cette direction. Au bout d'environ cinquante mètres, je vois quelques vieilles granges qui doivent servir d'atelier ainsi que des dépendances délabrées. Au loin, derrière les granges, un chien aboie. Une voiture file le long de la route principale.

Je m'arrête et j'aspire une grande bouffée d'air. Les senteurs de pin me frappent les narines et c'est à ce moment-là que je sais avec certitude que je suis déjà venue ici. Cette odeur, douce et parfumée, déclenche quelque chose dans mon esprit. Des lumières clignotantes surgissent dans ma tête comme une explosion de feux d'artifice. Un frisson de peur me bloque les muscles et je ne peux plus bouger. La sensation d'être observée est si forte que je sens presque un regard brûlant percer ma peau.

Jordan se retourne lorsqu'il comprend que je ne marche plus à côté de lui.

« Qu'y a-t-il ? »

Il revient vers moi à grands pas et pose ses mains sur mes épaules.

« Je… cet… je… non… »

Ma bouche tremble si fort que je ne peux prononcer le moindre mot.

« Tu reconnais cet endroit ? demande-t-il en ouvrant grand les yeux.

— Je… horrible… sentiment… »

J'halète maintenant, le souffle saccadé. Pas assez d'air. J'ai besoin de respirer.

« Quelque chose… quelque… chose de terrible. »

En fouillant dans les tréfonds de ma mémoire, je m'efforce de saisir ce lointain souvenir et de le ramener à la surface. Des images vives inondent ma tête maintenant. La dernière fois, j'étais ici.

L'instant d'avant, Tom me montrait des tables en pin et celui d'après, il m'attrapait par-derrière. Un bras autour de ma gorge, me tenant serrée. Une grosse main sur la bouche, étouffant mon cri de terreur. Pendant quelques instants, j'ai été si choquée que je n'ai pas pu bouger. Je me suis figée. Paralysée. Comme si la vie m'avait déjà quittée.

Puis l'adrénaline est entrée en jeu et je me suis battue. Mais il était trop grand. Trop fort. Je ne pouvais pas bouger. Je pouvais à peine respirer sous sa main, inspirant difficilement l'oxygène par le nez.

Et puis…

Un blanc. C'est là où ma mémoire se fracture.

Avant de réaliser ce qui se passe, Jordan me prend par la main et me ramène le long du chemin qui remonte vers la route principale. Il y a un banc un peu plus loin, devant les maisons. Il m'assied dessus et s'accroupit à côté de moi en me tenant les mains dans les siennes et en les frottant vigoureusement.

« OK, Chloe, respire. Tu dois te calmer. Il ne va rien t'arriver. Je suis là. »

Il garde les yeux fixés sur moi.

Je hoche la tête et je frissonne en même temps. Respire. Inspire. Expire. Oui. Respire. Je prends de profondes goulées d'air. J'ai le visage en feu mais mes mains et mes pieds sont comme des blocs de glace.

« Continue de respirer. Très bien. »

Je ne sais pas pendant combien de temps nous restons comme ça. Cela me semble une éternité jusqu'à ce que ma respiration ralentisse et que les tremblements cessent. Mes joues sont mouillées et je ne me suis même pas rendu compte que je pleurais.

« Tu veux me dire ce qui s'est passé ? dit-il en s'asseyant à côté de moi. Tu t'es souvenue d'un détail en particulier ? C'était ici ?

— Au début non, mais l'odeur et le bruit du chien qui aboyait ont déclenché quelque chose. J'ai eu vraiment, *vraiment* un mauvais pressentiment. Comme si j'allais mourir. Comme si quelqu'un m'étouffait. Et puis je l'ai revu m'attraper, sa main me bâillonnait la bouche pour que je ne puisse pas crier. Mais c'est là que le souvenir s'arrête. Après ça, il y a seulement ce grand vide noir.

— Je ne veux pas que tu restes là. »

Il regarde autour de lui et se lève.

« Il vaut mieux que je te ramène en sécurité à la maison. Là, nous pourrons appeler Summers et le laisser mener l'enquête. Tu te sens capable de marcher ou bien j'appelle un taxi ? propose-t-il en sortant son téléphone de sa poche.

— Je ne veux pas attendre un taxi. »

Je me lève sur mes jambes chancelantes

« Allons-y. »

Il me prend la main et nous partons mais je ne peux pas m'empêcher de regarder par-dessus mon épaule.

De retour dans la maison de Jordan, je m'assieds sur la marche devant la porte de la cuisine et j'allume une cigarette. Je prends de grandes bouffées tandis que John tourne autour de mes jambes, me poussant avec sa tête. Jordan me tend une tasse de café fort et s'assied près de moi.

« Voilà. Ça va ? »

C'est la dernière chose que je veux entendre. Je ne vais pas bien. Loin de là.

« Je n'arrête pas de repenser à cet endroit. De me voir sous terre. Voulant vivre sans savoir si j'allais m'en sortir. Courant pour me sauver à travers ces bois. Avec une partie de moi qui aurait voulu être déjà morte parce que la peur était trop forte. Au fond de moi, je suis à bout de nerfs mais ma voix résonne de manière étonnamment calme, comme si j'étais détachée de tout. Comme si c'était arrivé à quelqu'un d'autre.

— Cela a dû être terrifiant.

— Je ne veux pas y penser. Je veux juste oublier mais je ne peux pas. Je ne veux pas avoir peur tout le temps mais je suis terrifiée. C'est comme si j'avais échangé une peur contre une autre.

— Liam, tu veux dire ? »

Je prends une gorgée de café et l'amertume frappe mon palais.

« Oui.

— Mais tu l'as quitté et tu t'es enfuie. Tu peux t'en sortir.

— Je devrais appeler Summers. »

Je me lève et je rentre dans la cuisine. Je prends mon téléphone et compose son numéro puis j'attends qu'il me réponde.

« Chloe ? Comment allez-vous ? » demande Summers.

En fond, j'entends des sonneries de téléphones et des bribes de discussions agitées.

« J'ai trouvé quelque chose que vous devez savoir.

— Oui ? dit-il rapidement. Non, je serai là dans dix minutes.

— Pardon ?

— Excusez-moi, je parlais à une autre personne. Nous devons gérer un grave problème ici. Tout le monde est sur le pont. Qu'avez-vous trouvé ?

— Je suis allée dans une agence immobilière en ville. La femme de cette agence m'avait fait visiter un appartement que je voulais louer. Je devais revenir et lui donner de l'argent pour le dépôt de garantie puisque j'avais laissé mes affaires chez Sara. Puis elle m'a dit qu'elle m'avait redéposée à l'agence et que j'étais allée faire du lèche-vitrines.

— Non, prenez l'autre unité d'intervention armée aussi, dit Summers à quelqu'un d'autre, avant de revenir vers moi : Désolé, Chloé. Continuez.

— Je suis allée chez Nightingale dans la grande rue et l'un des vendeurs m'a parlé d'un endroit qui s'appelle *La Cabane en Bois de Tom*. Lorsque Jordan et moi y sommes allés, j'ai eu cet horrible sentiment que quelque chose de terrible s'était passé avant, et puis je me suis brusquement souvenu. Tom m'a attaquée. Il m'a attrapée au niveau de la gorge pour que je ne puisse pas bouger et il m'a bâillonnée avec une main. J'essayais de me débattre mais je ne pouvais pas. Il était trop fort. C'est là que mon souvenir s'arrête et je ne sais pas ce qui s'est passé après. Mais je sais que je ne suis jamais retournée chez Sara puisque mon sac et mon porte-monnaie y étaient toujours. »

Je m'attends à ce qu'il minimise ce que j'ai dit, à ce qu'il imagine plusieurs scénarios plausibles en déballant des explications rationnelles, mais à ma grande surprise, il ne fait rien de tout cela.

« Bon, Chloe, je vais devoir y aller maintenant et gérer ce qui se passe ici. Mais j'enverrai Flynn récupérer ce Tom et le ramener pour un entretien officiel. Dès qu'il sera au poste, je vous le dirai, d'accord ?

— OK.

— Je vous rappellerai plus tard, conclut-il avant de raccrocher. »

Je fume cigarette sur cigarette. Je suis incapable de me concentrer lorsque Jordan parle. Mon corps tout entier est un paquet de nerfs. Tout ce à quoi je peux penser, c'est à la police qui éloigne Tom de la rue pour qu'il ne puisse pas m'enlever à nouveau. Que dira-t-il quand ils vont l'interroger? Est-ce qu'il va nier? Est-ce qu'il sera plein d'arrogance et fier d'avoir pu s'en tirer pendant si longtemps? Est-ce qu'il y a une autre pauvre femme ligotée qui aura pris ma place dans ce trou souterrain?

« ... ira bien... Summers... »

Je suis tellement perdue dans mes pensées frénétiques que je n'entends pas tout de suite Jordan parler.

Je secoue la tête et je me tourne pour le regarder.

« Désolée, que disais-tu?

— Je disais que ça va aller. Ils l'arrêteront et tout sera terminé. »

Il me serre la main. Je la lui serre en retour et je lui fais un sourire tendu sans parvenir à être pleinement rassurée. Est-ce que ce sera jamais fini? Lorsqu'une telle chose arrive, est-ce que l'horreur disparaît pour toujours?

Un peu plus tard, la sonnerie de mon téléphone portable retentit, et je me brûle le doigt en lâchant ma cigarette. Les battements de mon cœur deviennent irréguliers alors que je réponds.

« Je voulais juste que vous sachiez que nous avons eu Tom, me dit Summers. Flynn s'en occupe jusqu'à ce que je puisse rentrer au poste. Je vous tiendrai au courant de la suite.

— Merci. »

Me sentant libre de souffler un peu, je m'effondre avec soulagement. Mon kidnappeur ne traîne plus dans les rues et il ne peut plus me faire de mal maintenant. Je suis enfin en sécurité.

Chapitre 33

Le téléphone de Jordan sonne dans sa poche. Il le sort et dit :

« Salut, sœurette, comment ça va ?… Quoi ? demande-t-il en se levant, les épaules tendues. Quand ? »

Il se passe une main dans les cheveux.

« Elle va bien ? Je serai là d'ici vingt minutes », ajoute-t-il après un long silence.

Il raccroche et lance un regard inquiet dans ma direction.

« C'était ma sœur. Ma mère est tombée et s'est cassé la hanche. Elle a été emmenée à A&E. Je dois y aller.

— Bien sûr, vas-y. Je vais me débrouiller. Il n'y a pas de danger, maintenant, n'est-ce pas ?

— Tu es sûre ? hésite-t-il. Tu veux venir avec moi ? Je sais que ce ne sera pas très drôle mais…

— Non, vraiment, vas-y. Je vais juste retourner à la maison et prendre d'autres affaires pendant que tu seras parti.

— Et Liam ?

— Ça va, il sera à son bureau. Et de toute façon, il n'y a rien qu'il puisse me dire maintenant qui me blessera ou me fera changer d'avis.

— Je te retrouverai ici plus tard, alors. »

Il attrape ses clefs et se dirige vers la porte avec un froncement de sourcils inquiet sur le visage.

Puis je vais à pied jusque chez moi et je reste debout devant la porte, avec un million de souvenirs se bousculant dans la tête…

La nuit où j'ai rencontré Liam la première fois. Sara et moi, nous étions dans une boîte de nuit, en train de danser. J'avais bu. Je voulais faire la fête toute la nuit, rire et flirter. Prétendre que j'étais toutes ces filles que je voulais désespérément être. J'étais douée pour faire semblant à ce moment-là.

Il se tenait au bord de la piste de danse, et il me regardait. Mais ce n'est pas la seule raison pour laquelle je l'ai regardé à mon tour à deux reprises. C'était la façon dont il me regardait, comme si j'étais la plus belle femme qu'il ait jamais vue. Comme si je l'hypnotisais. Plus tard, il m'a avoué qu'à la première minute où il m'avait vue, il avait su que j'étais la seule femme pour lui. Il disait que tout ce qui comptait alors, c'était de faire de moi sa femme.

Le jour où Liam m'a demandé de vivre avec lui, un mois seulement après le début de notre relation, j'étais si heureuse, si pleine d'espoir et si amoureuse que bien sûr, j'ai dit oui. Il m'a ramenée à la vie alors que je n'avais même pas compris que j'étais morte. Je me réveillais pour la première fois depuis une éternité. Lorsqu'il est venu me chercher à l'appartement que je partageais avec deux infirmières, nous étions tous les deux tellement excités à cette perspective ! Il ne m'a pas lâché la main lorsqu'il est revenu ici en voiture, et toutes les cinq minutes, il me glissait des petits regards extatiques, le sourire fendu jusqu'aux oreilles. Il m'a portée pour passer le seuil de la porte, même si nous n'étions pas encore mariés, et j'ai tellement ri que mon ventre me faisait mal. Cela allait être ma première vraie maison. Ma première maison. Je pensais que nous y resterions pour toujours.

Je me suis souvenue du frisson que j'éprouvais à l'avance lorsque je me précipitais à la maison en sortant chaque jour du travail pour mettre ma propre clef dans ma propre porte d'entrée. Je savourais même la pensée des tâches domestiques simplement parce que j'allais faire quelque chose d'utile pour que notre foyer soit rangé et propre, comme l'aimait Liam. Je me suis également souvenue avoir fait l'amour sur une couverture dans le jardin une nuit d'été. L'odeur du jasmin que j'avais planté flottait dans l'air. C'était doux et calme. Après, nous sommes restés allongés sur le dos en regardant les étoiles tandis que Liam m'apprenait les noms des différentes constellations. Nos membres chauds étaient emmêlés les uns aux autres et la sueur refroidissait sur notre peau.

Quelques semaines avant notre mariage, Liam m'avait fait la surprise, pour mon anniversaire, de rembourser la dette de mon prêt étudiant, toujours suspendue autour de mon cou comme un boulet. C'était difficile de s'en sortir seule à l'université, sans soutien familial. Même si je travaillais dans un magasin de chaussures le week-end et dans un pub le soir, j'avais du mal à joindre les deux bouts. Le prix de ma location à lui tout seul empiétait sur le prêt, sans compter tout ce dont j'avais besoin pour mes études.

Au début, il a pris soin de moi et il m'a aimée. J'avais été seule pendant une bonne partie de ma vie et tout à coup, il était là. Il est devenu ma famille et j'étais tellement reconnaissante pour la sécurité et la protection qu'il me donnait. J'en viens à me demander si c'est vraiment de sa faute si les choses se sont dégradées ou bien si c'est la mienne ? Si j'avais été plus forte, je n'aurais pas laissé les choses en arriver là. Peut-être que je suis aussi bête que Liam le dit, pour penser que je pourrais changer quelqu'un qui ne croit pas qu'il y ait quelque chose de mauvais en lui.

Peut-être que mon enfance a rendu possible l'arrivée de quelqu'un comme Liam dans ma vie, qui m'a manipulée et qui a pris le contrôle de mon existence. Il y avait quelque chose de programmé qui attendait de faire surface, comme si j'étais destinée à devenir une victime. Avec un besoin immense de chercher l'amour et les louanges à tout prix.

Bon, plus maintenant.

Une pointe de regret et de tristesse me frappe lorsque j'ouvre la porte d'entrée. Je parcours le salon et la salle à manger, puis je me dirige vers la cuisine. Rien ne semble avoir bougé depuis mon départ. Rien sauf moi.

Je monte les escaliers deux par deux, je récupère un petit sac sur l'étagère du haut de mon armoire et je commence à emballer mes affaires. Je sors quelques paires de chaussures de leurs boîtes et je les dépose en premier dans le sac. Je fais glisser les vêtements des cintres, avant de les plier soigneusement et de les superposer à l'intérieur. Ensuite, je prends mes sous-vêtements dans les tiroirs. Je ne veux rien emporter d'autre. Je ne veux pas de vêtements qui me rappelleraient ma vie d'avant mais comme je ne peux pas me permettre d'acheter une nouvelle garde-robe, je suis obligée de le faire.

J'emballe quelques affaires de toilette : parfum, crème pour le corps, shampooing et laque. Puis je vais vers ma coiffeuse et j'ouvre ma boîte à bijoux. Je ne veux pas des bijoux qu'il m'a achetés, mais je les mets tous dans un sac à linge. Je les vendrai peut-être.

Je lève le plateau supérieur de la boîte à bijoux et je sors des papiers personnels – extrait d'acte de mariage, acte de naissance, passeport. Je dépose tout dans le sac à linge lorsque cela me frappe, comme un couteau qui me transpercerait le crâne. Mon sang se fige sous ma peau, me laissant étourdie et frissonnante. Mes genoux fléchissent. Je me laisse tomber sur le tabouret derrière moi, une sonnette d'alarme retentit dans mon cerveau.

Passeport. Acte de naissance. Papiers d'identité.

J'ai dit à la femme de l'agence immobilière que je revenais avec de l'argent et des papiers d'identité. L'argent et les cartes bancaires étaient dans mon porte-monnaie chez Sara, mais j'ai laissé mon passeport ici.

Et si j'étais allée à *La Cabane en Bois de Tom* et que rien ne s'était passé ? Et si j'étais juste passée voir les meubles et que j'étais repartie ? Et si la vision que j'avais eue lorsque Jordan et moi étions là-bas était simplement une sorte de faux souvenir comme le docteur Drew l'avait expliqué ? Peut-être que je voulais tellement que ce soit Tom que mon cerveau a déformé la vérité.

Et si je suis partie de là-bas, cela veut dire que je serais ensuite revenue ici. Revenue pour prendre ma pièce d'identité afin de louer cet appartement et commencer à vivre à nouveau. Mais ensuite, j'ai disparu. Je ne suis jamais retournée chez Sara. J'ai simplement disparu de la surface de la Terre.

C'est à ce moment-là que je sais que c'est Liam le coupable. D'une manière ou d'une autre – et j'ignore comment il a fait – Liam a réussi à revenir d'Écosse sans que personne ne s'en aperçoive.

Chapitre 34

Il se produit alors trois choses.

J'entends un bruit en bas. Mon cœur cesse de battre. Je me fige.

« Je sais que tu es là, Chloé ! »

La voix de Liam est calme mais terriblement froide.

Je ne peux pas bouger. Je ne peux pas respirer. J'attends juste de mourir. Ses pas lourds et rapides résonnent sur le parquet stratifié en bas. Il me cherche. Quand il m'aura trouvée, il réfléchira au meilleur moyen de me tuer. Il fera en sorte qu'on pense à un suicide, ou à un accident ou à une autre mauvaise réaction aux médicaments. Et si ça ne marche pas, il m'emmènera quelque part et me laissera mourir. Ingénieux.

Mon adrénaline entre en action et je me lève tandis que mon regard fouille frénétiquement la pièce. Mon pouls résonne à mes oreilles comme un bruit blanc.

Où puis-je me cacher ? Sous le lit ? Il me trouvera en une seconde. Dans l'armoire ? Idem.

La salle de bains, alors. Sortir par la fenêtre sur l'extension de la cuisine en dessous. Mais c'est trop petit.

Je me précipite vers la fenêtre de la chambre. Il y a environ trois mètres jusqu'au sol. Je risque de me casser quelque chose ou de mourir.

Ses pas dans l'escalier.

« Tu es si stupide, Chloe. Si crédule. »

Ma main attrape la poignée alors que je regarde en bas. J'ai peur. Je suis terrifiée. Je déteste la hauteur. Je ne veux pas mourir. J'essaie d'ouvrir la fenêtre mais la poignée ne bouge pas. Chaque muscle de mon corps tremble tandis que je tire d'un coup aussi sec que possible.

Rien. Elle est verrouillée.

La terreur m'enserre comme une corde, rétrécissant son nœud de plus en plus jusqu'à ce qu'il me soit difficile de respirer.

« Espèce de salope ! »

Liam me tire en arrière par l'épaule et je me cogne contre lui, l'arrière de ma tête heurtant sa poitrine.

Je hurle. Je hurle encore et encore.

Il me fait tourner comme si je ne pesais rien. Son poing vole vers mon visage et me frappe fort sur la joue.

Ma tête oscille vers la gauche, un craquement résonne dans mes oreilles. J'ai un goût métallique dans la bouche. Puis je vole dans les airs et je me cogne dans la coiffeuse avant de retomber violemment sur mon épaule. J'ai le souffle coupé. Une explosion de couleurs devant les yeux.

Il se tient au-dessus de moi avec un rictus fou qui déforme son visage.

« Tu ne veux pas mourir, alors ? »

Je touche ma joue qui m'élance après son coup de poing. Les larmes inondent mon visage. Je me traîne sur les talons et les mains pour m'éloigner de lui, mais lorsque mon dos heurte le mur, je sais que c'est inutile. Il sera plus rapide. Il est plus fort que moi. Il bloque la porte et il n'y a nulle part où aller.

Et à la fin, Liam obtient toujours ce qu'il veut.

Quelque chose d'autre remplace la terreur. Un calme résigné, comme si le sang avait déjà cessé de couler dans mes veines. Je sais que je vais mourir et j'abandonne. C'est plus facile, comme il a toujours été plus facile de laisser tomber et de capituler. L'attente est enfin terminée. Personne ne peut me sauver maintenant. Summers ignore où je suis. Jordan est à l'hôpital. Je n'ai plus la force de me battre contre lui.

Je veux qu'il en finisse. Vite. Je ne veux pas souffrir. Laisser Liam gagner. C'est ce qu'il a toujours voulu. Et je m'en moque maintenant. Je suis trop fatiguée pour m'en soucier.

Il s'agenouille près de moi et caresse doucement ma joue déjà enflée avec le dos de la main. Je recule à son contact.

« Regarde ce que tu m'as fait faire, dit-il en inclinant la tête comme un chien qui essaierait de comprendre un ordre humain.

— Pourquoi ? gémis-je en pleurant. Pourquoi est-ce que tu ne pouvais pas simplement divorcer si tu ne m'aimais pas ? Pourquoi tout ça ? Pourquoi essayer de me tuer ?

— Tu ne comprends pas, c'est ça ? »

Il secoue la tête et pousse une exclamation désapprobatrice.

« Tu es à moi, ma chérie. Tu es ma femme. Tu ne peux pas me quitter. C'est *moi* qui décide de ce qui se passe. Pas toi ! »

Il crie et un jet de salive vole de sa bouche pour atterrir sur mon visage.

Je me bats contre la nausée qui monte en moi.

« Alors tu savais ? Tu savais que j'allais te quitter avant d'aller en Écosse ?

— Bien sûr que je savais ! Je ne suis pas idiot. Je ne suis pas comme toi. Pas en manque d'affection, faible et pathétique.

— Que s'est-il passé alors ? »

Tout à coup, je veux savoir. Si je vais mourir, et je sais que c'est ce qui va m'arriver, alors je veux savoir exactement ce qui s'est passé. Je veux enfin reconstituer le puzzle manquant dans ma tête.

« Tais-toi, sale menteuse. »

Il frappe ma tête contre le mur. J'entends les cloches sonner à mes oreilles et tout devient noir.

Chapitre 35

Lorsque je me réveille, la chambre est noire. Je ne sais pas si c'est la nuit ou bien si les rideaux occultants sont fermés.

Je suis allongée sur le côté, face à la porte. Quelqu'un gémit doucement. C'est moi. J'ai les mains attachées dans le dos. Les chevilles liées. Je ne peux pas ouvrir correctement mon œil droit, il est enflé et douloureux, comme ma joue. Un bâillon est serré autour de ma bouche. Je passe la langue sur mes dents, et l'une d'elles semble bouger. J'ai un goût de sang sur les lèvres.

Et je peux me souvenir de ce qui s'est passé.

J'essaie de bouger les mains et les pieds mais des câbles en plastique s'enfoncent dans ma peau et mes membres semblent lourds et meurtris. J'ai une douleur dans le dos, sur le côté. Une pression dans la poitrine. Je respire avec difficulté.

Liam rit. Je tourne lentement la tête dans sa direction. Il est assis au bord du lit, de mon côté, en train de me regarder. Souriant à sa femme qui est ligotée comme une dinde. Il semble étonnamment calme et détendu.

J'essaie de parler mais il ne sort de ma bouche qu'un son brouillé à travers le bâillon. Comme je ne peux pas relever ma tête plus longtemps, je la laisse retomber.

« Quoi ? Chloe veut dire quelque chose ? »

Il prend une gorgée de bière dans la bouteille qu'il tient à la main. Sa pomme d'Adam monte et descend tandis qu'il avale.

Je sais ce qui s'est passé maintenant. Pas tout, mais la plus grande partie. Peut-être que lorsque ma tête a heurté le mur, cela a déclenché quelque chose. Ou peut-être que le fait de me retrouver ici avec lui, dans cette situation, a permis de relancer ma mémoire de façon spontanée. Est-ce qu'un second traumatisme peut permettre de récupérer les souvenirs que le premier vous a fait oublier ?

Il se dirige vers moi. Je ne bouge pas. Je n'essaie même pas de lutter. Je reste allongée et je lève les yeux vers lui.

« Quoi ? Tu ne veux pas te battre ? Pas comme la dernière fois ? »

Il s'agenouille à côté de moi.

« Ouais, tu te battais comme une bête sauvage jusqu'à ce que je t'injecte le Silepine. Après, tu t'es endormie en un rien de temps, explique-t-il en riant. Katya aussi s'est battue, tu sais. »

Je respire vite, j'effectue de petites inspirations par le nez.

Katya ? Son ex-petite amie ?

« C'est ce que j'aimais chez chacune de vous, au début. C'est pour cela que je t'ai choisie. Tu étais fougueuse et indépendante mais si tu grattais juste sous la surface, tu étais vulnérable et fragile. C'est tellement facile de modeler une personne pour en faire ce que tu veux. La regarder devenir votre femme parfaite et savoir que tout est à vous. Son énergie disparaît et elle devient malléable et désireuse de plaire. Ce n'est qu'une question de contrôle et de temps. Elle aussi a dit qu'elle partait. Qu'elle retournait en Moldavie et que je ne la reverrais jamais. »

Il sourit, le regard dans le vague comme s'il était perdu dans quelque lointain souvenir.

« Elle n'est pas allée bien loin, pourtant. Tu l'as peut-être rencontrée en bas, humm ? Il n'en reste probablement pas grand-chose maintenant, pourtant. Je parie que les rats s'en sont donné à cœur joie. La poussière retourne à la poussière, *et cetera.* »

Je ferme les yeux. Des larmes chaudes glissent le long de mon visage et imbibent le tapis. Je sais avec certitude maintenant que je ne pourrai jamais m'échapper. Il l'a déjà fait avant et il s'en est tiré. Il a tué sa petite amie et cela ne l'a même pas empêché de dormir.

Mon mari est un psychopathe.

« Pourquoi tu les as coupés ? »

Il caresse mes cheveux, avale une autre gorgée de bière, puis la fait tourner dans sa bouche avant d'avaler.

« Traitement par le silence, hein ? »

Il arrache mon bâillon avec une telle force que j'ai l'impression qu'il a arraché en même temps une partie de ma peau. Il se penche tout près et son visage n'est qu'à quelques centimètres du mien. Il exhale une odeur de bière et de sueur. La tension se dégage de son corps comme quelque chose de sauvage et fétide que je peux presque sentir.

Ma bouche se remplit d'amertume. J'avale et me passe la langue sur les lèvres. Encore plus de sang sur la langue.

« Tu peux crier si tu veux, personne ne va t'entendre. Les voisins sont encore au travail. »

Je ne lui donnerai pas cette satisfaction. Au lieu de cela, je marmonne :

« Vas-y, alors. Qu'est-ce que tu attends ? »

Il hausse les épaules.

« Tôt demain matin, je t'emmènerai quelque part. Un endroit où ils ne te trouveront pas. Un endroit d'où tu ne pourras pas t'échapper, cette fois. Je ne voulais pas te faire souffrir avant. Je voulais juste te laisser là pour que tu meures. Mais tu as menti et triché, tu m'as défié et je dois te punir, ma chérie. Tu comprends, n'est-ce pas ? »

Il hoche doucement la tête tandis que ses yeux de fou affichent une expression presque sereine.

« Qu'est-ce que je vais faire ? Te poignarder ? T'étrangler ? Casser chacun de tes os ? »

Je ne dis rien. Je refuse de lui laisser voir combien je suis terrifiée.

« Je suis surpris que tu sois sortie de ce bunker, tu sais. »

Il agite un doigt vers moi en ricanant. Il pense que c'est drôle, en fait.

« Ça m'a vraiment surpris.

— Un bunker ? »

Je déglutis encore pour apporter un peu d'humidité dans ma bouche.

« C'est un vieux bunker militaire qui était utilisé pour entreposer des choses. Parfaitement caché et camouflé. Presque personne ne sait qu'il est là, mais papa m'y a emmené quelquefois quand j'étais gamin. Il était en poste à proximité pendant la Seconde Guerre mondiale et il était responsable des approvisionnements qui étaient stockés là. Et le meilleur… ce n'est indiqué sur aucune carte. J'ai pensé que c'était un choix judicieux. Sauf que tu as tout gâché, n'est-ce pas ? »

Il passe un doigt le long de mon cou et de mon épaule. J'ai la chair de poule.

« La perte de mémoire, pourtant. C'était bien. Cela m'a aidé. Je n'aurais pu imaginer mieux.

— Comment as-tu voyagé entre l'Écosse et ici sans que personne ne le sache ?

— Cousin Jeremy, explique-t-il avec un sourire sur les lèvres. Tu te souviens quand lui et Alice sont restés avec nous le soir de ma fête ? »

Il se penche et m'embrasse sur le front. Je ferme les yeux et m'oblige à respirer. Lorsque je les rouvre, il me dévisage.

« Tu te souviens ?

— Oui, fais-je en chuchotant.

— Il a laissé son permis de conduire par hasard. Tu sais combien nous nous ressemblons ? Seule notre taille nous différencie sensiblement. Du coup, c'était vraiment facile. Tu n'as pas besoin d'un passeport pour aller en Écosse en avion. Tu as juste besoin d'une photo d'identité, et j'en avais une. Jeremy Shaw a pris l'avion pour aller et revenir d'Aberdeen, pas moi. J'avais l'alibi parfait.

Trafiquer les antidépresseurs n'a pas fonctionné. Il fallait donc que j'essaie une approche différente, poursuit-il en s'accroupissant et en posant la bouteille de bière vide par terre. Je savais que tu serais chez Sara, alors c'était facile de te trouver. J'ai pris un taxi depuis l'aéroport. Il m'a déposé près de sa maison et j'ai fait le reste du chemin à pied. Il faisait sombre alors. Il n'y avait pas de lumière et tu n'étais pas là. J'avais déjà fait faire une copie de la clef de rechange de la porte de Sara, que tu conservais chez nous, et je n'ai donc eu aucun mal à entrer. Et puis, cela n'a plus été qu'une question de temps avant que tu ne reviennes.

Par la fenêtre de la chambre de Sara, je t'ai vu descendre la rue et puis soudain, tu as semblé changer d'avis et tu es partie dans l'autre direction, alors je t'ai suivie. Pour revenir ici. Très pratique ! s'exclame-t-il en me lançant un sourire victorieux. Je n'allais pas te laisser me quitter. Pas question. Ce n'est pas bien, n'est-ce pas ? Je te l'ai dit, non ? Je t'ai dit que tu étais à moi. Nous nous le sommes promis. Nous avons échangé nos vœux de mariage, une chose que tu n'as pas prise au sérieux, à l'évidence. Jusqu'à ce que la mort nous sépare, pour toujours et à jamais, Chloe, tu te souviens ? »

Il serre si fort les dents que je vois les muscles de sa mâchoire bouger. Je le dévisage dans un silence glacé. Il se penche vers moi, je sens son souffle sur mon oreille.

« Tu te souviens ? hurle-t-il.

— Oui, dis-je après avoir sursauté.

— Tout est de *ta* faute. Tu m'as forcé à le faire. Tu ne m'as pas laissé le choix. Je ne pouvais pas te laisser partir. Jamais. Tu m'appartiens. »

Il lève la main comme s'il allait me frapper à nouveau. Le silence se fait inquiétant tandis que je ferme les yeux en attendant le coup.

Mais rien.

« J'ai faim, se contente-t-il de dire. Je pense que je vais me préparer quelque chose à manger. La nuit va être longue. »

J'ouvre les yeux et il se penche vers moi. Il remet grossièrement mon bâillon en place, sans cesser de sourire, les yeux étincelant d'excitation.

« Tu ne peux aller nulle part, alors n'essaie même pas d'y penser. »

Puis il sort de la chambre.

La clef tourne dans la serrure avec un gros clic qui me condamne à mort.

Chapitre 36

On dit que notre vie défile devant nos yeux lorsqu'on est sur le point de mourir.

Pas pour moi. Pas ma vie entière, en tout cas. Juste les derniers mois.

Le bébé. Mon bébé. Tout a commencé à ce moment-là. Je me souviens maintenant. Je peux voir les images clairement dans ma tête.

Lorsque Jeremy et Alice sont partis le matin après la fête, je pouvais à peine contenir mon excitation. Pour la première fois de ma vie, j'avais quelque chose qui était à moi. Vraiment à moi. Quelque chose que ni Liam ni personne d'autre ne pouvait m'enlever. Une vie en moi qu'il ne pouvait pas toucher. Même si c'était un accident, j'étais en extase.

Sauf que Liam n'a pas ressenti la même chose.

Je l'ai fait asseoir à la table de la cuisine, un sourire béat sur le visage. J'avais de l'espoir. Tout serait différent maintenant. Cela arrangerait les choses entre nous. Il verrait combien il avait été égoïste et irréfléchi. Sûrement, avec un bébé en route, cela le ferait changer. Lorsqu'il tiendrait cette petite chose dans ses bras pour la première fois, j'étais certaine que cela ferait revenir l'ancien Liam.

Je lui ai donné le test de grossesse positif entièrement enveloppé et attaché avec un nœud. Ses yeux se sont éclairés, car il pensait qu'il s'agissait d'un autre cadeau d'anniversaire. Mais lorsqu'il a compris de quoi il retournait, ses traits se sont durcis, son visage est devenu rouge et couperosé, ses yeux bleus distants. Mon sourire a vacillé tandis que j'attendais qu'il dise quelque chose. Puis il s'est levé, m'a fixée droit dans les yeux et il a dit :

« Tu ne penses qu'à toi, c'est ça ? »

Un muscle palpitait au niveau de sa mâchoire, un signe que je reconnaissais lorsqu'il était sur le point d'exploser.

« Tu es si foutrement égoïste. Après tout ce que j'ai fait pour toi ! »

Ses lèvres se tordaient sous le coup de la colère tandis qu'il pointait un doigt accusateur vers moi.

Je l'ai regardé bouche bée, l'injustice de ses paroles me laissant sans voix.

Il a rapproché son visage du mien.

« Tu n'avais rien quand je t'ai rencontrée. La dette d'un prêt étudiant ! Pas de maison ! Rien ! Tu me dois tout, putain. Je t'ai tout donné. Tu devrais être reconnaissante que quelqu'un ait voulu de toi, et au lieu de ça, tu me récompenses en me faisant un bébé dans le dos ! Tu me prends pour un idiot ? »

Il m'a attrapée par les épaules en me secouant fort, et ses doigts s'enfonçaient si profondément que je pensais qu'il allait me percer la peau. J'étais trop terrifiée, même pour crier.

« Je ne te partage avec personne. Débarrasse-t'en ! » a-t-il rugi avant de claquer la porte pour aller travailler tandis que les larmes coulaient silencieusement sur mes joues.

Bien sûr, je ne pouvais pas « m'en débarrasser ». Je ne l'aurais pas fait. Il ne s'agissait plus seulement de moi. J'étais responsable d'un autre être humain maintenant. Même si je n'allais finalement pas donner à mon bébé le cadeau de la vie, il ou elle m'a donné quelque chose de précieux : le courage de me tenir debout pour moi-même.

Il savait. Il savait que je ne tuerais jamais mon bébé. Lorsqu'il est revenu du bureau ce soir-là, il avait un énorme bouquet de fleurs à la main et du champagne. Il s'est confondu en excuses. Il disait que cela avait été un choc énorme et qu'il ne savait pas comment le gérer. Mais il avait eu la journée pour y réfléchir et il était aussi heureux que moi.

Il m'a fait couler un bain et m'a massé au niveau des épaules. Il a apporté un verre de champagne pour lui et un autre moins rempli pour moi, mélangé avec du jus d'orange. Il a porté un toast au bébé et à nous, et tandis qu'il me regardait boire mon verre, l'espoir est revenu. Je voulais croire que tout serait vraiment parfait désormais, et lorsque vous souhaitez si fort quelque chose, c'est facile de se mentir à soi-même.

Plus tard cette nuit-là, la fausse couche a commencé. Je me suis réveillée avec des crampes d'estomac, et une sensation d'humidité collante entre les jambes. Je me suis précipitée dans la salle de bains et je me suis essuyée. Il y avait du sang partout. Je ne savais pas alors. Je n'aurais pas pu deviner ce que je sais maintenant. Il avait dû mettre quelque chose dans le champagne pour me faire avorter. C'est ce que je crois. Et soudain, il n'y avait plus de vie en moi. Seulement Liam et moi à nouveau, comme il le désirait.

Mais je ne pouvais plus. Je ne pouvais plus exister sans vivre. Je me souvenais de l'espoir et du bonheur que j'avais ressentis lorsque j'étais enceinte. Tout cet éventail de possibilités. Je voulais retrouver cela.

Mon bébé était la goutte qui a fait déborder le vase.

Lorsque la dépression a frappé, je me suis dit que je devais le quitter. J'y pensais matin, midi et soir. La douleur surmontée, je me suis sentie mieux. J'allais partir. Mais d'une façon ou d'une autre, il a su ou soupçonné que j'allais mettre un terme à notre relation et il ne pouvait pas le supporter. Les antidépresseurs du médecin lui ont donné le moyen idéal pour me faire mal. Il les a trafiqués, j'en suis sûre. Il voulait peut-être que je devienne folle. Ce serait ma punition pour avoir osé défier sa volonté. Comme un avant-goût de ce qui allait se produire si je ne restais pas sous son contrôle. Ou peut-être qu'il voulait me tuer alors mais que quelque chose a dérapé.

Lorsque je suis rentrée à la maison à ma sortie du service de psychiatrie, j'étais toujours malheureuse et en deuil, mais j'étais aussi devenue méfiante.

Personne ne veut penser que son mari peut faire une chose pareille ; il y avait néanmoins trop de coïncidences. Perdre le bébé, perdre la tête. Je ne savais pas ce qu'il me ferait après. Les choses se mettaient en place et je ne croyais plus les médecins lorsqu'ils disaient que j'avais simplement souffert d'une réaction très rare et malencontreuse aux médicaments. Je savais que c'était Liam et il était temps de fuir. Enfin, lorsque j'ai découvert sa liaison, cela a justifié ma décision et effacé le moindre doute qui pouvait subsister.

C'était le coup fatal.

Je ne savais pas alors que ce serait le mien.

Je ne pouvais parler à personne de mes soupçons. Liam est un bon acteur. Il maîtrise à la perfection son rôle de mari parfait. C'était ma parole contre la sienne, et personne ne m'aurait crue si j'avais raconté qu'il avait trafiqué mes médicaments comme je l'ai découvert depuis.

J'ai attendu le bon moment. Lorsque Liam m'a dit qu'il allait en Écosse, j'ai su que cela devait se passer à ce moment précis. Il ne pouvait pas m'arrêter. J'avais pris le nécessaire pour quelques jours. Simplement quitter la maison. Fuir chez Sara puis trouver un endroit à moi, qu'il ne connaissait pas. J'avais un créneau d'une semaine pour tout régler pendant qu'il était parti. Mais à nouveau, je suis rentrée dans son jeu. Il avait prévu de me laisser pour morte et il avait un alibi parfait au moment où on m'enlevait.

Le meurtre parfait.

Chapitre 37

J'entends grincer la porte qui s'ouvre et je garde les yeux bien fermés.

« Comment peux-tu dormir dans un moment comme celui-là ? » demande-t-il en me donnant un coup de pied.

J'ouvre les yeux et je fixe le regard d'un meurtrier. Je ne souligne pas l'ironie de ses paroles, venant d'un homme qui peut manger dans un moment pareil.

Il prend un long couteau de cuisine à la lame brillante dans sa poche arrière, et se met à califourchon sur moi. Ses genoux sont placés à l'extérieur de mes hanches, et son poids repose sur mon ventre. Je suis clouée sur place et j'ai du mal à respirer. Tandis qu'il appuie le couteau sur mon cou, un sourire illumine ses yeux. Je tourne la tête sur le côté mais je ne peux pas me soustraire à la lame.

Il abaisse le bâillon et fait glisser lentement le couteau sur ma peau. Cela pique comme un feu brûlant. Le sang gicle en suivant la ligne qui va de ma clavicule jusqu'à l'arrière de mon épaule.

« S'il te plaît, ne fais pas ça ! Ne me fais pas mal ! gémis-je.

— Je pourrais faire en sorte que cela soit vraiment lent et douloureux. Tu le mériterais. »

Il ôte le couteau, se penche et balaie mes plaies avec sa langue pour lécher le sang qui s'en écoule.

« Cela prendrait des heures pour que tu meures, emportée dans une douloureuse agonie. »

Son poids sur moi m'écrase les poumons. Mon pouls cogne dans mes tympans. Des gouttes de sueur froide et moite apparaissent sur mon front.

Avec un peu de chance, je vais suffoquer avant qu'il ne puisse me découper en morceaux. Et si je dois mourir, alors je n'ai qu'une question à lui poser. Je parviens à dire d'une voix rauque :

« Comment as-tu su que je partais ?

— Tu penses que tu es tellement intelligente alors que tu es simplement stupide. J'aime bien vérifier ce que tu fais lorsque tu penses que je suis au bureau, m'annonce-t-il en hochant la tête vers moi, les lèvres serrées, comme si j'étais un sale gosse. Quelquefois, je te suis et tu ne le remarques même pas. Parfois, je rentre à la maison à l'improviste pour savoir avec certitude si tu es là quand tu le dis. Je suis un mari préoccupé qui aime savoir ce que fait sa femme lorsque je ne suis pas avec elle. Quelqu'un doit prendre soin de toi, non ? »

Je laisse échapper un petit rire étouffé.

« Comme j'aime savoir à qui tu parles et ce que tu dis, j'ai mis ton téléphone portable sur écoute. Il l'est depuis des années et tu n'as jamais rien soupçonné, ajoute-t-il en plissant les yeux. Imagine ma surprise lorsque je t'ai entendue parler au téléphone avec Sara pour lui dire que tu en avais assez d'être ma femme et que tu allais me quitter. Et toi et ce putain de con de Jordan, qui complotiez pour que tu t'éloignes de moi. Alors que pendant tout ce temps, j'étais au courant de tes moindres mouvements.

— Mis sur écoute ? fais-je en secouant la tête avec incrédulité. Comment as-tu fait ?

— C'est facile. J'ai installé un simple logiciel qui utilise le propre micro du téléphone pour enregistrer les conversations. Cela ne laisse aucune trace visible sur le téléphone. »

Je pense à la conversation avec Sara. Celle dont je peux maintenant me souvenir. Comment je lui ai fait part mes plans. Comment elle m'a dit que je pouvais rester chez elle indéfiniment, mais non, non, avais-je dit, ce ne serait que pour quelques jours, jusqu'à ce que je trouve un endroit sûr que Liam ne connaîtrait pas. Je peux clairement entendre sa voix dans ma tête lorsqu'elle m'a dit que j'aurais dû le faire plus tôt. Que je devrais aller voir la police au cas où quelque chose m'arriverait. Mais que leur dirais-je? Que pourrais-je bien lui demander alors qu'il apparaissait aux yeux de tout le monde comme un mari inquiet qui aimait sa femme à la folie. Ils penseraient que j'étais folle, que les médicaments avaient provoqué des dommages à long terme sur mon cerveau, et je ne pouvais pas retourner au service psychiatrique. Je ne pouvais pas. Je n'en ressortirai pas la prochaine fois, Liam ferait le nécessaire pour ça.

Liam se redresse et s'allonge à côté de moi sur le sol. Il glisse son bras autour de mon épaule, m'écrasant contre lui pour que ma tête s'appuie contre sa poitrine. Les battements de son cœur vibrent contre ma joue.

Je ne peux pas empêcher mes larmes de couler. Je pensais que je renoncerais. Je pensais vouloir que tout se termine mais c'est faux. Je veux vivre. Survivre. Mais c'est impossible.

Il ne me laissera jamais partir et je ne peux pas m'enfuir.

« Ne pleure pas, Chloe », dit-il d'une voix tremblante.

Je pense qu'il pleure aussi. Mais je ne veux pas regarder ses yeux. Je ne veux pas que son visage soit la dernière chose que je voie.

Au lieu de cela, je pense à Sara et à Jordan. Deux personnes qui comptent beaucoup pour moi. Deux personnes qui me croyaient. Je me demande ce qu'ils feront lorsque je serai morte. Bien sûr, tout le monde croira que j'ai été enlevée. Le docteur Traynor, le docteur

Drew, même Summers et Flynn. Mais ils penseront tous que c'était l'homme sans nom et sans visage, celui qui ne peut pas être identifié parce que je ne me souvenais de rien. Ils ne soupçonneront rien. Et Liam s'en sortira.

Encore.

Il repousse doucement mes cheveux de mon visage en sueur et baigné de larmes. Sa main descend le long de ma joue enflée, pour aller vers mon cou, me touchant tendrement.

« Comment as-tu pu tuer ton enfant ? »

Je n'ai presque plus de voix maintenant, j'ai la gorge nouée. J'attends la mort et j'ai peur.

« Je ne pouvais pas le laisser changer les choses entre nous. C'était supposé être simplement toi et moi. Comme je savais que tu ne t'en débarrasserais pas, je l'ai fait pour toi. C'était une bénédiction, tu dois le comprendre maintenant. »

Il essuie mes larmes avec son pouce.

« Je t'aime plus que tout, chérie. Je ne ferais pas tout cela si ce n'était pas le cas. »

Sa voix est incroyablement calme.

Et puis quelque chose survient.

Quelqu'un frappe fort à la porte d'entrée. Liam se rassoit en tremblant, les yeux écarquillés, tous les sens en alerte.

« Chloe ! Tu es là ? »

C'est la voix de Jordan. Encore des coups contre la porte.

Liam se précipite hors de la chambre. De là où je suis allongée, je le vois à travers la porte, debout au-dessus des escaliers, sa main gauche agrippant le couteau, le poing droit serré.

« Au secours ! Jordan !

— Chloe ! »

Jordan cogne à nouveau sur la porte. Les épaules de Liam se redressent et retombent sous le coup de la colère et de l'adrénaline. S'ensuit un énorme bruit suivi d'un fracas en bas lorsque Jordan parvient à défoncer la porte. Le dos de Liam se raidit et il tient le couteau devant lui.

« Tu es venu voir ta garce avant que je la tue, Jordan, c'est ça ? » gronde-t-il.

J'entends des pas lourds dans l'escalier puis je vois apparaître la tête et les épaules de Jordan. Liam agite le couteau vers Jordan, donnant des coups dans le vide. Jordan fait un écart, évite la lame de peu. Liam donne un coup avec son pied droit pour essayer de frapper Jordan au visage. Mais Jordan esquive sur le côté. Dans un mouvement rapide, il saisit d'une main la cheville de Liam par en dessous et tord le haut de son pied de l'autre main. Déséquilibré, Liam bascule sur le côté et tombe contre le mur du couloir en atterrissant sur son bras gauche. Jordan se jette alors sur lui, luttant pour essayer de lui retirer le couteau. Avec sa main libre, Liam lance des coups vers le visage et la tête de Jordan.

En respirant difficilement, je me traîne sur le dos jusqu'à eux. Mes bras sont attachés dans mon dos et mes chevilles sont également immobilisées.

Jordan saisit le poignet gauche de Liam avec les deux mains pour essayer de maîtriser le couteau. La lame coupe l'avant-bras de Jordan, qui crie sous le coup de la douleur. De grands coups s'abattent sur le visage de Jordan tandis que Liam le martèle avec son poing droit.

Je me rapproche en me traînant.

Tout le poids de Jordan pèse maintenant sur Liam, qui lutte pour éloigner le couteau. Du sang coule de la blessure de Jordan. Luttant pour le reprendre, Liam parvient à attraper le manche avec les deux mains maintenant, pour le diriger vers la gorge de Jordan. Geignant, les bras tremblants, Jordan parvient à modifier la trajectoire du couteau qui est désormais pointé vers la poitrine de Liam.

C'est alors que j'arrive près d'eux, étendue sur le dos, ignorant la douleur terrible de mes bras qui sont écrasés sous moi. Je ramène mes genoux au niveau de ma poitrine et je balance les pieds vers la tête de Liam aussi fort que je peux.

Tout arrive en une fraction de seconde.

La tête de Liam atterrit contre le mur et rebondit. Ses yeux se révulsent. Son corps sans vie s'effondre en arrière puis sur le côté.

Liam n'oppose maintenant plus aucune résistance, car en basculant vers Jordan, le couteau a pénétré droit dans son cœur.

Chapitre 38

Je suis assise dans la salle d'interrogatoire du poste de police avec une couverture enroulée autour de moi. Il fait chaud dans la pièce mais je ne peux pas m'empêcher de trembler. Je serre fort la mâchoire pour empêcher mes dents de claquer.

Cela ne m'a pas vraiment frappée tout de suite. Trop de choses.

Summers et une équipe d'intervention armée montant les escaliers en courant. Jordan entraîné loin de Liam. Moi quelque part au milieu en train de hurler. Des mains froides sur mon épaule. Des voix. Summers me libérant les poignets et les chevilles. Jordan – pâle, à bout de souffle et saignant. Les secouristes et une ambulance. Le trajet jusqu'aux urgences. Le bras de Jordan nettoyé et cousu. Les docteurs qui m'interrogent. Un examen. Mes blessures au couteau, superficielles, nettoyées et recouvertes de pansements. De la glace sur ma joue enflée. Des analgésiques pour mon violent mal de tête. Des contusions aux talons, là où j'ai frappé si fort la tête de Liam.

Un petit prix à payer compte tenu des circonstances. Mais je me sens coupable que Jordan ait été blessé en essayant de me sauver.

Summers est assis en face de moi, et Jordan est à mes côtés. Le savoir avec moi me donne de la force et du courage.

« Vous êtes sûre d'être en état de faire une déclaration maintenant ? » me demande gravement Summers.

Jordan a déjà fait la sienne. Elle n'était pas très longue. Il avait seulement à raconter comment il était rentré de l'hôpital après être allé voir sa mère, puis qu'il avait compris que je n'étais pas encore rentrée. Il s'était dit alors que je devais avoir pris beaucoup de choses pour m'absenter aussi longtemps, et avait pris le volant pour aller chez moi, voir s'il pouvait m'aider à transporter mes affaires. En arrivant, il avait vu la voiture de Liam garée dans l'allée. Il avait été sur le point de frapper à la porte pour s'assurer que j'allais bien lorsqu'il m'avait entendue supplier Liam de ne pas me faire de mal. Il avait appelé Summers puis défoncé la porte avant que la police arrive et – bon, vous savez le reste, non ?

« Je veux en finir avec ça. »

Je prends le gobelet en plastique rempli de café fort qui est posé devant moi sur la table. Mes mains sont tremblantes et en sueur, et je renverse un peu de café sur la couverture tandis que je le porte à mes lèvres pour en boire.

Puis je raconte tout. Comment étaient les choses au début. Le lent passage du temps pendant lequel l'amour était devenu une sombre obsession pour contrôler ma vie. Combien de temps il m'a fallu pour comprendre que notre relation n'était pas normale. Liam devenant docteur Jekyll et M. Hyde. Mon point de rupture – le bébé qui m'avait fait comprendre que je ne pouvais plus vivre comme cela. Comment cette petite chose fragile m'avait finalement donné la force de m'éloigner de lui. Comment j'y étais presque parvenue la première fois, mais en sous-estimant sérieusement Liam.

Je raconte à Summers qu'il avait dû me donner des médicaments pour provoquer la fausse couche. La dépression qui avait suivi et le fait de comprendre que je devais partir pour ma propre santé mentale. Comment ma découverte de la liaison de Liam avec Julianne avait confirmé que je prenais la bonne décision. Je lui dis que Liam avait en quelque sorte modifié les antidépresseurs. Il a su que ce n'était qu'une question de temps avant que je ne le quitte et il ne pouvait pas s'y résoudre. Impossible. Puis je lui raconte ce dont je me souviens maintenant à propos du soir où Liam m'a enlevée.

« Après ma visite aux agents immobiliers, j'ai fait du lèche-vitrines pour dénicher quelques meubles. J'étais chez Nightingale lorsque le vendeur m'a parlé de *La Cabane en Bois de Tom*. J'y suis allée et j'ai trouvé une jolie table de chevet. J'ai demandé à Tom de me la réserver, et de pouvoir revenir le lendemain ou plus tard pour l'acheter. Bien sûr, je n'y suis jamais retournée.

— Donc, ce n'était pas Tom qui vous a attaquée, comme vous me l'avez dit au téléphone ? demande Summers, les sourcils froncés.

— Non. C'était une sorte de faux souvenir que je pensais être vrai. Je voulais peut-être que ce soit lui pour que tout soit fini. Ou peut-être que mon cerveau a déformé les choses parce que c'était le dernier endroit où j'étais allée avant d'être attaquée, dis-je en haussant les épaules. Je ne sais pas.

— Que s'est-il passé lorsque vous avez quitté Tom ?

— Je rentrais à pied chez Sara et tout à coup, je me suis souvenue que j'avais laissé mon passeport à la maison et que j'en aurais besoin pour la location. Alors je suis retournée chez moi, car je savais que Liam était toujours loin d'ici en Écosse. Sauf qu'il n'y était pas du tout. Liam a utilisé le permis de conduire de Jeremy comme pièce d'identité pour rentrer ici en avion. Ils se ressemblent beaucoup, vous savez. Il m'attendait chez Sara et m'a suivie jusqu'à la maison. J'étais dans la chambre en train de prendre mon passeport. Je ne l'ai même pas entendu rentrer. Lorsque j'ai pris conscience qu'il était là, il avait déjà posé sa main sur ma bouche et serré son bras autour de mon cou. Il a cogné ma tête contre le mur et je suis tombée par terre, étourdie. Puis j'ai senti une forte piqûre dans le bras au moment où il m'a injecté du Silepine pour me faire dormir. Je ne sais pas où il l'a trouvé. Il avait des amis chez Ashe Pharma qui travaillaient avec lui, alors il est peut-être allé les voir pour en voler. À moins qu'il l'ait fabriqué lui-même. Il est chimiste, après tout. Mais il était suffisamment malin pour utiliser le même médicament qui m'avait déjà été prescrit comme somnifère. L'autre chose que je sais, c'est que je me suis réveillée dans le bunker et que j'avais perdu la mémoire. »

Jordan prend une profonde inspiration à côté de moi et il serre la mâchoire.

« Je ne sais pas pendant combien de temps il a tout planifié mais il a pensé à tout dans les moindres détails pour que les gens se posent des questions sur ma santé mentale et soient convaincus que j'étais folle. »

Je repose le verre maintenant vide sur le bureau devant moi.

« C'est un psychopathe. »

Summers s'interrompt dans la rédaction de ma déclaration et lève la tête vers moi avec une expression coupable.

« Il y a encore autre chose, dis-je.

— Quoi ?

— Je pense qu'il y a une autre femme dans ce bunker. Il m'a parlé d'une ancienne petite amie qui s'appelait Katya. Elle voulait le quitter mais il ne l'a pas laissée faire. »

Summers lève les yeux au plafond pendant une seconde.

« Merde. »

Je tremble encore et je me frotte les bras.

« Je vous ai dit que j'avais trouvé un os là-bas. Celui que j'ai utilisé pour gratter l'enduit autour de la porte. Et si c'était le sien ? »

J'ai envie de vomir. Je veux pleurer aussi.

« La mort de cette pauvre femme m'aura permis de sauver ma vie et de m'échapper. »

Jordan me prend la main. La mienne est froide et tremblante alors que la sienne est chaude.

« Liam a dit que c'était un ancien bunker militaire. Comme il ne figure sur aucune carte, je ne sais pas où il se situe exactement. Il est bien caché, ce qui explique pourquoi vous n'avez pas pu le trouver avant.

— Il y a beaucoup d'endroits comme celui-là disséminés au Royaume-Uni, explique Summers. Ils ont été soit abandonnés, soit déclassés et oubliés au fil des années. J'ai un contact dans l'armée qui pourrait nous aider. Ils peuvent vérifier dans leurs archives pour le trouver. Lorsque ce sera fait, nous aurons besoin que vous veniez pour le reconnaître.

— OK. »

Je reste silencieuse pendant un instant, essayant de comprendre le flux d'émotions qui circule en moi. La tristesse, le soulagement, la douleur, le deuil, la souffrance, la colère, la perte.

« Serons-nous accusés du meurtre de Liam ? »

Summers secoue la tête.

« Non. C'était un cas sans équivoque de légitime défense. Ce n'est pas dans l'intérêt du Crown Prosecution Service d'essayer de porter ce cas devant la justice. Surtout après avoir découvert tout ce que Liam a fait. »

Il continue de rédiger ma déclaration et je fixe l'horloge sur le mur, l'aiguille des secondes. Tic-tac. Tic-tac. Tic-tac.

Le temps. C'est une chose que j'ai à profusion maintenant. Le temps de penser. De passer en revue les événements encore et encore dans ma tête. Le temps de me demander si j'aurais pu agir différemment. Le temps pour les cauchemars de se glisser au milieu de la nuit.

Mais j'aurai du temps aussi pour guérir. Du temps finalement pour aimer à nouveau. Le temps d'avoir un autre enfant. Le temps pour être heureuse.

Je suis vivante et c'est un début.

Je signe la déclaration en trois exemplaires avec un gribouillage fragile qui ne ressemble pas à ma signature.

« Ça va aller ? » me demande Summers en me serrant la main sur le seuil de la porte.

Je jette un regard à Jordan qui me sourit chaleureusement à son tour, en dépit de l'épuisement qui se lit sur son visage, de ses yeux au beurre noir, de sa lèvre coupée et de sa joue enflée. Même après tout ce qui s'est passé, le sol sous mes pieds semble solide pour la première fois depuis longtemps. L'air dans mes poumons est léger. Une vague d'espoir surgit au plus profond de moi.

On m'a donné une autre chance.

« Ça va aller maintenant. »

Je prends la main de Jordan et nous nous éloignons.

Et cette fois, je regarde droit devant moi.

À propos de l'auteur

Sibel Hodge a toujours adoré écrire. Il y a plusieurs années, elle a décidé de se consacrer totalement à sa passion.

Hodge est à l'aise dans une grande diversité de genres et elle a écrit aussi bien des livres pour les adultes que pour les enfants.

Elle a reçu en 2013 le Best Children's Book by eFestival of Words, elle a été finaliste du Best Indie Books du concours de 2012 par Indie Book Bargains et a été nommée pour le Meilleur Roman avec les Romantic Elements en 2010 par The Romance Reviews, pour citer quelques-unes de ses nombreuses récompenses.

Son roman *Trafficked : The Diary of a Sex Slave* (*Victime de la traite : le journal d'une esclave sexuelle*) a été classé parmi l'un des quarante ouvrages abordant le thème des droits de l'homme, par les lycées accrédités en ligne.

Site Internet : sibelhodge.com

7625967R00213

Printed in Germany
by Amazon Distribution
GmbH, Leipzig